DIANE STERLING | Sizilianische Hochzeit

DIANE STERLING

Sizilianische Hochzeit

Eine Frau erzählt ihr Leben
zwischen Liebe und Hölle

Diana Verlag

FSC
Mix
Produktgruppe aus vorbildlich bewirtschafteten Wäldern und anderen kontrollierten Herkünften
Zert.-Nr. SGS-COC-001940
www.fsc.org
© 1996 Forest Stewardship Council

Verlagsgruppe Random House FSC-DEU-0100
Das für dieses Buch verwendete
FSC-zertifizierte Papier *EOS*
liefert Salzer Papier, St. Pölten, Austria.

Redaktion | Hanna Diederichs
Satz | Leingärtner, Nabburg
Druck und Bindung | GGP Media GmbH, Pößneck
Printed in Germany

978-3-453-28531-6

Für meine Tochter

1

ICH KEHRE NIE MEHR NACH Monteleone zurück. Ich werde die Korkeichen nicht aus der Dämmerung auftauchen sehen, das alte Haus nicht mehr betreten, in dem die Familie seit Jahrhunderten lebt. Der Duft der Mandarinenblüten ist verweht.

Aber immer noch gehe ich durch die dunklen Räume, berühre die Marmorplatte der Anrichte, die brüchige Seide des Lehnstuhls. Bei geschlossenen Fensterläden ist das Bild Don Micheles nicht zu erkennen, und doch weiß ich, sein spöttisches Lächeln folgt mir überallhin. Das Gemälde des Bischofs hängt gegenüber. So halten die beiden mächtigsten di Lorenzos die Familie noch lange nach ihrem gemeinsamen Verbrechen in Schach.

In der Küche lösen die Frauen die Artischockenherzen aus und legen sie in Olivenöl. In den Töpfen siedet Wasser. Sobald Tancredi heimkehrt, werden sie die Pasta kochen. Ich komme an der verborgenen Tür vorbei. Wer es nicht weiß, glaubt, sie führt in den Keller. Ich schaudere beim Gedanken, wer dahinter sitzt und aufblickt, sobald jemand diese Kammer betritt.

Über die schmale Treppe steige ich auf das flache Dach, wo die Mandeln zum Trocknen ausliegen. Die Sonne lässt ihre Samthaut schrumpfen, bis nur noch die harte Schale übrig bleibt. Die Mandel findet sich im Familienwappen der di Lorenzos.

Ich beuge mich über die sonnengewärmte Brüstung. Unten hält Tancredis Alfa Romeo. Er steigt aus und öffnet die Heckklappe. Er gibt Anweisung, die Weinkisten ins Haus zu bringen. Zum Essen wird man den schweren Rubino servieren, der den Kopf traurig macht und mich die Stunden der Siesta düster hinbringen lässt.

Ich verlasse das Dach. Tancredi wünscht, dass seine Frau zur Begrüßung nach unten kommt, und erwartet mich am Fuß der Treppe. Er trägt die Weste geschlossen, das Hemd ist kragenlos. Ich sehe seine geballten Fäuste in den Hosentaschen. Er will vor dem Mittagessen noch reden. Nicht hier, denke ich und möchte in unser Zimmer, um erst dort den Sturm losbrechen zu lassen.

Worüber ich mit dem Fischer gesprochen habe?, beginnt Tancredi ansatzlos. Er selbst kann mich nicht mit dem Fischer gesehen haben, jemand anderes hat es für ihn getan. Tancredis Augen sind über der ganzen Stadt, viele Zungen träufeln in sein Ohr, was ich tue und wohin ich gehe. Was er nicht erfährt, entsteht in seinem Kopf. Der starke Schädel mit dem rabenschwarzen Haar, die klugen Augen, das weiche Kinn. Hinter seiner Stirn nehmen die Sünden Gestalt an, die eine sizilianische Frau nicht begehen darf, Lüste, die sie nicht hegen darf – erfundene Lüste, die ihn gegen mich aufbringen. Er sieht mich mit dem Automechaniker, mit dem Stoffhändler, der meine Entwürfe abholt. Er sieht mich mit dem Fischer.

Ich bin Engländerin, stamme von niemandem ab, an den zu erinnern sich lohnte, meine Familie ist nicht nobel, nicht alt. Ich komme aus London, der Welthauptstadt der kulturellen und sexuellen Erneuerung. Herausgerissen aus dem Taumel der *Swinging Sixties*, bin ich Tancredi nach Sizilien gefolgt, ins Land der Patriarchen. Ich bin sein Stolz und sein Stachel, ich verkörpere eine Freiheit, die ihn ängstigt. Ich bin der Giftskorpion in seinem Gehirn, der ihn die Mitternacht wach zubringen und den Morgen argwöhnisch beginnen lässt.

Worüber ich mit dem Fischer gesprochen habe?

»Ich habe mich nach seinem Fang erkundigt.«

Woher ich ihn kenne?

»Seine Frau näht für mich. Sie ist krank und braucht Medizin.«

Wieso ich das mit ihm, nicht mit ihr bespreche?

»Der Fischer und ich sind uns zufällig auf der Mole begegnet.«

»Nein, ihr habt euch auf der Mole *getroffen.*«

»Hätte ich ihn treffen wollen, hätte ich mir nicht ausgerechnet die Mole ausgesucht.«

»Du wolltest ihn also treffen?« Er steht unter den gekreuzten Dolchen, unter dem Säbel, mit dem sein Großvater bei der Schlacht am Isonzo gekämpft hat. Tancredis Gesicht wird schmal und verbissen. »Auf der Mole, dachtest du, wäre es unauffälliger.«

Mit einer Weinkiste geht Chíchí zur Kellertreppe, die Flaschen klirren aneinander. Er tut, als höre er unseren Streit nicht, dabei erfüllt Tancredis Stimme das ganze Haus. Chíchí ist einer der Spitzel. Antonia kommt aus der Küche und schließt die Fensterläden. Draußen soll niemand mitbekommen, dass in der Villa di Lorenzo das ewig gleiche Verhör beginnt. Die Leute von Monteleone werden es trotzdem erfahren. Der übliche Tratsch wird durch die Gassen geistern, man wird sich erzählen, dass die Engländerin den Padrone wieder gegen sich aufgebracht hat. Wen wundert's, wird es heißen, da sie trotz seines Verbots diese aufreizend kurzen Kleider trägt, da ihr Haar so blond ist und so kurz, dass die Männer sich nach ihrem geschmeidigen Hälschen umdrehen. Vor drei Jahren ist sie nach Monteleone gekommen, aber sie missachtet unsere Regeln, sie fügt sich noch immer nicht ein. Der mächtigste Mann der Gegend hat die *Inglese* geheiratet und ihr den Schutz seines Namens gegeben. Und doch muss er sie ständig bewachen, hinter ihr herspionieren, damit sie keine Schande über die di Lorenzos bringt.

*

Das war 1971, denke ich und schließe die Läden der Terrassentür. Draußen wird es allmählich heiß. Gegen Abend, wenn die Sonne sinkt und die Landschaft in dieses merkwürdige Violett tauchen wird, das der Gegend eigen ist, werden die ersten Gäste eintreffen. Einige haben eine kurze Strecke zurückzulegen, von Rom zu meinem Haus braucht man kaum zwei Stunden. Andere werden weit gereist sein, Patrick fliegt aus London ein. Heute Abend feiere ich meinen siebzigsten Geburtstag. Aus Monteleone wird niemand kommen, obwohl viele noch leben, auch Tancredi, mein früherer Mann. Unwirklich weit liegt diese Zeit zurück. Und ist doch in mir so lebendig, als wären seitdem nicht fast vierzig Jahre vergangen.

Ich werde nie nach Monteleone zurückkehren. Was diese Jahre von 1968 bis 1972 in mir hinterlassen haben, ist meine Liebe zum Süden. Ich habe Italien die Treue gehalten: Als alte Engländerin lebe ich in den Hügeln nördlich von Rom. Nicht nur das Gefühl hielt mich hier, auch die Fürsorge für mein Kind. Tancredi hätte nicht zugelassen, dass ich Giulia außer Landes bringe. Und später, als zwischen uns alles geregelt war, sah ich keinen Grund mehr, Italien den Rücken zu kehren.

Ich gehe durch das dämmerige Haus in mein Studio. Wie eh und je sind die Wände mit Zeichnungen und Kostümfigurinen behangen. Diese Bilder spiegeln mein Leben wider und zugleich einen wunderbar ungeordneten Eindruck meines Selbst. Nur mein Arbeitstisch ist aufgeräumt. Ein sehr alter Ring liegt darauf, in einem Samtetui. Drei dunkelblaue Saphire, von Diamanten gesäumt, in einer Fassung aus Weißgold. Der Ring stammt aus dem Familienschatz der di Lorenzos. Der mächtige Don Michele schenkte ihn zu Beginn des zwanzigsten Jahrhunderts seiner Geliebten und forderte ihn zurück, als sie ihn betrog. Da er unverheiratet blieb, vermachte er den Ring seinem Neffen Calogero, der die Leitung der Familiengeschäfte übernahm. Calogero schenkte ihn seiner Braut zur Verlobung, sie gab ihn weiter an Tancredi, ihren erstgeborenen Sohn, der ihn mir an den Finger steckte.

Heute Abend soll meine Tochter den Ring bekommen. Ich habe mit diesem Geschenk lange gezögert, denn der Ring hat den Menschen, die ihn trugen, kein Glück gebracht. Und doch ist er zu schön, um ihn für immer wegzuschließen. Giulia soll selbst entscheiden, was sie damit tun will. Ohne ihn anzustecken, halte ich ihn unter die Schreibtischlampe. Die Saphire schimmern in einem dunklen Blau. Es erinnert mich an die Farbe, die untrennbar mit meinem Leben verbunden ist, und an die ich noch immer mit Schrecken denke – *Navy Blue.*

2

King George starb, der Prinz of Wales zog in den Buckingham Palace ein und wurde als Edward VIII ausgerufen. Noch vor der Krönung dankte er ab, weil er die Frau, die er liebte, nicht heiraten durfte. Es war undenkbar, dass der britische Souverän, das Oberhaupt der anglikanischen Kirche, eine zweimal geschiedene bürgerliche Amerikanerin zur Frau nahm. Nur ein einziges Mal in seiner Regierungszeit eröffnete Edward das Parlament; dabei trug er die Uniform eines Admiral of the Fleet – Navy Blue.

Großbritannien zur Zeit meiner Eltern, das Königreich tritt in den Zweiten Weltkrieg ein. Edwards jüngerer Bruder George VI war mein erster Monarch. Er schien für das Amt ungeeignet, öffentliche Auftritte lagen ihm nicht, er geriet leicht ins Stottern. Mag sein, dass er gerade durch sein stetes Bemühen die Zuneigung des Volkes gewann. Den Höhepunkt seiner Beliebtheit erreichte George, als er trotz der Bombardierung Londons nicht in ein sicheres Land auswich. Der König blieb bei uns.

Ich halte Patricks Hand fest, gemeinsam nähern wir uns dem Bombenkrater. Ich schaue auf geborstene Leitungen, in zermalmtes Erdreich. Ich bin vier Jahre alt, trage einen Kittel aus hartem, blauem Stoff und einen gefütterten Umhang. Der Brand ist gelöscht, überall rinnt Wasser ab. Zwei Männer rollen Schläuche ein, drei schieben die Pumpe zum Feuerwehrwagen, wo sie angekuppelt wird. Ich betrachte die müden, unrasierten Gesichter und klettere vorsichtig durch den aufgeweichten Schutt.

»Pass bloß auf, dass sich dein Schwesterchen die Schuhe nicht dreckig macht«, ruft einer der Männer Patrick zu.

»Sie ist nicht meine Schwester«, antwortet er, als wäre das nicht offensichtlich. Patrick ist ein Rotschädel, der Sohn unserer irischen Nachbarn. Seit die Bomben auf Manchester fallen, kümmert er sich um mich. Ich habe keine Geschwister, mein Vater verbringt den ganzen Tag im Betrieb, meine Mutter ist oft krank und traut sich nicht auf die Straße. Da sie einsieht, dass ihr Kind von Zeit zu Zeit an die Luft muss, lässt sie mich mit Patrick ziehen.

»Newington Terrace?«, fragt er. »Wo ist das?«

Mit rußigem Finger zeigt der Feuerwehrmann die Straße hinunter. Wir balancieren am Rand des Kraters entlang. Lockeres Erdreich rutscht weg, Patrick fängt mich auf. Er trägt eine graue Pappschachtel, auf der mein Name steht – *Sterling*. In die Schrift sind zwei Knöpfe verschlungen. Das ist es, was mein Vater macht: Er stellt Knöpfe her. Damals weiß ich noch nicht, dass er es als größte Beleidigung seines Lebens empfand, nie einen Armeeauftrag erhalten zu haben. Hunderttausende Männer stehen in Uniform, sie brauchen Blech- und Lederknöpfe, solche mit glänzender Messingbeschichtung und strapazierfähige aus Büffelhorn. Sie brauchen Ordensaufhänger, Bänder, Gürtelschnallen, Hosenträgerclips und vieles mehr, das die Firma Sterling produziert. Und doch bleibt das Geschäft meines Vaters auf die Zivilkundschaft beschränkt.

Der dritte Fliegeralarm in dieser Woche, jedes Mal trifft es Manchester schwer. Unser Firmenwagen kommt in den zerstörten Straßen nicht mehr voran, Lieferungen werden zu Fuß und mit dem Fahrrad erledigt. Kleine Botengänge übernimmt Patrick. Verwegen sieht er aus mit seiner Mütze aus verschossenem Tweed, vom Vater übernommen, genau wie die Uniformjacke aus dem Ersten Weltkrieg, bei der die Rangabzeichen abgetrennt wurden. Mit Patrick würde ich überallhin gehen, er ist mein erster wirklicher Freund.

Eine Brandlücke in der Häuserzeile dient uns als Abkürzung. Ich starre in die Gerippe getroffener Gebäude, die aufgerissenen Wohnungen erinnern an meine Puppenstube. Wind weht Asche über die Straße. Patrick hält die Hand über den Karton, damit er nicht schmutzig wird. Wir laufen weiter und erreichen den alten Veranstaltungssaal von St-Vincent-in-the-Fields. Gras wächst zwischen den Treppenritzen, die Fassade bröckelt, Plakatfetzen wehen im Wind. Leute sitzen auf Kisten im Freien und trinken Tee. Als wir eintreten, schaut mich eine alte Frau voller Mitleid an. Sie hält uns für Kriegswaisen, die in St. Vincent Unterschlupf suchen. Drinnen empfängt uns eine Welt, die mit der grauen Zerstörung nichts zu tun hat. Treppen schwingen sich rechts und links zu den Rängen empor, elegante Glastüren öffnen sich, wir laufen über glatten Steinboden. Im Saal weht uns warmer Gemüsedunst an, hier wird gekocht. In den Stuhlreihen sitzen einige und schlafen, manche lesen, in Decken gewickelt. Ein Baby schreit, andere stimmen ein. Der Kronleuchter ist dunkel, Blechlampen werfen mattes Licht auf die Bühne.

»Go to immortality – Go to live in history –
Go to slap your chest and sing – Tarantara!«

Eine junge Frau singt und macht Tanzschritte, sie hält einen Piratenhut in der Hand, einen Dreispitz. Die Klavierbegleitung bricht ab, im Orchestergraben steht der Pianist auf und spricht mit der Sängerin.

»Bist du der Junge, den Sterling schickt?«

Gemeinsam drehen wir uns um. Eine ältere Frau kommt auf uns zu, ihr Helm ist verrutscht, graue Strähnen drängen darunter hervor. Die Binde am Arm kennzeichnet sie als Mitglied des Luftschutzkomitees. Sie spricht mit zusammengekniffenen Lippen, da sie mehrere Nadeln im Mund hat. Auf ihr Handgelenk ist ein Nadelkissen geklemmt.

Sie streckt die Hand nach dem Karton aus. »Ich hätte die Knöpfe vor Stunden gebraucht.« Als Patrick sich verteidigen will, wird ihr Gesicht weich. »Ich weiß, da draußen kommt man kaum noch durch. Wie heißt du, Kind?« Sie streicht mir übers Haar.

»Diane.«

»Und du begleitest deinen Bruder durch unser geplagtes Manchester?«

»Er ist nicht mein ...«

Ich verstumme, mein Mund bleibt offen stehen. Von der Seite tanzen sechs kleine Mädchen herein. Sie sind nur wenig älter als ich, tragen wippende Röckchen und weiße Kronen auf dem Kopf. Das strahlende Weiß in dem abgedunkelten Saal kommt mir vor wie ein glückliches Aufatmen nach einem düsteren Traum. Mich wundert, dass von den Leuten im Parkett kaum einer aufblickt. Die Kinder sind in der Bühnenmitte angelangt und tanzen ein Ballett, das offenbar von der Frau mit dem Dreispitz einstudiert wurde. Sie ruft Anweisungen dazwischen. Durch den Mittelgang laufe ich näher. Die wippenden Röcke sind, genau wie die Kronen, aus alten Gardinen genäht und werden im Inneren durch Draht verstärkt. So klein ich bin, erkenne ich doch, wie die Sache funktioniert. Eines der Mädchen bemerkt meine Neugier, sein Gesicht wird stolz; anmutig bewegt es sich in Weiß, während ich in meinen steifen Sachen an der Rampe stehe – Navy Blue.

Die Alte vom Luftschutzkomitee hat den Inhalt von Patricks Karton inzwischen geprüft, Patrick präsentiert ihr die Rechnung. Sie reicht das Papier an die Frau auf der Bühne weiter.

»Ich hole das Geld später«, sagt diese. »Setzt euch so lange.«

Begeistert hocke ich mich in die erste Reihe. In meiner Vorstellung verwandeln sich die alten Gardinen und der Draht in Schaumkronen, die auf dem Meer tanzen. Ich habe nie erfahren, welches Stück hier geprobt wurde, aber in den Minuten im Notquartier von St. Vincent, inmitten des ausgebombten Manchester, eröffnet sich mir das Wunder der Verwandlung. Ich sehe Gardinenstoff und denke Ozean, sehe einen Dreispitz und erwarte Piraten. Das Kind versteht das noch nicht, doch das Kinderherz nimmt es von dieser Bühne mit hinaus in die Wirklichkeit.

Die Ausflüge mit Patrick sind meine Lichtblicke in dieser Zeit, das und die Welt der Knöpfe. Unser Haus steht am Stadtrand von Manchester, gleich neben Vaters Betrieb. Mein Vater ist ein gefasster, abweisender Mensch, der Beherrscher der Knöpfe. Für mich ist er damit ein Zauberer, der über fantastische Maschinen gebietet. Da Horn und andere übliche Materialien knapp werden, lässt mein Vater dicke Knupper aus Holz anfertigen für Mäntel und derbe Jacken. Getrocknete Obstkerne werden halbiert und zu Knöpfen verarbeitet. Überall in der langgestreckten Halle wird gesägt, gebohrt und gefräst. Die Arbeiter schieben Blechplatten in eine Maschine – als gestanzte Hemdknöpfe kommen sie wieder heraus. Mein Vater erlaubt mir, mit den Knöpfen zu spielen, wenn ich sie hinterher in die richtigen Fächer einsortiere. Aus grün schimmerndem Glas und polierten Kokosnussknöpfen bilde ich Blumenmotive und umrahme sie mit erhabenen Metallknöpfen, auf die das Bild das Monarchen geprägt ist. Manchmal haben meine Fantasieblumen den Durchmesser eines Wagenrades.

Nach einem Brand in der nahe gelegenen Schreibmaschinenfabrik erhält mein Vater den Auftrag, auch Schreibmaschinentasten anzufertigen, da sie wie Knöpfe hergestellt werden. Ich habe gerade erst lesen gelernt und lege mir Wörter aus Tastenköpfen zusammen, kleine Satzfolgen, die jeden Abend wieder zerfallen und in den Sortierkästen verschwinden.

Das sind die besonderen Tage, an denen ich meine trübe Umgebung verzaubern kann; sonst ist der harte, unverwüstliche Stoff, aus dem meine Kleidung besteht, das Sinnbild dieser Jahre. In Navy Blue marschiere ich in die Grundschule, später besuche ich auch die Boarding School in Navy Blue. Da meine Eltern zu den Pfeilern unseres anglikanischen Kirchensprengels gehören, muss es eine kirchliche Schule sein, nach Geschlechtern getrennt. Die Nonnen sind angehalten, uns auf die Zukunft vorzubereiten, die in unseren Kreisen für Mädchen standesgemäß ist, das Leben als Ehefrau. Sollte es überhaupt dazu kommen, dass ein Mädchen arbeitet, sind die einzig denkbaren Berufe Kinderbetreuung, Sozialarbeit und, wenn es hochkommt, Lehrerin.

Ich bin älter, ich bin frecher. Ich trage die Schultunika und den Cardigan in dem verhassten Blau, aber ich lasse mir von den Erwachsenen kein X mehr für ein U vormachen. Respekt ist etwas, das erfunden wurde, um Kinder an der Kandare zu halten, Disziplin die verschleierte Zwillingsschwester der Verdummung. Mädchen werden noch dümmer gehalten als Jungs: Man hat Angst, ihnen könnte etwas widerfahren, das außer Kontrolle gerät. Ich lehne mich nicht gegen diese Erziehung auf, verspüre in jenen

Jahren allerdings so manches verrückte Begehren, zum Beispiel, eines Morgens als Baum zu erwachen oder als Leiterin einer Mädchenkapelle. Die bunten Bilder und hellen Laute meiner Fantasie sind meine Rettung, wenn die monotonen Linien unserer Architektur, die endlosen Repetitionen des Unterrichts, die Litanei des Sonntagsgebets mich erdrücken. In meinen Tagträumen sehe ich Blütenkelche, die sich in Trompeten verwandeln, Wiesen, die als fliegende Teppiche über Landschaften segeln, sehe fröhliche Monster, die nur aus Augen und Füßen bestehen. Auch die tanzenden Schaumkronen tauchen in meinen Fantasien wieder auf.

Eines Tages beginne ich diese innere Welt zu zeichnen. Ich zeichne wie wild, verberge mich gleichsam hinter den Zeichnungen, hülle mich mit ihnen ein. Ich brauche Papier und noch mehr Papier, Farben, Stifte, Kreide, Pastell – alles, was man damals so gut wie gar nicht bekommt. Als ich selbst mit Patricks Hilfe kein Zeichenpapier mehr auftreibe und die Ölkreiden und Farbstifte unerbittlich aufgebraucht sind, wende ich mich einer neuen Beschäftigung zu, dem Nähen. An Knöpfen, aber auch an Garn, Bändern und Borten fehlt es nicht. Meine Mutter, hocherfreut über diese mädchengerechte Beschäftigung, stellt mir ihre alte Nähmaschine zur Verfügung. Und so ziehe ich in unseren Keller.

Heute erscheint mir dieser Gang als Sinnbild einer Entwicklung, die schon bald, Ende der Fünfzigerjahre, die Gesellschaft umkrempeln wird. Entscheidende Einflüsse werden nicht länger von etablierten Institutionen erwirkt, sondern aus dem Untergrund. Kein mir bekannter Designer, dessen Name während der bevorstehenden Revolution berühmt wird, hat das, was er tut, *studiert.* Die meisten gingen in den Keller, fabrizierten ihre Kreationen und kamen damit wieder ans Tageslicht. Wir sprechen von Mode, meiner Berufung, meiner Leidenschaft.

Ich beginne die neue Beschäftigung zaghaft, schneidere nichts Schrilles, Ausgefallenes, sondern schule mich am Konventionellen. Die Zeiten sind schlecht, viele Mädchen und Frauen nähen sich ihre Garderobe selbst. Das Erste, was ich sofort und mit Lust über Bord werfe, ist das Gespenst meiner Kindheit: Navy Blue. Mein Vater gewährt mir wohlwollend Zugang zu Materialien aus der Firma und erhöht mein Taschengeld. Nicht aus Freundlichkeit, er ist ein nüchtern kalkulierender Mann und rechnet sich aus, dass er einiges spart, wenn die Garderobe von Mutter und Tochter aus der eigenen Werkstatt stammt.

Da es an festlichen Anlässen fehlt, zu denen man lange Abendkleider tragen kann, nähe ich meiner Mutter ein Cocktailkleid. Flaschengrün, mit geradem Ausschnitt, es ist gebauscht und endet knapp unterm Knie. Mama ist so angetan, dass sie eine Party gibt, bei der ich der Verwandtschaft als geschickte Urheberin des Kleides vorgestellt werde. Die ersten Aufträge gehen bei mir ein. Selbstverständlich, das machen die Eltern mir unmissverständlich klar, darf ich mein Talent nur im häuslichen Kreis und für private Zwecke einsetzen.

Ich werde kühner und beginne, den Frauenkörper nach meiner Vorstellung zu modellieren. Ich lasse Kleider schulterfrei, hebe Po und Hüften hervor, arbeite mit Plissee und farbigen Trägern. Für die Tochter unserer Nachbarin schneidere ich einen geblümten Tellerrock mit Gummizug. Kleider, Jacken, Blusen, Petticoats – es wird mehr, es wird perfekter. Bis ich irgendwann begreife, dass ich nur alte Formen kopiere. Genau aus diesem Grund gefällt es meinen Eltern.

Ich bin neunzehn, als ich endlich Abschied nehme und den lang ersehnten Ausbruch vollziehe. Was mit dem Abstreifen von Navy Blue begann, findet seine logische Fortsetzung im Verlassen meiner Heimatstadt. Als ich den Eltern meinen Entschluss mitteile, sind sie weder begeistert noch einverstanden. Aber sie kennen ihr Kind gut genug, um zu wissen, dass Widerstand und Verbot die Dinge nur verschlimmern. Ich erzähle von Patricks Angebot – nicht zögernd oder bittend, sondern so, als gäbe es auf Erden nur diesen Weg, nur eine Zukunft für mich. Das andere Lebensmodell, auf den netten jungen Mann aus ähnlichen Verhältnissen zu warten und mit ihm den Lebensstil meiner Eltern fortzuführen, ist so endgültig vom Tisch, dass Vater und Mutter nicht einmal den Versuch machen, mich in diese Sackgasse zu locken. Sie sprechen ihre Befürchtungen in der traurigen Gewissheit aus, dass ich all die Fehler zu machen gedenke, die sie mir ersparen wollen. Muss es ausgerechnet London sein, fragen sie, die Metropole, von der man hört, dass sie ihre Ehrwürdigkeit verloren hat, dass dort neuerdings nicht nur die junge Queen regiert, sondern Frivolität und Sittenlosigkeit? Muss es unbedingt Patrick sein, der irische Junge, dessen Familie sozial unter unserer steht? Dass ich ausgerechnet ihm meine Chance für den Absprung verdanke, wiegt für meine Eltern schwer. Keine seriöse Ausbildung bietet er mir, sondern schlicht und einfach einen Job.

Patrick ist inzwischen ein Mann, und zwar ein junger Geschäftsmann. Er hat einen Riecher dafür, wo neue Jagdgründe des Profits liegen, und er grast darin. Er hat gespürt, dass nach den langen grauen Kriegs- und Nachkriegsjahren die Frauen etwas Buntes, Lustiges, Schickes, aber vor allem Günstiges anziehen wollten. Er ist Mitbegründer einer Firma, die *en masse* herstellt, was auch immer. Das Wort Billiglohnland ist noch nicht geboren, auch im Vereinigten Königreich produziert man billig.

Ich werde bei Patrick als Designerin beginnen, das ist die offizielle Version. In Wirklichkeit soll ich weiterhin das tun, wofür mich schon unsere Nachbarn und Verwandten engagierten: Ich soll kopieren. Die Lust, aus meinem Hobby im Keller eine Beschäftigung zu machen, die mich ernährt, ist unbändig. Dass es eine Reise von Kellerloch zu Kellerloch sein wird, weiß ich noch nicht. Es wäre mir auch egal.

Wie klein der Koffer ist, den mein Vater mir zum Bahnsteig trägt, wie wenig es gibt, was ich aus Manchester, aus meiner Kindheit mitnehme! Der Abschied ist wortkarg, die Ketten sind gesprengt, es gibt nichts mehr zu sagen. Mein Vater mag sich an diesem letzten, nebeligen Tag, als ich in den Zug stieg, gefragt haben, wieso ihm, dem seriösen Unternehmer, dem bibelfesten Kirchenmann, ein Kind in die Wiege gelegt wurde, das so aus der Art schlägt.

Mein Mann, Tancredi, hat sich diese Frage bestimmt auch oft gestellt. Warum hat er, der die Tradition eines alten Namens wahren muss, sich ausgerechnet diese Frau genommen – Diane Sterling, auf deren Flagge *Aufbruch* steht. Ich selbst muss mich fragen, wieso ich nicht einen Mann wie Patrick geheiratet habe, der mich als die nahm, die ich bin, mich machen ließ, was ich wollte, und der, vielleicht deshalb, als Mann uninteressant für mich war. Sind es die unvereinbaren Widersprüche, die ich suche? Brauche ich die zerstörerische, reinigende Kraft des Nein, um mich am Leben zu spüren?

Heute, an meinem siebzigsten Geburtstag, sitze ich in einem Bergdorf in Latium. Ich, die Inglese, Modedesignerin aus England, schaue an diesem heißen Tag über die Hügel und erwarte Gäste aus aller Herren Länder. Damals, am Tag meines ersten Aufbruchs, ist mir lediglich klar, dass ich nie so sein werde wie meine Mutter, die zu kränklich ist, um mitzukommen und dem Zug nachzuwinken.

3

Patrick ist sieben Jahre älter als ich und hat seine ersten Erfahrungen schon hinter sich. Ich, das Mädchen aus dem wohlbehüteten Konvent, bin selbstverständlich Jungfrau. Patrick sagt mir, ich könne übergangsweise bei ihm wohnen, das bedeutet, in einem Bedsit.

Die soliden Reihenhäuser in Kensington und Chelsea, in denen früher große Familien mit ihrer Dienerschaft lebten, wurden – aus Kostengründen, weniger aus solchen der sozialen Gerechtigkeit – aufgesplittert. Es entstanden Einzimmereinheiten ohne Bad, mit einem Waschbecken in der Ecke, zwei elektrischen Kochplatten und einem Gasöfchen, das mit One-Shilling-Münzen gefüttert werden muss, damit das Gas nicht ausgeht. WC und Bad befinden sich im Halbstock und werden mit anderen Bedsit-Bewohnern geteilt. Die Möblierung ist billig, es herrscht ein ständiges Kommen und Gehen; man ist in Gesellschaft von Leuten, die man kaum kennt.

In dieser Atmosphäre passiert es zwischen Patrick und mir zum ersten Mal. Ich bin überrascht, wie schnell es vorbei ist, amüsiert über die ungewohnte Turnerei, im Übrigen weder enttäuscht noch begeistert. Unser Danach ist genauso fröhlich wie das Davor, nach vollzogener Tat kehren wir gleich wieder zu unserer gewohnten Freundschaft zurück.

Ich nehme dem Vorgang absichtlich alles Romantische, denn die wahre Romantik lässt noch einige Zeit auf sich warten. Danach ist sie dafür umso überwältigender für mich. Ist es ein Wunder, dass ich dem Zauber Italiens, der Verführung eines Sizilianers erliege? In London ist dafür kein Platz. London ist die Spielwiese für alles, was wild ist und Freiheit bedeutet. Zu Beginn der Sechzigerjahre ist ein Wendepunkt erreicht, eine Verwandlung findet statt, die seitdem nicht wieder rückgängig gemacht wurde. Mode ist von nun an nicht länger die Domäne der *Lady*, also der erwachsenen Frau, sondern Spielwiese und Schlachtfeld der Jungen, der Zwanzigjährigen, sogar der Teenager. Mode wird etwas Schnelles, Wegwerfbares. Nicht länger die seriösen Couture-Häuser bestimmen, was die Frau anzieht, die Jungen nehmen es selbst in die Hand. Ich habe das Glück, in diese lebenslustige Blase hineinzustechen, als sie gerade am Platzen ist.

»Mach mir Dior«, sagt Patrick, weil er den allerneuesten Trends noch nicht traut. Mit Dior kann man nicht falschliegen; Dior ist immer in, kein Schnitt ist so unverwechselbar. 1947 hatte er seine berühmteste Kollektion präsentiert, sie ging um die Welt, der New Look war geboren. Als ich Ende der Fünfziger mein *Atelier* einrichte, ist Diors Einfluss, obwohl er selbst bereits 1957 starb, unverändert stark. Die Taille ist schmal, das Oberteil figurbetont, der Rock weit.

Ein Keller in der Lecky Street, nur ein paar Straßen von Patricks Bedsit entfernt, wird mein *Couture Studio*. Die Sackgasse ist schwer zu finden und endet an einer Eisentür in der Mauer. Lange Zeit stellt die verrostete Tür die einzige Aussicht aus meinem Souterrainfenster dar. Der Raum ist schäbig, kälter und trister als mein Keller daheim – aber gefühlsmäßig, was für ein Unterschied!

Jeden Morgen betrete ich ihn als die Königin meines kleinen Reiches. Patrick liefert das Material, ich sorge für die Schnitte. Nicht selten bedient er sich immer noch alter Heeresbestände. Ich kriege Fallschirmseide und Fahnenstoff geliefert und färbe Fliegermäntel um. Ich darf mir ein Team zusammenstellen, das mir bei den Fertigungsschritten zur Hand geht, denn was immer wir herstellen, wir brauchen viel davon in kürzester Zeit. Patrick bezahlt mich, aber ich fühle mich nicht als Angestellte. Mein Modeimperium ist ein Keller, wo der Kalk an den Wänden blüht und das Wasser selten warm aus der Leitung kommt, aber ich bestimme, ich entscheide das Modell, den Schnitt, den Stoff. Kaum in London angekommen, bin ich mein eigener Herr. Wie spektakulär das für ein Mädchen aus der Provinz ist, lässt sich schwer beschreiben, zugleich aber ist es symptomatisch für diese Jahre. Zur richtigen Zeit am richtigen Ort: Wäre ich fünf Jahre früher nach London gekommen, hätte ich irgendwo als Lehrmädchen angefangen und mich mühsam über Wasser gehalten. Auch jetzt bin ich arm, aber ich bin Unternehmerin. Ich habe meine eigenen Leute, die bald meine Freunde werden. Das Gefühl der Selbstbestimmtheit bleibt mir in London und später auch in Rom erhalten. Ist es verwunderlich, dass mir, Jahre danach, der Wechsel in die Abhängigkeit der Ehe so unerträglich erscheint, als würde ich in Kerkerhaft genommen?

Ich stelle die Prototypen her, Patrick bringt sie in die Fabriken und sorgt dann dafür, dass die Ergebnisse in die neuen modischen Geschäfte kommen, die in London und anderen Städten wie Pilze aus dem Boden sprießen. Patrick ist der Vermittler, er hat seine Ameisen, aber wir sind die Kreativen. Wir fünf, sechs Leutchen in der Lecky Street sind aus unserem Keller kaum rauszukriegen. Mittlerweile kopiere ich nicht nur, sondern entwerfe neue Modelle auch selbst. Mein Riecher sagt mir, dass bald etwas nie Dagewesenes geschehen wird, und zwar hier in London. Noch weiß niemand, dass die kommende Ära die Swinging Sixties genannt werden wird.

Ich lerne die Fotografin Jade bei einem unserer nächtlichen Streifzüge durch die Pubs kennen. Jade strahlt die Dunkelheit eines Skorpions aus. Sie ist schlank, drahtig, ihr glattes Haar schimmert blauschwarz, sie trägt einen engen Hosenanzug mit buntem Halstuch. Gleich bei unserer ersten Begegnung behauptet sie, mein Gesicht hätte ein besonderes Leuchten, daher möchte sie mich fotografieren.

»Ausgerechnet mich?« Ich finde die Vorstellung amüsant. »Welche Art von Fotos machst du?«

»Alles, was gebraucht wird. Mode, Porträts, Gruppensessions.«

»Was passiert bei so einer Session?«

Sie tippt mit dem Finger auf meine Nase. »Ich kann dir doch nicht all meine Geheimnisse verraten.«

Zwei Wochen später betrete ich ein Haus in der Kings Road. Der Summer öffnet mir die Tür in einen Hinterhof, ein paar Stufen nach unten, ein Korridor, ein unbeleuchtetes Treppenhaus. Kein Hinweis auf Jades Studio. Im dritten Stock steht die Tür offen. Die Nummer *You Got What It Takes* schallt mir entgegen.

Etwa zehn Frauen, kaum älter als ich, ein einziger Mann, grobschlächtig, mit John-Bull-Schnurrbart. Die Frauen tragen Pinafore Dresses, lange Jacken, die wie Raincoats geschnitten sind, Rocklänge knapp überm Knie. Jade ist nirgends zu entdecken. Wenn man von den Schiebewänden aus Plexiglas absieht, wirkt der Raum nicht wie ein Fotoatelier, eher wie eine Sitzlandschaft. Abstrakte Bilder an den Wänden, nüchternes Licht.

»Zum ersten Mal?«, fragt eine Rothaarige mit knubbeligen Knien, auf deren Kleid *J'accepte – et vous?* gedruckt ist.

Ich erkundige mich nach Jade.

»Wir sollen schon mal anfangen, sagt sie. Setz dich.« Das *J'accepte*-Mädchen lässt einen zweiten Strohhalm in sein Glas fallen und bietet mir an, mitzutrinken.

»Ich hol mir ein eigenes Glas.« Ich sehe mich nach der Bar um.

»In dem anderen Glas ist aber nichts drin.« Sie führt den bunten Strohhalm an meinen Mund.

Ich nippe aus Höflichkeit, es schmeckt wie Cola. Während wir uns von Strohhalm zu Strohhalm anschauen, streicht *J'accepte* plötzlich über meinen Hals. Die Berührung irritiert mich. Ich habe meinen neuen Haarschnitt erst seit Kurzem und bin noch nicht daran gewöhnt, im Nacken so nackt zu sein.

»Frei, weich, drei, so und nicht anders!«, sagt sie, senkt die stark geschminkten Lider und sieht mich von unten an. »Ah.« Ein langer Seufzer.

»Ich mag deine ... dein ...« Mir fällt keine Bezeichnung für ihren seitlichen Scheitel ein, der Pony ist in die Gegenrichtung frisiert.

Sie bringt mich dazu, noch einmal zu nippen, dann wandert das Glas mit den Röhrchen zu zwei anderen weiter. *J'accepte* legt ihre Hände auf meine Hüften und tanzt mit mir. Sie geht in die Knie und stellt die Füße dabei abwechselnd rechts und links aus. Das ist kein Tanz, eher eine ruhige Repetition im Takt. Der John-Bull-Mann beobachtet uns.

»Kommst du von Archie?« Sie deutet auf ihn.

»Nein, den ... nein. Jade hat mich eingeladen.«

»Du hast Glück. Ah, das Glück.« Sie legt ihre Stirn auf meine Brust und tanzt summend weiter.

Ich bin fürs Tanzen schwer zu begeistern, weil ich meine Gedanken dabei nicht abschalten kann. Wenn ich in Clubs notgedrungen mal tanze, denke ich Dinge wie: Sein Pulli ist zu weit oder: Die Wand gehört blau gestrichen. Musik fährt mir zwar in die Beine, aber sie kippt mich nicht um.

»Bist du schon öfter von Jade fotografiert worden?« Ungelenk versuche ich den Schritt von *J'accepte* zu kopieren.

»Schschsch, hörst du das?«

Ich höre den Titel *A Voice in the Wilderness*, höre das Schleifen meiner Schuhsolen auf Beton.

»Was?«

»Schsch.« Sie lächelt.

Ich drehe mich, und meine Füße sind aus Draht. Der Draht hält die Strümpfe oben. Rosa Draht, der im Inneren verbogen ist. Ich rieche Haarspray, auch *J'acceptes* Haar ist aus Draht. Es wächst weiter, während wir tanzen, ich kann dabei zusehen. Das Mädchen neben uns tanzt nicht. Ihr Kleid besteht aus präzisen Quadraten, mit Reißverschlüssen an jeder Seite. Ich will das ausprobieren: ein Dress, das du auflösen kannst, Zipper für Zipper. Kannst du ein Mädchen auflösen? Ich greife nach den Quadraten, das Mädchen nimmt mich in den Arm. *J'accepte* behält die Hände auf meinen Hüften, wir tanzen zu dritt.

»I asked two Liverpool Girls«, singt die Quadratin.

»Asked two Liverpool Girls«, wiederhole ich.

»Asked two Liverpool Girls.« Die Stimme von *J'accepte* ist die höchste.

Die Regale, die Sofas, der Glastisch, alles ist aus Draht. Ich bin überzeugt, dass Draht etwas Gutes ist, so wie Scheuermilch etwas Schlechtes ist.

»Ich hasse Scheuermilch«, sage ich.

»Abscheuermilch«, antwortet Quadrat.

»Abscheuerlich«, seufzt *J'accepte.*

Wir bilden eine Pyramide, die sich durch die Drahtlandschaft bewegt. Es ist Draht, in dem Blut fließt. Darum ist Draht etwas Warmes. Ich ziehe nichts aus, denn es ist nicht besonders warm hier drin. Ich ziehe Quadrat aus, auch *J'accepte* zieht Quadrat aus, die Zipper sind zu verlockend. Die Teile fallen Viereck um Viereck, wenig bleibt von Quadrat übrig. *J'accepte* küsst mich. Der Gedanke an Scheuermilch strengt mich an, ich falle auf ein Kissen, groß wie ein Land. Ich bin auf die Überreste Quadrats gefallen, sie ist nackt. Da *J'accepte* mich küsst, küsse ich Quadrat. Gleichzeitig ruft John Bull uns etwas zu.

Ich sichte einen Falken mit rotem Auge. Das ist Jade, der Falke ist in ihren Anzug eingearbeitet. Dunkles Leder auf hellem Leder, ein roter Flicken als Falkenauge. Jade fotografiert. Auf dem Kissenland ist es schön, Quadrat ist schön, *J'accepte* könnte eingeschlafen sein. Oder bewegt sie sich nicht, weil Jade fotografiert? Der Falke umfliegt uns, das magische Auge ist überall und sagt: Mach das und mach das, gut machst du das. Wir schauen in das rote Falkenauge. *J'accepte* lacht.

Was in dem Drink war, von dem ich zwei lächerliche Schlucke genommen habe, will Jade mir nicht verraten. Ich nehme an, sie hat ein paar Mikros aus der Gelatinekapsel gelöst und in die Softdrinks gekippt. Nicht zu stark, selbst für Newcomer ungefährlich.

Ich habe Jades Fotos gesehen. Sie sind düster, zugleich von engelhafter Reinheit. Das Mädchen, das das Kleid aus Quadraten trug, ist auf den Bildern nackt, ich und *J'accepte* bedecken sie. Alles ist schön, nichts ist pornografisch. Ich sehe fremd aus. Es gibt nur wenige Fotos von mir, auf denen mein Gesicht so glücklich wirkt.

4

Jade verdanke ich die hellsten und gewagtesten Momente dieser Zeit, zugleich die dunkelsten Versuchungen. Meine bürgerlichen Wurzeln und meine religiöse Erziehung bewahren mich davor, in Abgründe einzutauchen, aus denen es kein Hochkommen mehr gegeben hätte. Heute weiß ich, dass die Grenzen, die mir die Moral meiner Eltern gesetzt haben, nicht nur Ketten waren, sondern auch Geländer, die mir über gefährliche Wildwasser hinweghalfen.

Jade hat mich, wenn man so will, auch zum italienischen Film gebracht. Antonionis Film *L'avventura* wird in London der Presse vorgestellt. Der Regisseur und die Hauptdarsteller sind anwesend. Es braucht ein wenig von Jades Hexenzauber, damit der Mann mit der Gästeliste mich durchlässt. Der Event findet in einem Saal mit ausgeleierten Sitzen statt, der bis auf den letzten Platz voll ist. Das Team um den mir bis dahin unbekannten Regisseur betritt den Saal. Er wirkt, als ob er in Eile wäre, und beantwortet die Journalistenfragen ohne Verve. Antonioni ist ein gut aussehender Mann mit kantigen Gesichtszügen. Sein dunkler Teint und die Naturwelle im geölten Haar könnten italienischer nicht sein. Ich habe an diesem Abend allerdings hauptsächlich Augen für seinen Hauptdarsteller, Gabriele Ferzetti. Charmant, gelassen, verströmt er den Schalk eines Fuchses. Seine Gesten, die Art, wie er ein Glas nimmt, der Witz, mit dem er die stereotypen Journalistenfragen pariert, erinnern mich im Rückblick an den offenen, fröhlichen, den weichen Tancredi.

Der Abend ist als Ganzes ein *sizilianisches Vorspiel.* Der italienische Schauspieler entdeckt mich im Saal, da ich auf Jades Schoß sitze und so die anderen überrage. Ohne mich anzusprechen, nimmt er Kontakt zu mir auf, redet bewundernd von der hübschen Londonerin, der man auf Schritt und Tritt begegnet. Auch wenn sich bei der anschließenden Party die Gelegenheit geboten hätte, lerne ich Ferzetti nicht kennen, komme allerdings Antonioni nahe, den Jade zu einem kurzen Fototermin bittet. Der Regisseur hat Monica Vitti an seiner Seite – mondän, gut gelaunt, mit traurigen Augen. Er scherzt, dass er sich auf einer Seite so nackt vorkommt, eine zweite Blondine muss her, und das bin ich. Jade bleiben nur wenige Sekunden, bevor Antonioni weiter will; es entstehen Bilder der beiden Stars und eines jungen Dings mit aufgerissenen Kulleraugen.

Für Nachzügler, die den Film noch nicht bei der Pressevorführung gesehen haben, findet eine Art Aftershow statt. Jade kennt *L'avventura* bereits und lässt mich allein. Antonionis Film bringt mir den Ort meiner Zukunft, meiner größten Hoffnungen und schlimmsten Enttäuschungen nahe – Sizilien. Sturm in den Olivenbäumen, die hohe, ehrwürdige Toreinfahrt, durch die Ferzetti auf die Kamera zukommt, die marode Kirche, der Totenkult. Die Silhouette der Insel, die aus dem Dunst auftaucht, wenn man sich mit dem Motorboot nähert. Vieles davon habe ich später selbst erlebt. Ich habe gesehen, wie Delfine vor uns herspringen, was die meersalzgeschwängerte Luft mit meinem Haar anstellt, habe beobachtet, wie vorsichtig der Bootsmann die messerscharfen Klippen umschifft, bevor er in den Hafen einläuft. Ferzetti hat auch im Film viel mit

Tancredi gemein. Seine Filmfigur sucht Erfüllung und strahlt die Erwartung aus, auf dieser Insel müsse das Leben seinen wahren Sinn bekommen. Auch Tancredi, der die Rolle, die seine Familie ihm zudachte, gewissenhaft spielte, erwartete, dass sich die wahre Bedeutung eines Tages einstellen würde. Aber es gibt Menschen, die sich selbst ein Leben lang unergründlich bleiben, ihnen wird das Glück der Zufriedenheit verwehrt.

Hätte ich damals geahnt, dass ich einmal in den Bann dieser Insel und einer unerfüllten, selbstzerstörerischen Suche geraten würde, ich hätte alles getan, mich davor zu schützen. So bleibt von dem Film meine Bewunderung für Antonioni und die Neugier auf ein Medium, das alles vereint, was meine Kreativität seit jeher beflügelt: Bilder, die das Unbewusste ansprechen, und Mode – die tägliche Verkleidung des Menschen. Unbestreitbar gibt dieser Abend Impulse für meinen späteren Beruf.

Es vergehen noch einige Jahre, bevor es so weit ist. Jahre in Patricks Keller, in denen die Mode radikaler, wilder, oft bizarrer wird. Ich bin gleichsam der Chronist dieser Zeit an der Nähmaschine. Als Mary Quant mit der Erfindung des Minirocks schockiert und fasziniert, entstehen unter meiner Anweisung in der Lecky Street Kollektionen, die den Run, die Sucht nach dem neuen, winzigen Kleidungsstück befriedigen. Wir schneidern Minis aus Wolle, Trevira, Jersey und Krankenhausleinen und kombinieren sie mit Woll-, Nylon- und Seidenstrumpfhosen in allen Farben. Wir kopieren den schottischen Kilt in nie da gewesener Kürze und schneidern den Union Jack zum Minikleid um. Ich verwende Plastikkugeln, Lederbuttons und Silberplättchen als Applikationen und erweise damit meiner Kindheit in der Knopffabrik eine Referenz.

Das Team in der Lecky Street ist in Insiderkreisen bald ein Begriff. Wir sind schnell und effektiv. Patrick kann nicht verhindern, dass ich auch Aufträge von anderen Firmen bekomme, doch bleibt er während dieser Jahre mein Mentor, die stete Quelle, aus der unsere Einnahme sprudelt. Bis Jade mich eines schönen Tages auf die Idee für meinen nächsten Ausbruch bringt.

»Warum versuchst du's nicht als Kostümbildnerin?« Sie sitzt bei mir im Keller, die anderen haben sich zum Lunch in die Soup Kitchen um die Ecke aufgemacht.

»Ich habe das nie gelernt.«

»Modedesign hast du auch nicht gelernt.« Sie schlendert an den Kleiderständern entlang, zieht Jacken hervor, hält einen Blusenärmel an ihre Schulter.

»Ich kenne niemanden am Theater.«

»Vergiss das Theater. Was ich meine, ist Film. Du verstehst hundertmal mehr von Klamotten als die Schnepfen, die sonst in der Branche rumspringen.«

Es ist, als ob ein Flashlight in meinem Kopf angeht. Ich liebe das Kino, liebe die englischen Filme, die damals zu sehen sind. David Lean hat mit *Lawrence of Arabia* gerade seinen Weltruhm begründet. Kubrick verfilmt *Lolita*, der erste James Bond erobert das Massenpublikum. Aus Frankreich kommt *Jules et Jim; The Loneliness of the Long Distance Runner* schaue ich mir dreimal an. Peter O'Toole, Michael Caine, Sean Connery, Julie Christie, Vanessa Redgrave werden in diesen Jahren berühmt, werden wie gute Freunde, die man auf der Leinwand besucht.

»Wie soll das gehen?«, frage ich neugierig.

»Du fängst als Assistentin an und kämpfst dich hoch.« Lächelnd nimmt Jade wahr, dass sie ins Schwarze getroffen hat.

»Was macht eine Assistentin?«

»Du begleitest den Kostümbildner beim Shoppen, kaufst Stoffe ein, lässt nähen. Und du bist natürlich am Set.«

»Wenn die Schauspieler da sind?«, frage ich naiv wie ein Landei.

»Was solltest du wohl dort, wenn keine Schauspieler da sind? Du hilfst ihnen beim Umziehen, änderst vor Ort, wenn etwas nicht passt. Du bist Feuerwehr und zugleich Seelsorgerin für die sensiblen Pflänzchen, die sich *Actors* nennen.«

»Ich würde also vielleicht Michael Caine kennenlernen?« Es hält mich nicht länger an der Nähmaschine, ich laufe im Keller auf und ab.

»Du wirst ihn sogar in Unterwäsche sehen und bist zur Stelle, wenn Michael sich bekleckert und du ihn für den Dreh wieder sauber kriegen musst.«

Hoffnungsvoll strahle ich Jade, meine Glücksfee, an. »Wie komme ich da rein?«

»Durch mich.«

Von der Sekunde, in der sie mir die Möglichkeit imaginiert, lässt mich die Sehnsucht danach nicht mehr los. In London wird damals viel gedreht, aber auch knallhart gespart. Filme müssen schnell und billig sein, die Crew ist angehalten, sich aus Begeisterung abzurackern. Leben können nur wenige davon. Ich spreche nicht von den internationalen Produktionen, die in den Pinewood Studios oder in Twickenham gedreht werden. Ich meine die feinen, kleinen, die oftmals besseren Filme. Unterm Strich verdiene ich in den Jahren bei Patrick mehr als in meiner kurzen Karriere beim englischen Film. Es ist nicht vorherzusehen, dass diese Zeit nur die Vorbereitung zu meinem nächsten Sprung sein wird, dem Sprung zu Tancredi.

Wahrscheinlich säße ich heute noch frierend an Sets in und um London und wärmte meine Finger an einer Tasse

Tee, hätte Antonioni nicht *Blow Up* gedreht. Über die Presseagenturen, die Jade manchmal mit Fotos versorgt, findet sie heraus, dass der Film nach einigen Schwierigkeiten nun endlich finanziert ist. Antonionis Stab soll nur aus wenigen Italienern bestehen, es wurden vorwiegend britische Filmleute engagiert. Jocelyn Rickards entwirft die Kostüme, sie ist in Insiderkreisen berühmt. Als ich sie kennenlerne, läuft ihr letzter Film in den Kinos, der zweite James Bond: *From Russia With Love*. Jade und Jocelyn sehen sich ähnlich, beide sind dunkelhaarig, helläugig und haben einen leichten Schlag ins Ordinäre.

Unsere Begegnung findet in einem Café in Soho statt. Die Rickards nimmt sich erstaunlich viel Zeit für einen kleinen Nobody wie mich und ist erfrischend offen. »Michelangelo macht mich wahnsinnig. Er will, dass ich die Mode voraussehe, die in zwei Jahren aktuell ist, wenn der Film herauskommt.« Jocelyn trinkt Martini. »Wie funktioniert Mode? Wer kann das sagen? Soll ich zu Courrèges gehen oder zu Mary Quant und fragen: Was werdet ihr in zwei Jahren machen?«

Ich bin scheu und sage kaum etwas. Jocelyn redet von gefältelten Hosenröcken, einem Mini, den sie mit Diamanten benageln will, und einem Silberhelm. Ob sie irgendeine Aufgabe für mich hat, kommt nicht zur Sprache. Ich bin enttäuscht und überzeugt, dass es für mich keine zweite Begegnung mit Antonioni geben wird.

»Du hast ihr gefallen«, sagt Jade hinterher.

»Wie kommst du darauf?«

»Wenn nicht, wäre sie nach fünf Minuten gegangen.«

Ich erhalte den Anruf von Jocelyns Büro, als ich gerade für eine Komödie Kostümassistenz mache. Meine Mitarbeit bei *Blow Up* soll nicht für den ganzen Film gelten, sondern nur für die Tage, während die Szenen vor dem

Obdachlosenheim gedreht werden. Ohne zu zögern, steige ich aus der Komödie aus.

Meine Aufgabe ist es, die Lager der Heilsarmee und anderer Hilfsorganisationen zu durchforsten, um authentische Anzüge für vierzig Statisten aufzutreiben. Jocelyn sucht jedes Kostüm persönlich aus und ändert mehrmals, bevor sie die Leute auf den Set lässt. Noch die kleinste Nebenrolle, jeder Statist ist ihr wichtig. Während der kurzen Gelegenheiten, die uns zum Reden bleiben, sagt sie einmal: »Achte auf den Hintergrund. Wenn die Leute im Hintergrund scheiße aussehen, sieht auch der Star im Vordergrund scheiße aus.«

Die Zeit bei *Blow Up* ist nicht besonders aufregend, da ich mit den entscheidenden Szenen nichts zu tun habe. Antonioni arbeitet konzentriert, die Drehzeit ist knapp bemessen. Er ist lässig gekleidet, respektvoll zum Team und den Darstellern. Selbstverständlich nimmt er mich nicht wahr, er hat Wichtigeres zu tun.

Aber Eddie nimmt mich wahr. Er ist einer der Assistenten des Kameramanns Carlo di Palma, der am Beginn seiner Laufbahn steht. Eddie ist gelassen, still und auf der Suche nach einer Frau. Er begutachtet das *Frischfleisch*, das auf dem Set zu tun hat, und davon gibt es bei *Blow Up* eine Menge. Die Models interessieren ihn nicht, oder er rechnet sich bei ihnen keine Chancen aus. Seine Wahl fällt auf mich. Noch während der Dreharbeiten werden wir ein Paar. An einem Wochenende mietet er ein Auto, wir fahren in die Cotswolds und übernachten in einem kleinen Hotel. Obwohl ich nicht mehr unschuldig bin, sonnt Eddie sich in dem Gefühl, mir zu zeigen, *wie es gemacht wird*. Ich lasse ihm das Vergnügen. Ich mag seine Selbstsicherheit und den Stolz, mit dem er seine neue Freundin in der Öffentlichkeit präsentiert. Als wir eines

Abends in ein Restaurant am Earl's Court gehen, zeigt er mir die Männer, die sich nach mir umgedreht haben, und sagt: »Die wollen dich alle, aber sie können dich nicht kriegen, weil ich dich habe.«

Eddie, er ist gerade Mitte zwanzig, will sein Leben bereits auf eine solide Basis stellen und macht mir nach wenigen Wochen einen Heiratsantrag. Ich bin geschmeichelt, zugleich zerrissen. Meine Erziehung, mein soziales Umfeld, der sanfte Druck meiner Eltern, alles war auf das Ziel ausgerichtet, Ehefrau zu werden. Zu dieser Zeit gilt es für eine Frau noch als Schreckgespenst, als unverheiratete alte Jungfer zu enden. Zugleich will ich nicht so werden wie meine Mutter, will frei sein, arbeiten, reisen – ich bitte Eddie um Bedenkzeit. Heute weiß ich, wie sehr mich sein Angebot schockierte, denn mein Unterbewusstsein tut danach alles, um der Falle, in die Eddie mich in redlicher Absicht lockt, zu entgehen. Ich beginne im Schlaf zu schreien. Kein Murmeln, kein Seufzen, lautes, verzweifeltes Schreien. Eddie erschrickt ziemlich über die Teufelsbraut, die da neben ihm liegt. Dass er selbst es ist, der das Fluchttier in mir zum Schreien bringt, darauf kommen weder er noch ich.

Insgesamt verbringe ich nur zwei Wochen bei den Dreharbeiten zu *Blow Up*. Da niemand voraussieht, dass der Film zu einem cinematografischen Meilenstein werden würde, ist meine Erinnerung an das Ereignis fast schon verblasst, als eines Morgens mein Telefon klingelt. Ein Mann mit südländischem Akzent stellt sich als Filippo Rissone vor. Er sei der Assistent Fellinis und im Begriff, seinen ersten eigenen Film zu drehen. Er will mich als Kostümbildnerin.

Weder war Filippo jemals Fellinis Assistent, noch wurde das Filmprojekt irgendwann Wirklichkeit. Filippo ruft mich auch aus keinem Filmbüro an, sondern aus der Villa seiner Eltern. Er stammt aus reichem Stall und kann sich die Eskapade leisten, eine junge Engländerin zur Kostümbesprechung nach Rom einzuladen. Aufgeregt, überrumpelt, sage ich zu, wir vereinbaren einen Termin, und er kündigt an, mir die Tickets zu schicken.

Statt sich für mich zu freuen und mir ein paar schöne Tage in Rom zu gönnen, befindet Eddie: »Der Spaghetti will dich flachlegen.«

Auch wenn ich ihm im Nachhinein recht gebe, brüskiert mich sein Ultimatum: Wenn du nach Rom gehst, ist es aus zwischen uns. Heimlich wünscht sich mein verwirrtes Herz nichts anderes, ich aber gebe mich trotzig. Wenn er mir nicht einmal so weit vertraut, dass ich ihm in Rom die Treue halte, wäre es wohl besser, wir beenden die Sache. Eddie verlässt mich zur selben Stunde. Erstaunlicherweise leide ich unter der Trennung. Die Erleichterung, wieder frei zu sein, lässt noch einige Zeit auf sich warten.

Jahrzehnte danach besuche ich Eddie in York. Er hat eine nette, konservative Frau geheiratet, ihr Heim blitzt vor Sauberkeit, im Chrom des Küchenherdes kann ich mich spiegeln. Genauso hätte Eddie mich haben wollen, wenn wir zusammengeblieben wären. Erwartete Tancredi etwas Ähnliches von mir? Ich bin nicht außergewöhnlich widerborstig oder krankhaft freiheitsliebend, und doch wären meine Mutter und die meisten ihrer Generation nie auf die Idee gekommen, eine Freiheit zu fordern, wie sie mir selbstverständlich vorkommt. Wahrscheinlich liegt es an der Zeit selbst, der Zeit, in der die Emanzipation der Frau zum ersten Mal reelle Gestalt annimmt. Und ausgerechnet in dieser Phase des gesellschaftlichen Umbruchs muss ich auf den Mann meines Lebens treffen, nicht irgendeinen Mann: einen Sizilianer.

5

Filippo Rissone taucht auf und verschwindet rasch wieder. Was er zurücklässt, ist eine noch ziemlich junge Frau, die sich in die Stadt Rom verliebt hat.

Filippo holt mich in seinem Cabrio vom *Leonardo da Vinci* ab. Der Flughafen wurde erst vor ein paar Jahren eröffnet, man hat den Eindruck, er liegt weit außerhalb der Stadt. Die Begegnung mit Filippo ist höflich, zugleich kompliziert. Sein Englisch ist schlechter, als es bei unseren Telefonaten den Anschein hatte, mein Italienisch ist eine Knospe, die sich der unbekannten Sprache erst langsam öffnet. Auf der Fahrt in die Stadt, den Wind im Haar, überrascht von der Wärme im April, bin ich überwältigt. Auch wenn die Außenbezirke damals wie heute von hässlichen Wohnbunkern geprägt werden, es sind italienische Bunker, erfüllt von prallem Leben, halb verborgen hinter der unerlässlichen Wäsche, die jede italienische Familie ins Freie hängt. Meine Einfahrt ins Herz von Rom ist vollkommen anders, als man das heutzutage erlebt. Das heutige Centro ist zu einer geldgierigen Touristenattraktion verkommen. Der hässliche *Welttourist* verunstaltet die Stadt; unansehnliche Waden, dämliche Hüte und T-Shirts beleidigen das Auge auf Schritt und Tritt. Wer heutzutage versucht, an einem Frühlingsabend über den Campo de' Fiori zu schlendern, wird bald in eine Seitengasse ausweichen, um von der Touristenherde nicht totgetrampelt zu werden.

Als ich *mein* Rom kennenlerne, ist alles beschwingt, lässig und hundertmal eleganter. Die Kleider der Frauen haben raffinierte Schnitte, sind häufig aus Seide, selbst tagsüber trägt die elegante Signora Handschuhe. Man legt großen Wert auf die Nägel, nicht bloß Fingernägel; wer hochhackige offene Sommerschuhe trägt, braucht perfekt lackierte Zehennägel. Die blasse Dame gehört der Vergangenheit an, der *tan* spielt eine große Rolle in der äußeren Erscheinung. Frauen wie Männer verbringen Stunden am Strand, um sich zu bräunen. In der kühlen Jahreszeit gehört es zum Straßenbild, dass die Römerin Pelz trägt, auch wenn es wegen des milden Klimas nicht nötig wäre. Selbst echte Juwelen sind beim Stadtbummel nicht selten. Erst der immer frecher werdende Straßenraub wird dem ein Ende setzen. Zu meiner Zeit genießen die Römer ihr Stadtleben in aller Weltoffenheit; wir Fremden werden mit der Nonchalance einer zweitausendjährigen Geschichte freundlich geduldet. Heute kommt es mir vor, der sensible Römer wird an die Seite gedrängt, damit sich der Homo touristicus, der Barbar der Neuzeit, breitmachen kann.

Obwohl Filippo gewisse Absichten hat, ist er nicht so geschmacklos, mich in seiner Villa in der Appia Antica unterzubringen, sondern in einem netten Hotel nahe dem Quirinal. Schon unsere ersten Gespräche machen klar, Filippos Film ist über das Stadium des Hirngespinsts noch nicht hinausgekommen, und die Chemie zwischen uns beiden stimmt nicht. Filippo ist jedoch ein smarter Mann und ein guter Verlierer. Er lässt mich nicht im Regen stehen, sondern benutzt seine tatsächlich existierenden Kontakte, um mir einen Start beim Film zu ermöglichen.

Klingt das nicht sehr blauäugig? Eine Ausländerin in ihren Zwanzigern, die außer ein paar Assistenzen beim britischen Kino beruflich nichts vorzuweisen hat, kommt wegen eines windigen Projektes nach Rom, scheitert und will trotzdem bleiben? Man muss sich die Welt, in die ich komme, als südliches Karussell vorstellen: Leute springen auf, Leute springen ab, wer wirklich mitfahren will, wird akzeptiert. Klinkenputzen, wie es heute beim Film zum Alltag gehört, gibt es in meinem Rom nicht. Man taucht auf einem Set auf, bleibt einige Zeit, und irgendwann haben alle den Eindruck, man war schon immer dabei. Zugegeben, für eine junge Frau, die es versteht, sich anzuziehen und dazu noch blond ist, mögen die Startschwierigkeiten geringer gewesen sein.

Bald nachdem Filippo und ich friedlich auseinandergegangen sind, beziehe ich ein winziges Apartment in einer Sackgasse hinter der Via della Croce. Die Piazza di Spagna ist um die Ecke, auch die Via Margutta, Straße der Künstler, wo Fellini und Giulietta Masina wohnen. Ich höre die Musikstudenten in der Accademia üben und habe die größte Freude daran, mir Köstlichkeiten auf dem Markt zu kaufen und – praktisch zum ersten Mal im Leben – daheim zu kochen. Da ich so gut wie keine Ersparnisse habe und Filippo keinesfalls um Unterstützung bitten will, hilft mir Patrick aus. Er ist über meine Entscheidung, England für längere Zeit den Rücken zu kehren, nicht glücklich, doch er fragt nicht lange, packt einen Scheck in ein Kuvert und schickt ihn an meine neue Adresse: Vicolo delle Orsoline, Rome, Italy.

Es sind weiche, warme, lichte Tage und Nächte. Ich bin glücklich, ich fühle mich frei, wie in einen wunderbaren Traum gehüllt, aus dem man nie erwachen will. Zu diesem Traum gehört auch die Begegnung mit Tancredi, die ich trotz allem, was danach auf mich lauert, nicht missen möchte. Unser erstes Treffen findet auf sakralem Boden statt, im Vatikan.

»Die Engländerin, die den Statistinnen diese verboten kurze Röcke anzieht, sind Sie das?«

Seine Stimme ist sonor, und doch klingt ein heller Trompetenton darin. Tancredi hat das Aussehen von jemandem, dem man Heldentaten zutraut. In seinem feinen dunklen Anzug wirkt er größer, als er in Wirklichkeit ist.

Wir begegnen uns im Appartamento Pius des Fünften, eines Papstes aus dem 14. Jahrhundert. Wie Tancredi habe ich einen Besucherausweis auf der Brust. Ich trage einen schwarzen Schleier zum dezenten schwarzen Kleid. Ein Dominikanermönch hat uns durch das Bronzetor am Ende der Kolonnaden in den päpstlichen Palast gebracht. Die Gelegenheit dazu verschaffte mir Ettore Montecontento, der *schwarze* Marchese, dessen Familie einige Kardinäle und hohe katholische Würdenträger hervorgebracht hat. Filippo hat mich mit dem Marchese bekannt gemacht. Er ist katholisch bis in die Haarwurzeln, zugleich ein lebenslustiger Mann, der sich auch nach achtjähriger Beziehung nicht entschließen kann, seine polnische Freundin zu heiraten.

Ich muss mir die Situation selbst klarmachen: Ich stamme aus dem proletarischen Manchester, verbrachte die letzten Jahre vorwiegend in einem Keller in einer Londoner Sackgasse, jetzt erwarte ich im Zimmer eines Renaissancepapstes das Erscheinen von Paul VI. Der Marchese fand es amüsant, mich zu einer Gruppenaudienz mitzunehmen, die der Papst für besondere Gäste gewährt. Diese handverlesenen Audienzen finden nicht im großen Saal auf der anderen Seite des Petersdoms statt, sondern im Inneren des Palastes. Unsere Gruppe besteht aus österreichischen Industriellen mit katholischem Hintergrund, einer von ihnen ist mit Ettore befreundet. Ich werde einfach mitgeschleust.

»Kurze Röcke?«, antworte ich auf Tancredis Frage. »Ich mache nur das, was die Kostümbildnerin will. Sie bestimmt, wie kurz die Röcke sind.«

»Man hört aber, dass Sie die heimliche Kostümbildnerin sind.« Tancredi lächelt nur mit den Augen.

»Das ist übertrieben.« Ich rücke meinen Schleier zurecht. In Wirklichkeit stimmt es. Der Regisseur Mario Bava dreht einen Horrorstreifen, in dem die Frauen leicht bekleidet bis an die Grenze des Erlaubten auftreten. Die Ausstatterin ist eine migränegeplagte Matrone, die ständig ausfällt. Daher muss ich, die Kleine aus England, ran. Auch wenn das Drehbuch Schrott ist, bin ich stolz, mich radebrechend in den Werkstätten durchzusetzen.

»Worum geht es in dem Film?«, fragt Tancredi.

Die Antwort bleibe ich ihm schuldig, denn kaum hat sich unser Grüppchen formiert, erzittert die Flügeltür mit dem überkreuzten Schlüsselsymbol, Schweizergardisten positionieren sich links und rechts, ein Bischof samt Sekretär und Dolmetscher treten auf. Wie neugierige Kinder recken wir die Köpfe, es herrscht gespannte Stille. Der Papst kommt zügig, die Augen gesenkt, da er noch zwei Schwellen zu überschreiten hat. Obwohl Paul VI. ein freundlich wirkender Mann ist, geben ihm die wattierten Schultern und die schmal geschnittene Taille etwas von einem Regenten. Er begrüßt die Anwesenden in kurzen Worten, wendet sich zum Bischof, der eine rotgoldene Mappe öffnet. Der Papst redet die Besucher auf Italienisch an, die Dolmetscher murmeln seine Worte auf Deutsch. Danach wendet er sich den Gästen einzeln zu. Ich bin vor Tancredi an der Reihe, im letzten Moment fällt mir ein, dass ich so etwas wie einen Knicks machen soll. Es wird eine ungelenke Verrenkung daraus. Mir ist, als wäre ich in die Feudalzeit zurückgeworfen, in der sich alles nur um den Monarchen drehte, und bin daher ziemlich erleichtert, als ich ins lebenslustige Gewühl des demokratischen Rom zurückkehren kann.

Zum Abschied, als wir mit Ettore den Vatikan bereits verlassen haben, sagt Tancredi: »Wir könnten uns mal zum Abendessen treffen.«

Ich sage: »Fein.«

»Rufen Sie mich an, wenn Sie Zeit haben.«

»Mach ich.«

»Dann arrangieren wir etwas.«

In den Tagen darauf denke ich kein einziges Mal an Tancredi.

Ich rufe selbstverständlich nicht an. Einmal begegne ich ihm in Cinecittà, aber wir sind beide beschäftigt und grüßen uns nur von Weitem. Auch er ruft nicht an. Allerdings scheine ich es ihm so weit angetan zu haben, dass er die Sache mit dem Marchese bespricht. Ettore spielt den Kuppler und arrangiert ein Treffen zu viert. Tancredi soll mich an dem bewussten Abend von daheim abholen.

Einen Tag davor komme ich mittags an dem Studio vorbei, wo Dino De Laurentiis eine Komödie mit Alberto Sordi produziert, der in Italien ein Star ist. Ich will den berühmten Komiker aus der Nähe sehen und trete ein. Wir Mädchen aus den Werkstätten arbeiten praktisch für alle Produktionsfirmen in Cinecittà, daher ist es nicht ungewöhnlich, einen fremden Set zu besuchen. Regisseure wie de Sica sind dafür bekannt, dass sie keine Fremden bei den Dreharbeiten dulden, dem dicken Mann mit dem Megafon jedoch scheint das egal zu sein. Er hat Probleme mit der Befüllung des künstlichen Swimmingpools. Während er unausgesetzt ins Megafon bellt, rutscht ihm die Hornbrille von der Nase; durch Hochziehen der Backen und groteskes Zähnefletschen bringt er sie wieder in Position.

»Bartolo, nein, Bartolo, hast du denn alles vergessen?«, ruft er in die Flüstertüte.

Bartolo ist der, der die Drehbühne bedient. Sie dreht sich, obwohl ein Kulissenteil noch nicht hochgezogen wurde; die hölzerne Hausfassade verkeilt sich, es knirscht.

»Nein, Bartolo! Schau in deine Unterlagen!« Das Geschrei des Regisseurs geht in den Achtung-Rufen der Assistenten unter. Sie ducken sich unter vorübersegelnden Dekorationsteilen.

»Nein! Bartolo, bist du denn von allen guten Geistern verlassen?«

Schließlich steht die Villa, in der Alberto Sordi ein burleskes Abenteuer erleben soll, aber doch fertig da, ein Balkon ragt über den Swimmingpool, das Wasser ist von unten blau beleuchtet. Die Assistenten dirigieren die Lichtdoubles hin und her, dabei herrscht ein rüder Ton, was niemanden zu stören scheint. Geht es nicht schnell genug, werden schon mal Knüffe und Ohrfeigen verteilt. Die Komparsen reagieren so selbstverständlich darauf, als sei das der einzig professionelle Umgang am Set.

Alberto Sordi weigert sich, vom Balkon in den Swimmingpool zu fallen. Der Regisseur verschwindet für eine Viertelstunde in Sordis Garderobe und kommt mit einem Zwischenerfolg zurück: Sordi ist bereit, im Pool zu planschen, den Sturz aber will er auf keinen Fall selbst drehen. Die Abteilung für Doubles und Stunts wird angerufen; so kurzfristig kann kein Sordi-Doppelgänger aufgetrieben werden. Der Regisseur ruft den Assistenten von De Laurentiis an. Soll er abbrechen? Soll er das Drehbuch ändern? Der Dicke ist schweißgebadet, er fürchtet das Donnerwetter des mächtigen Produzenten.

Währenddessen hetzt man einen Mann in Unterhosen und eine Komparsin im Bikini um den Pool, damit die Fünftausend-Watt-Geräte, die den Sonnenschein simulieren, platziert werden können. Ein Beleuchter mit Zelluloidschirm über der Stirn boxt den Kerl in der Unterhose vor sich her und brüllt gleichzeitig Anweisungen auf die Beleuchtungsgalerie. Gewaltige Scheinwerfer drehen und senken sich, ihr Licht taucht den Pool in gleißende Helligkeit. Der Zelluloidmann will das Bikinidouble dazu bringen, ins Wasser zu gehen. Sie sagt, sie kann nicht schwimmen.

»Geh rein, dumme Kuh, das reicht dir nicht mal bis an die Titten!«

Sie gehorcht, findet Grund und beginnt sich wie Anita Ekberg im Trevibrunnen zu räkeln. »Marcello!«, ruft sie mit brüchiger Stimme. »Marcello, komm zu mir!«

Plötzliche Hektik, eine Neuigkeit geht von Mund zu Mund. Der Mann, der sich traut, ist gefunden; kein Stuntman, kein Komparse, doch er sieht Sordi angeblich ähnlich. Gleich wird er da sein, jeden Moment. Sie suchen noch eine Badehose für ihn, schwarz muss sie sein; Sordi besteht auf einer schwarzen Badehose.

»Drehfertig machen!«, brüllt der Regisseur.

»Alles drehfertig machen!«, wiederholen die Assistenten.

Ich finde bis heute, dass Tancredi Alberto Sordi nicht im Entferntesten ähnelt, aber in der hektischen Atmosphäre sind alle überzeugt, der attraktive Zeichner aus der Bühnenabteilung sei dem Star wie aus dem Gesicht geschnitten. Tancredi betritt die Szene, er trägt nichts als die schwarze Badehose. Fieberhaft kümmern sich alle um ihn. Der Friseur bemüht sich, Tancredis glattem Haar Sordis Locken aufzuzwingen. Das Mädchen von der Maske schminkt seine Beine mit einem Schwamm. Er selbst steht lässig da; von vielen tausend Watt geblendet, sieht er mich nicht. Ich freue mich, bei dieser Szene Mäuschen spielen zu dürfen.

Der Regisseur erklärt dem Retter in der Not die Szene, unsinnigerweise spricht er auch jetzt ins Megafon. Die Figur, die Sordi spielt, sei bestürzt, verstört und bemerkt nicht, dass sich das Balkongeländer in ihrem Rücken befindet. Tancredi wird hinter die Kulisse begleitet, hilfreiche Hände halten die Leiter, über die er in den ersten Stock der Dekoration klettert. Als er in der Balkontür auftaucht, geht ein »Ahhh!« durch das Studio. Er sieht Sordi immer noch nicht ähnlich, aber der Wunsch ist der Vater des Gedankens. Er ist muskulös, dabei von feinen Gliedern, seine Beine sind fast zu schön für einen Mann. Selbstvergessen steht er da und wartet, bis die Kamera eingerichtet ist. Die Distanz wird gemessen, das Licht kontrolliert.

»Denk dran, das Becken ist nur anderthalb Meter tief!«, ruft der Regisseur.

Tancredi winkt beruhigend, er hat sich die Gegebenheiten angesehen. Die Sirene jault, das rote Licht geht an. Der Tonmann fährt seine Angel aus, der Kameramann presst das Auge ans Okular. Vier Jungs stehen bereit, den Dolly über die Schienen zu ziehen. Tancredi stellt sich an die Balkontür, mit dem Rücken zum Geländer. Er bindet die Badehose im Bund gut fest.

Der Dicke ruft »Achtung!«, wie ein Echo wiederholen es die Assistenten. »Los, Tancredi!«

Der schlanke Kerl auf dem Balkon reißt die Arme hoch, als würde er im Inneren der Villa etwas Erschreckendes sehen und taumelt rückwärts. Es ist vorgesehen, dass das Geländer ihn stoppen soll, er muss darüberfallen. Das Geländer stoppt Tancredi nicht. Es bricht. Er schreit, mitsamt

Geländer stürzt er in die Tiefe und landet im Wasser. Es spritzt und schäumt, Tancredi verschwindet. Der Regisseur bricht nicht ab, die Kamera fährt näher, gespannte Stille. Gesplitterte Holzteile tauchen auf, keine Spur von Tancredi. Plötzlich schießt sein Oberkörper aus dem Wasser, er holt Luft und breitet die Arme aus.

»Schnitt!«, schreit der Regisseur. Die Sirene schrillt, alle klatschen. Während Tancredi an den Beckenrand schwimmt, versammeln sich die Assistenten und erkundigen sich, ob er sich verletzt hat. Der Regisseur lässt den Cheftechniker kommen: Wie konnte das Geländer brechen? Eine Schweinerei, das sei ja lebensgefährlich!

»Großartig«, sagt er zu Tancredi. »Wir lassen es so. Das ist hundertmal besser!« Er geht los, um Alberto Sordi von dem gelungenen Stunt zu erzählen.

Später erfahre ich, dass Sordi sauer ist, weil ein anderer ihm die Show stiehlt. Der Take muss noch mal gedreht werden, Sordi macht es selbst, allerdings nicht aus dem ersten Stock, sondern zu ebener Erde. Das einmalige Filmdokument, auf dem mein späterer Mann samt Geländer in den Pool stürzt, landet im Zelluloidmüll.

6

Unser erster Abend verläuft ebenso unvorhersehbar. Tancredi holt mich in seinem Alfa Romeo Spider ab. Es ist ein schnittiges rotes Auto mit offenem Verdeck, wie es damals nur die Italiener bauen. In diesen Jahren, heute kaum vorstellbar, ist der Verkehr in Rom angenehm; man kommt zügig voran und bleibt elegant am Straßenrand stehen, wie es heute bei all den Fußgängerzonen undenkbar wäre.

»Mein Vater ist in der Stadt«, sagt Tancredi nach kurzer Begrüßung. »Ich habe versucht, Sie anzurufen, aber ...«

»Heißt das, wir gehen nicht aus?«

»Doch, aber nicht wie geplant.« Er öffnet die Beifahrertür, nimmt meine Hand und hilft mir hinein.

Ich bin froh, nichts Kurzes angezogen zu haben, in dem tiefliegenden Sportwagen würde der Rock zu weit hochrutschen. »Was meinen Sie – *nicht, wie geplant*?«

»Ettore hat abgesagt, er lässt sich entschuldigen.« Tancredi setzt sich hinters Steuer, der Motor heult auf.

»Wieso?«

»Der Marchese kommt mit meinem Vater nicht zurecht.« Tancredi legt einen Kavaliersstart hin, ich werde in den Sitz gedrückt. Wir biegen in die Via delle Carozze und fahren Richtung Piazza di Spagna.

»Und wieso glauben Sie, dass ich mit Ihrem Vater zurechtkomme?«

»Sie sind eine Frau.«

Mir missfällt die Vorstellung, bei unserem ersten Rendezvous Papa di Lorenzo dabei zu haben. »Was hat Ettore gegen Ihren Vater?«

»Er findet die Gespräche mit ihm einseitig.«

»Tancredi, ich möchte nicht stören, wenn Sie und Ihr Vater heute Abend ...«

»Sie werden ihn mögen, und er wird Sie mögen.« Obwohl wir ein ziemliches Tempo draufhaben, schaut er mir in die Augen. »Sprechen Sie deutlich mit ihm und sehen Sie ihn dabei an.«

»Warum?«

»Papa ist taubstumm.«

In der Via dei Due Macelli reihen wir uns in den Feierabendverkehr.

Tancredis Vater erwartet uns in einem Bistro auf der Via Veneto, der Flaniermeile, wenn man in Rom sehen und gesehen werden will. Allabendlich ist die Straße voller Stars und solcher, die es werden wollen. Es tummeln sich Principesse und Contesse im Dutzend, begleitet von Glamour Boys, deren weiße Anzüge millimetergenau sitzen, ihre Hemden sind fast bis zum Nabel geöffnet. Die Cocktails kosten Fantasiepreise, die Papagalli gehen auf nächtlichen Streifzug und belästigen Touristinnen, die unvorsichtig genug sind, sich allein ins Freie zu wagen. Auch wenn ich aus Cinecittà gewöhnt bin, in der Nähe von Stars zu sein, auf der Via Veneto ist es anders: Claudia Cardinale, Mastroianni und die Mangano – die Berühmtheiten sind von Paparazzi-Schwärmen umgeben. Will man einen Star sehen, braucht man sich nur am Blitzlichtgewitter zu orientieren.

»Ciao, Papa.« Tancredi parkt in zweiter Reihe, quetscht sich zwischen den Autos durch und wird von seinem Vater mit einem Schulterklopfen begrüßt.

Calogero di Lorenzo dürfte noch in seinen Fünfzigern sein, ein kantiges, ernstes Gesicht, dessen Sprachlosigkeit sich in den zusammengepressten Lippen ausdrückt. Er hat das Haar streng nach hinten frisiert, während Tancredi es flott in die Stirn fallen lässt. Der Vater trägt einen feinen Anzug, dessen Schnitt aus der Vorkriegszeit stammt. Tancredi stellt mich als seine Kollegin aus Cinecittà vor. Die warme Hand des Vaters schließt sich um meine. Man kann Sympathie nicht vorhersehen oder erzwingen; in diesem Moment auf dem lärmenden Boulevard fällt meine Befangenheit ab. Ich freue mich, Tancredis Vater kennenzulernen.

»Guten Abend, bitte verzeihen Sie mein mangelhaftes Italienisch«, sage ich akzentuiert.

»Sie brauchen Papa nicht anzuschreien«, lacht Tancredi. »Wenn Sie in seine Richtung sprechen, versteht er fast alles.« Er bemerkt den Teller vor Calogero. »Du hast schon gegessen?«

Der Vater zeigt auf seine Uhr und auf seinen Magen. Dabei formt er die Lippen, als würde er sprechen.

»Aber daheim essen wir manchmal noch später.« Tancredi schiebt mir den Stuhl zurecht. »Die Reise wird dich hungrig gemacht haben.«

Ich erfahre, dass der Vater gerade aus Monteleone kommt. Ich höre den Namen zum ersten Mal. Monteleone – Ort der Schönheit, der Leidenschaft, zugleich der Name meines Gefängnisses.

»Was machen Sie in Rom, Signore?«, frage ich, während Tancredi Campari für uns bestellt. Der Vater ist bereits beim Wein.

Calogero deutet mit drei Fingern die kreisende Geste an, die in Italien allgemein für *Geschäfte* steht.

»Papa hat morgen im Ministerium zu tun«, antwortet Tancredi. »Ich begleite ihn.«

»Was macht Ihr Vater beruflich?«

»Beruflich? Nein. Es geht um Zuschüsse durch das Landwirtschaftsministerium für unser neu erworbenes Land.«

Dass die di Lorenzos zu einer Handvoll Großgrundbesitzer zählen, die den Süden Siziliens unter sich aufteilen, weiß ich damals noch nicht. Ich frage mich lediglich, wie Calogero sich im Ministerium durchsetzen will, wie er dort Verhandlungen führt. Erst später werde ich erleben, dass ein mächtiger Mann seine Umgebung dazu inspiriert, ihm zu Diensten zu sein. Nicht der Taube wird dabei zur skurrilen Figur, sondern diejenigen, die sich dem Tauben verständlich machen wollen. Calogero sitzt aufrecht da, beugt sich nicht vor, sein Oberkörper bleibt vollkommen ruhig, während die Hände sparsam gestikulieren. Nie drückt sein Gesicht die Not aus, etwas verstehen zu wollen. Was er nicht mitbckommt, sagt seine Miene, kann nicht so wichtig gewesen sein.

Heute weiß ich, dass gerade durch die Anwesenheit Calogeros unserem ersten Treffen die Spannung genommen wird. Tancredi hat gewisse Absichten bei mir, das ist mir klar, ich bin gespannt, wie er vorgehen will. Die Situation an diesem Abend ist ganz anders: Wir sind wie zwei Kinder, die sich um einen Älteren scharen, der nichts sagt, aber alles versteht. Ich werde aufgefordert, von mir zu erzählen. Ich tue es gern und spreche nur ein wenig langsamer dabei.

Für einen Sizilianer muss das Leben einer selbstständigen Engländerin, die sich im fremdsprachigen Ausland durchschlägt, wie die Geschichte einer Außerirdischen klingen. Obwohl ich im heiratsfähigen Alter bin, habe ich keinen Freund und lebe in Rom allein. Calogero scheint das zu imponieren, zugleich hält er es für den Ausdruck einer neuen Zeit und ist froh, sie nur aus der Distanz zu erleben.

Wir nehmen eine lange italienische Mahlzeit ein; beim Kaffee ist es bereits nach Mitternacht. Ich muss morgen früh Waffenröcke für hundert Statisten beschriften, eigentlich sollte ich ins Bett, aber Calogero macht eine muntere Geste.

»Jetzt noch?«, erwidert Tancredi überrascht. »Da können wir nur noch in ein Nachtlokal.«

Der Vater verweist mit einer Geste auf die ganze Stadt.

»Hast recht, Papa. Wenn du schon alle Jubeljahre nach Rom kommst, sollst du dich auch amüsieren.«

»Für mich wird es spät. Ich fahre besser heim«, sage ich.

Der alte Herr nimmt meine Hände und legt etwas Beschwörendes in seinen Blick.

»Ich glaube, Papa will auf Ihren reizenden Anblick nicht verzichten«, dolmetscht Tancredi. »Sie sind heute sein Maskottchen.«

»Aber nur auf einen Drink.«

Calogero nimmt die Biglietti vom Unterteller, ein Wink, der Kellner flitzt. Tancredi schlägt ein Lokal vor, das man zu Fuß erreicht, der Strom der Flanierenden nimmt uns auf.

Ich bin auf etwas Schummeriges mit kleinen Tischen vorbereitet, aber in dem Kellerlokal wird auch Programm gemacht. Calogero lässt sich eine Nische zeigen, Tancredi bestellt Whisky. Das singende Mädchen auf der Bühne trägt ein Mieder, das ihr einige Nummern zu klein ist; ich fürchte, beim nächsten Ton wird sie es sprengen. Ihre Nummer ist schlüpfrig, ich bin neugierig, wie der Herr aus der sizilianischen Provinz es aufnimmt. Gönnerhaft beobachtet Calogero das Mädchen, als wäre es seine begabte Tochter, die etwas zum Besten gibt. Die Getränke kommen, wir stoßen an. Ich bemerke eine junge Frau in knallrotem Kleid an der Bar, die Calogeros Aufmerksamkeit wecken möchte. Er sieht sie an und sieht sie zugleich nicht an; es ist, als würde sein gelassener Blick durch sie hindurchgehen. Die Animierdame wird deutlicher und kommt an unseren Tisch.

»Drei ist eine ungerade Zahl«, sagt sie mit hauchiger Stimme. »Ich sehe, bei dir ist noch Platz.« Sie rückt an Calogero heran.

Der alte di Lorenzo blickt auf. Ein Kardinal der Heiligen Inquisition könnte die dicke Schminke, das aufreizende Kleid des Mädchens nicht schonungsloser mustern. In seinem Blick liegt die traurige Frage, wieso sie sich bloß zu so etwas hergibt. Was mich noch mehr fasziniert, ist die Reaktion seines Sohnes. Tancredi ist der junge Wolf, der sich abguckt, wie der Leitwolf mit der Situation umgeht. Selten habe ich Tancredi so jung und so wach erlebt.

Wir bleiben nicht lange. Im Freien beratschlagt Tancredi, wen er zuerst nach Hause bringen soll. Er hofft gewiss, dass ich Nummer zwei sein werde. Ich bin müde und zu keinerlei Abenteuer mehr aufgelegt. Bevor die di Lorenzos sich einig sind, winke ich ein vorbeifahrendes Taxi heran. Es ist das Ende eines merkwürdigen, stimmungsvollen ersten Rendezvous.

7

Das Knabenhafte, das Tancredi ausstrahlte, als er seinen sprachlosen Vater durch Rom begleitete, hat mich berührt. Der schneidige Sportwagenfahrer, der beeindruckende Badehosenträger, war vergessen, ein sympathischer junger Mann kam zum Vorschein, der an seiner Familie hängt und seinem Vater gefallen will. Bald darauf planen wir die nächste Verabredung, einen Tanz am Tiberufer. Am Telefon ist Tancredi leicht und schlagfertig, zwanglos gehen wir zum Du über.

In Cinecittà wird die nächste große Fellini-Produktion vorbereitet – *Giulietta degli Spiriti*. Fellini hasst Außendrehs und lässt alle Dekorationen im Studio bauen. Damit bürdet er den technischen Abteilungen enorme Leistungen auf. Neben den Malersälen, in denen Prospekte auf riesige Rahmen gespannt und von den Kunstmalern in hängenden Gondeln bearbeitet werden, muss diesmal das Prospektmaterial in zusätzlichen Ateliers auf den Boden aufgespannt werden. Die Künstler malen quasi *zu Fuß*. Tancredi arbeitet am Zeichenbrett. Fellini macht eine Skizze, sein Ausstatter entwirft das Bild dazu, Tancredi setzt es in einer Größe von 1 x 2 Meter um. Danach muss er jedes Billdetail in die Dimension 20 x 40 Meter übertragen. Es ist eine Mischung aus technischer Zeichnung und Kunst. Erst wenn die maßstabsgerechten Pläne vorliegen, können die Maler in den Sälen beginnen.

Wie Tancredi zu dieser Aufgabe kam, erfahre ich von ihm selbst. Obwohl er wusste, dass auf ihn, den Erstgeborenen, eines Tages die Familienpflichten zukommen werden, beginnt er nach der Schulzeit ein neugieriges Studentenleben. Er versucht es mit Architektur, entdeckt dabei seine bildnerische Ader und besucht die Meisterklasse eines Bildhauers in den Apuanischen Alpen. Durch die schwere körperliche Arbeit erleidet er einen Bandscheibenschaden und muss sich von da an auf das Malen beschränken. Er probiert sich am Abstrakten aus, stellt aber fest, dass seine Fantasie ziemlich gegenständlich ist. Da er keine Lust hat, als Landschafts- und Porträtmaler zu versauern, sucht er sich ein Betätigungsfeld, das genau die Kombination seiner Fähigkeiten erfordert – Technik, Traum, Realismus –, Tancredi geht zum Film.

Das gibt ihm die Gelegenheit, Sizilien eine Weile hinter sich zu lassen und in die flitternde Scheinwelt einzutauchen. Die Sechzigerjahre stellen auch im italienischen Film eine Wende dar. Obwohl das Massenpublikum weiterhin die flotten Klamotten sehen will, die von der Commedia dell'arte abgeleitet sind, setzen sich ambitionierte Regisseure durch und bringen dem italienischen Film Weltruhm. Antonioni, Pasolini, Fellini, Franceso Rosi, Visconti, Marco Ferreri schaffen ihre charakteristischen Filme in diesem Jahrzehnt und werden zu Schöpfern neuer Stars.

Während die Crews der einzelnen Filme nach Drehschluss in ihr Normalleben zurückkehren, bleiben die ständigen Ausstattungsteams vor Ort. Sie gehen von Film zu Film, von Ästhetik zu Ästhetik; sie *sind* Cinecittà. Einer von ihnen ist der reiche, gut aussehende Tancredi di Lorenzo. Was für ein Leben – arbeiten aus Freude, nicht für den Lebensunterhalt, Kontakt zu den begabtesten Leuten des Genres und zugleich zur Spitze der römischen Gesellschaft.

Die Römer sind arrogant und voller Dünkel, normalerweise hat es ein Sizilianer in der Hauptstadt schwer. Aber die di Lorenzos sind keine gewöhnlichen Sizilianer. Sie gehören zu den Stützen des Landes, haben beste Verbindungen zu einflussreichen Ämtern, und mancher Politiker verdankt seinen Aufstieg der großzügigen Unterstützung dieser Familie. Der Erbe der di Lorenzos ist nicht irgendwer in Rom. Männer suchen seine Bekanntschaft, die Frauen umschwärmen ihn. So gesehen, muss ich es als Bescheidenheit Tancredis ansehen, dass er mir gegenüber nie mit seinem Status protzt. Er tritt als der auf, der er derzeit ist: ein Zeichner und Angestellter in Cinecittà.

Am Nachmittag vor dem Abend, an dem wir verabredet sind, treffe ich Filippo Rissone zufällig in der Kantine der Filmstadt. Ich habe ihn einige Zeit nicht gesehen und nehme seine Einladung zum Kaffee gern an. Wir setzen uns ins Freie. Er erzählt, dass er engagiert wurde, in der Second Unit eines Historienfilms die Komparsen zu inszenieren. Da er so euphorisch von dieser zweifelhaften Aufgabe erzählt, beglückwünsche ich ihn. Wir sitzen zwanzig Minuten nebeneinander, mag sein, dass er kameradschaftlich den Arm um meine Schulter legt. Als ich mich von ihm verabschiede, ahne ich nicht, dass ich auf ein Unwetter besonderer Natur zusteuere.

Tancredi und ich haben uns am Fluss in der Nähe des Castel Sant'Angelo, verabredet, wo das Ufer geräumt und ein Tanzboden gelegt wurde. Ich wähle ein schwingendes Kleid, erscheine neugierig, aufgeregt und bestens gelaunt. Tancredi ist noch nicht da, ich zahle den Eintritt und errege als alleinstehende Blondine die Aufmerksamkeit der lauernden Papagalli. Gleich drei hängen sich an meine Fersen und beginnen mit den üblichen Annäherungen.

»Von wo kommst du, Amerika?« – »England ist wunderbar, aber bei uns ist das Wetter besser.« – »Was gefällt dir an Rom?« – »Wie lange bleibst du?« – »Trinken wir was?«

Ich kann nicht verhindern, dass mir ein Glas mit Strohhalm aufgedrängt wird, nippe und stelle es beiseite.

»Mit mir tanzt du zuerst, ja?«

Ich sage, dass ich jemanden erwarte.

»Bis er kommt, tanzen wir miteinander.« – »Ich wärme dich auf für deinen Begleiter.« – »Glaub mir, eine Runde mit mir, und du hast ihn vergessen.«

Schließlich tanze ich mit einem der drei, um den anderen zu entkommen. Die Band spielt italienischen Beat, wir tanzen, ohne uns anzufassen. Doch so sicher wie das Amen in der Kirche folgt auf die flotte Nummer eine Schnulze, bei der man sich umschlingt. *Tesoro mio* säuselt der schwammige Sänger ins Mikrofon. Mit mehr Armen ausgestattet als ein Oktopus, macht sich mein Partner an mich heran, tanzt schmissig und will meine britische Kühle aus dem Stand zum Schmelzen bringen. Der Papagallo haucht seinen Atem in mein Ohr, mit den Zähnen entfernt er einen Haarkringel aus meiner Stirn. Als ich aufblicke, steht Tancredi beim Eingang. Diese Haltung, erhobenes Kinn, schmale Augen, die Hände in den Taschen zu Fäusten geballt, werde ich in den kommenden Jahren häufig sehen. In diesem Moment ahne ich nicht, was sie bedeutet. Ich bedanke mich bei meinem enttäuschten Tänzer und eile zu Tancredi.

»Gott sei Dank! Der Kerl kam so dicht ran, dass er schon fast hinter mir tanzte.«

»Es gibt einen Weg, das zu verhindern«, antwortet er, rührt sich nicht vom Fleck und gibt mir nicht die Hand.

»Was für ein Weg?«, frage ich gut gelaunt.

»Man sagt einfach Nein.«

»Das hab ich versucht, aber du weißt ja …«

»Nein, Diane, ich weiß nicht, wieso du nicht fünf Minuten draußen auf mich warten konntest.« Seine Stimme klingt ungewohnt.

»Ich dachte, wir sind hier verabredet.«

»Du verstehst genau, was ich meine. Schau dich um.« Er zeigt in die Runde. »Siehst du eine einzige Frau ohne Begleitung?«

Es fällt mir jetzt erst auf – die Signorine sind alle mit ihrem jeweiligen Freund, die Frauen mit ihren Ehemännern hier. Deshalb stürzten sich die Papagalli auf mich wie hungrige Wölfe.

»Tut mir leid, ich bin … In England nehmen wir es damit nicht so genau. Schön, dass du da bist.« Da ich seine Verwandlung immer noch nicht begreife, hake ich mich bei ihm unter. »Ich würde gern etwas trinken.«

Er führt mich in einem Tempo an die Bar, dass ich kaum mitkomme.

»Ist irgendwas?« Ich lächle.

»Wieso? Hauptsache, du amüsierst dich.« Er sagt das so säuerlich, dass ich ahne, ihm ist etwas über die Leber gelaufen. Und das hat nicht nur mit den Papagalli zu tun.

»Harten Tag gehabt?« Ich bestelle etwas buntes Alkoholisches.

Tancredi trinkt Rotwein. »Ich war heute in der Nähe der Kostümabteilung.«

»Aha.« Die Band spielt wieder, der Bossa Nova fährt mir in die Beine.

»So gegen drei.« Er mustert mich.

»Kannst du Bossa Nova?« Ich zeige auf die tanzenden Paare. »Bringst du's mir bei?«

»Wo warst du um drei?«

»Ich?« Ich wippe mit den Hüften. »Ich habe geschuftet.

Vierhundert ägyptische Sklavinnen, auch wenn sie nur Wickeltücher tragen, machen ganz schön Arbeit.« Ich nehme seine Hand. »Komm, Tancredi, komm.«

»Um drei warst du nicht bei der Arbeit.«

Obwohl er sich sperrt, gelingt es mir, ihn von der Bar wegzuziehen. »Ach nein? Dann sag mir, wo ich war.« Der warme Abend, die verführerische Musik, das bisschen Alkohol haben mich frech gemacht.

Er packt mich ungewöhnlich hart um die Hüfte und zwingt meine Hand in Tanzhaltung. »Du warst mit diesem Mann zusammen.«

»Mann? Was für ein Mann?«

»Dieser Möchtegern-Regisseur! Ihr habt euch umarmt.«

Das Irrwitzige an Tancredis Vorwürfen ist, dass er sie tanzend vorbringt. Mit der Selbstverständlichkeit des Könners zwingt er mich in den Bossa-Schritt, schwingt mich leicht herum, doch sein Griff ist stahlhart.

»Filippo?« Ich lache auf, eine scharfe Drehung lässt mir das Lachen im Hals stecken bleiben.

»Wieso umarmt er dich?« Tancredi fixiert mich.

»Du musst dich getäuscht haben.«

»Er hat seinen Arm um dich gelegt und es genossen, dass alle dabei zusehen konnten.«

»Wer denn, alle?«

»Jeder aus der Kantine!«

Die Musik endet, wir stehen mitten auf der Tanzfläche.

»Woher weißt du das alles?«

»Das ist egal!«

An den amüsierten Gesichtern erkenne ich, dass man uns beobachtet. Wir stehen da wie ein altes Liebespaar, eher wie Eheleute, die sich zanken. Wie bin ich in diese Situation geraten – welchen Anspruch macht Tancredi geltend zu einem Zeitpunkt, da absolut nichts zwischen uns passiert ist? Ich kenne die Italiener und ihren Machismo bereits, aber so ein Exemplar ist mir noch nicht untergekommen. Ein Sizilianer, der eifersüchtig über eine Frau wacht, die er noch gar nicht erobert hat. Der tanzt wie ein junger Gott und dabei den Charme einer Zitrone ausstrahlt. Ein Sizilianer, der mich, umringt von Schaulustigen, stehen lässt und zu seinem Rotwein zurückgeht.

Ich hätte unseren Flirt an diesem Abend beenden und mir sagen können: Der Kerl ist entweder eine Spur zu italienisch oder er hat schlicht eine Schraube locker. Ich tue es nicht, denn das Verrückte ist: Mir gefällt Tancredis Eifersucht. Noch nie hat ein Mann sich um meinetwillen so aufgeregt. Mit einem englischen Mann wäre mir das in hundert Jahren nicht passiert. Deshalb, und weil ich wahrscheinlich schon ein wenig verliebt bin, laufe ich Tancredi nach und sage:

»Es tut mir leid. Ich wollte dich nicht verletzen. Bitte entschuldige.« Ich will, dass er wieder gut mit mir ist und wir diesen wunderbaren Abend zusammen genießen. Mein Versöhnungsangebot bewirkt allerdings nur, dass er sich in seinem Verdacht bestätigt fühlt.

»Erzähl mir von Filippo. Woher kennt ihr euch?«

Wir stehen lange an der Bar und reden, ich berichte und erzähle, als hätte ich mich für etwas zu rechtfertigen. Danach ist Tancredi einigermaßen besänftigt, und wir tanzen endlich miteinander. Es ist zauberhaft, beschwingt, Rom hätte in dieser Nacht nicht schöner sein können. Tancredi bringt mich nach Hause, zieht mir lächelnd den Handschuh aus und küsst meine Hand, jeden einzelnen Finger. Diese Geste versöhnt mich mit dem ganzen Männerblödsinn, den ich davor über mich ergehen lassen musste. Den ersten Kuss bleibt Tancredi mir an diesem Abend schuldig.

8

Wir sehen uns, unternehmen Dinge zusammen, er bringt mich nach Hause, kommt aber nicht mit hoch. Ich kann mir seine Zögerlichkeit nicht erklären, bin drauf und dran, ihn darauf anzusprechen, und gehe in meiner Unsicherheit so weit, zu glauben, Tancredi sei schwul und vertusche es, indem er sich in der Öffentlichkeit mit Frauen zeigt. Bis ich ihn an einem besonders heißen Tag in der Rotonda um das Kolosseum zufällig entdecke. Er fährt den Spider offen und hat den Arm um eine schöne junge Frau gelegt. Langes pechschwarzes Haar, bernsteinfarbene Augen, eine dieser Römerinnen, die einem den Atem rauben.

Wieso bin ich nicht von selbst darauf gekommen? Was soll ein begehrter Junggeselle wie Tancredi mit einem Pflänzchen wie mir? All meine Schwächen fallen mir plötzlich ein. Halte ich mich normalerweise für zierlich, finde ich mich in diesem Moment winzig. Ich habe Haar wie Stroh, keine Oberweite, ich glänze nicht mit besonderer Bildung. Ich bin ein Niemand in Cinecittà, die Kleine, die die richtigen Klamotten auf die Stange hängt. Ich frage mich, woher ich die Frechheit nahm, es mit all diesen tollen Frauen aufnehmen zu wollen, diesen Vollweibern, die die Erotik im kleinen Finger haben. Ich beschließe, die ganze Sache als Lehre zu nehmen und einen Strich darunter zu ziehen.

Am selben Abend ruft Tancredi an und lädt mich zu einem Kinobesuch ein. Ich schütze Arbeit vor und sage ab.

Tags darauf steht er unangemeldet in der Kostümabteilung. Im Fundus achte ich nicht auf mein Äußeres, trage einen grauen Arbeitskittel und habe mein Haar wegen der Hitze hochgesteckt. Ich bin nicht eitel, aber nach dem Erlebnis am Kolosseum ärgert es mich, dass Tancredi mich so sieht. Wie ein Krebs ziehe ich mich tiefer in die Höhle aus Kleidern und Stoffen, Uniformen und Mänteln zurück. Er folgt mir. Es ist Mittag, die meisten Kollegen sind zum Essen gegangen. Der Fundus ist nicht klimatisiert, die Temperatur muss vierzig Grad betragen; ich schwitze. Ich komme mir unwichtig, gering, austauschbar vor. Während wir Belangloses reden, frage ich mich, was aus meinen hochfliegenden Plänen geworden ist. Modedesignerin wollte ich sein, Kostüme entwerfen, mit bedeutenden Regisseuren zusammenarbeiten. Stattdessen schiebe ich Garderobenstangen von A nach B und lasse mich von zweitklassigen Kostümbildnern anschnauzen. Ich will raus aus der unbefriedigenden Situation mit Tancredi, raus aus der Filmstadt, die nichts weiter ist als eine Fabrik, die Unterhaltung am Fließband produziert. Warum nicht gleich raus aus Rom? Ist mein Leben hier nicht ein einziger Selbstbetrug? Die Schönheit, der Luxus, die Sorglosigkeit – darf ich sagen, dass ich dazugehöre, nur weil ich durch die gleichen Straßen flaniere? London war ehrlicher, mein Keller, meine Nähmaschine bedeuteten mir etwas, ich hatte mir alles selbst aufgebaut.

»Schade, dass du gestern keine Zeit hattest. Ich hätte dir gern jemanden vorgestellt.« Inmitten von tausenden Metern brennbarer Materialien will sich Tancredi eine Zigarette anstecken.

»Nicht hier. Sonst geht alles in Flammen auf.«

»Heute ist sie leider nicht mehr da.« Er steckt das Zigarettenpäckchen weg.

»Wer – sie?« Ich tue, als würde ich mich auf eine Liste konzentrieren.

»Felicia.« Er tritt einen Schritt näher.

Natürlich. Nicht nur, dass das Mädchen aussieht wie eine Prinzessin, sie muss auch noch Felicia heißen. »Kenne ich sie?«, frage ich scheinheilig.

»Wie sollst du sie kennen? Ich wollte sie dir doch vorstellen.« Er lächelt und sieht in diesem Augenblick besser aus als all die Mastroiannis und Sordis und die schmalzigen Filmhelden, die hier übers Gelände laufen.

»Ein andermal.« Ich gehe weiter, doch der Gang ist eine Sackgasse.

»Ist irgendwas?« Er folgt mir.

»Nein. Nur die Hitze.« Ich wische mir Feuchtigkeit von der Oberlippe. »Mir bekommt euer Klima nicht.«

»Wir sollten rausfahren. Die Albaner Berge würden dir gefallen. Einen ganzen Tag lang, was hältst du davon?«

»Das wäre nett, aber eine Arbeitsbiene wie ich kann sich solche Kapriolen nicht leisten.«

»Übermorgen ist Sonntag.«

»Sicher, aber ...«

»Diane.« Er nimmt meine Hand.

Ich lasse sie ihm zwar, sage aber: »Warum fährst du nicht mit Felicia in die Albaner Berge?«

»Was sollte ich dort mit ihr?«

»Dir wird bestimmt etwas einfallen.«

»Ich habe sie in einer wichtigen Angelegenheit um Rat gefragt.«

Ich schweige.

»Willst du nicht wissen, in welcher?«

»Das ist deine Privatangelegenheit.« Könnte ich mir selbst zusehen, wie ich stocksteif in der dämmrigen Nische stehe, es wäre ein Bild des Jammers oder zum Totlachen.

»Ich habe sie gefragt, ob ich einem Mädchen wie dir zumuten kann, mich nach Sizilien zu begleiten.«

Ich hebe den Blick.

»Alles ist anders dort.« Seine Augen sind ernst und tief. »Wir sind anders. Man kann es wunderschön finden oder bedrückend.«

Mir wird ein klein wenig schwindelig, es muss die Hitze sein. »Und warum solltest du mich ... nach Sizilien mitnehmen wollen?«

»Das ist eine ganz direkte Frage, auf die es nur eine direkte Antwort gibt.« Er zieht mich in seine Arme und küsst mich. »Verstehst du?« Er küsst mich noch einmal.

»Wer ist Felicia?« Meine Augen sind voll Tränen.

»Meine Lieblingsschwester. Weshalb weinst du?«

Statt etwas zu sagen, küsse ich ihn. »Wie viele Schwestern hast du?«

»Vier.«

»So viele?«

Er nickt. »Mein Vater wollte schon fast verzweifeln. Vier Mädchen wurden ihm geboren, bevor er endlich einen männlichen Erben hatte.«

»Du bist der Jüngste?«

»Ich habe noch einen jüngeren Bruder.«

»Dann seid ihr sechs Geschwister?« Ich lehne mich an ihn. »Ich war noch nie auf Sizilien.«

Hand in Hand verlassen wir den Kostümfundus.

Wir warten nicht bis Sonntag, um in die Berge zu fahren. Ich erledige die Arbeit im Rekordtempo, noch am Nachmittag brechen wir auf. An Castel Gandolfo vorbei nimmt Tancredi die Serpentinen in die Höhe. Ich bin so aufgeregt wie noch nie in Begleitung eines Mannes. Tancredi fährt uns zum hübschesten Hotel weit und breit, natürlich gelingt es ihm, den Besitzer zu überreden, dass wir unbedingt die Suite mit der Dachterrasse kriegen müssen. Tancredi ist ein Prinz, der die reizenden Pfade kennt, die zur Himmelspforte führen. Nie käme mir so ein schmalziger Satz über die Lippen, wäre er nicht die Wahrheit. Hat man sich erst einmal in die Romantik gestürzt, erlebt man den größten Kitsch als Wonne. Es funkeln die Kerzen, eine verträumte Geige spielt. Der Silberzahn des Kellners blitzt, der Fisch ist frisch, der Wein samtig, der Champagner belebend. Der Weg ins Zimmer verlängert sich durch hundert Küsse. Die Brise aus den Bergen bewegt die Vorhänge, vielleicht ist es auch nur die Klimaanlage. Erst als wir beide nichts mehr anhaben, wird der galante junge Mann zum feurigen Südländer und nimmt sich, was er haben will. Und ich, das aufgeschlossene London-Girl, lasse mich wie ein kostbares Wild erlegen. Im Lauf der Nacht steigert sich das Ganze zur genussvollen Orgie; irgendwann im Morgengrauen müssen die Zimmernachbarn verzweifelt gegen die Wand getrommelt haben, wir kriegen es nicht mit.

Beim Frühstück höre ich mit halbem Ohr, wie Tancredi sich beim Hotelbesitzer für die Ruhestörung entschuldigt. Sinnlos entschuldigt, muss man sagen, da wir kommende Nacht das gleiche Spektakel vollführen.

Von der Terrasse geht der Blick über die aufgefalteten Berge, die sich zu bewaldeten Tälern senken, unten schimmert das Städtchen Frascati. Wir gehen am Lago Albano spazieren. Der Besuch der päpstlichen Sommerresidenz ist nicht möglich, weil sich der Heilige Vater, genau wie wir, hier oben entspannt. Wir schlendern durch Rocca di Papa und Marino, selten für lange. Die stechende Hitze, eine Blase an meinem Fuß, alles dient als Anlass, möglichst rasch wieder ins Hotel zurückzukehren, die Türen zu schließen und aus den Kleidern zu kommen.

Als Tancredi mich am Sonntagabend vor meiner Wohnung absetzt, fragen wir uns beide, wieso wir die Nacht jeder für sich verbringen sollten. Ich bitte ihn in mein winziges Apartment hinauf.

9

Auch wenn Tancredis Wohnung größer und komfortabler ist, wird meine Bleibe unser *love nest.* Ich kaufe für uns ein und koche, sooft es geht. Ich bemühe mich, vor ihm in Cinecittà fertig zu sein, um daheim alles gemütlich zu machen. Der Film, meine Karriere, meine erträumte Zukunft als Kostümbildnerin, alles wird nebensächlich, hat momentan keinen Platz in mir. Zum ersten Mal verstehe ich die Lebensansicht meiner Eltern, dass es für ein Mädchen nichts Schöneres gibt, als die Partnerschaft mit einem geliebten Mann. Meine Umwege über das Swinging London, meine Modewut und die Jahre, die ich als Single verbrachte, waren nötig, um das Glück mit Tancredi in vollen Zügen zu genießen. In der schönsten Stadt der Welt leben wir als Mann und Frau, niemand schreibt uns etwas vor, keine Moral schränkt uns ein, wir kennen kein Gesetz als das der Liebe.

Wie es der Glücksgott will, bekomme ich in dieser Zeit sogar ein Angebot, meinen ersten eigenen Film auszustatten. Kein Meisterwerk, ein Melodrama mit dem klingenden Titel *L'ultimo bacio.* Der Regisseur ist ein alter Hase, der sparen muss und sich junge, engagierte Leute in seinen Stab holt, die er billig kriegt. Nach einer einzigen Kostümbesprechung bin ich auf mich allein gestellt. Dennoch gehe ich die Sache an, als müsste ich *Vom Winde verweht* ausstatten. Ich zeichne, male und fertige Schnittentwürfe an, bis er mir klarmacht, dass dafür weder die Zeit noch das Budget reichen. Ich fahre in die Stadt und kaufe sämtliche Kostüme an einem Vormittag.

Tancredi ist während dieser Zeit voll perlender Heiterkeit und so sehr bei sich, wie es jemandem möglich ist, der von frühester Jugend an darauf vorbereitet wurde, einmal die Geschicke seiner Familie zu lenken. Wie gut, dass ich damals davon noch nichts weiß. Es hätte die Monate des Glücks getrübt, ohne die ich die kommenden Jahre unmöglich ertragen hätte. Wäre mir Tancredi in diesem römischen Sommer nicht als der faszinierende, liebenswerte Mann entgegengetreten, den ich später oft vergeblich suche, kaum hätte ich gewagt, die Ehe mit einem Sizilianer einzugehen – mit diesem Sizilianer. Aber ich bin verliebt und voll Zuversicht. Solange einem das Glück gehört, richtet man sich fatalerweise darauf ein, dass es immer da sein wird, deshalb trifft einen das Unglück dann so unvorbereitet.

Wir sind beide noch jung, aber zum Heiraten fast schon ein wenig spät dran. Darum nehme ich seine salopp hingeworfene Bemerkung, wenn man heiratet, könnte man hierzulande eine Menge Steuern sparen, als seriösen Antrag und beginne darüber nachzudenken. Ich male mir die Zukunft in Italien aus und glaube natürlich, dass wir in Rom bleiben werden. Niemand kann in die Zukunft schauen; jemand, der den Spross der di Lorenzos heiratet, sollte es erst gar nicht versuchen.

An einem dieser vom Glück durchströmten Tage zieht Tancredi ein Samtetui aus der Tasche und präsentiert mir einen Ring. Er nimmt meine Hand und streift ihn dort über, wo ein Verlobungsring sitzen sollte. »Komm schon, Diane. Sag ja.«

Ich verstehe wenig von Schmuck und nichts von echten Steinen. Drei große blaue werden von kleinen weißen umrahmt. Trotz seiner Zartheit ist der Ring schwer. »Wo hast du ihn her?«

»Ein Erbstück. Dieser Ring hat eine besondere Bedeutung für meine Familie.«

Hätte ich damals mehr vom Unglück der Menschen gewusst, die diesen Ring vor mir trugen, hätte ich Tancredis Geschenk wahrscheinlich zurückgewiesen. In fröhlicher Naivität antworte ich stattdessen: »Der wird mich beim Zeichnen stören.«

»Du kannst ihn an die andere Hand stecken.«

Ich tue es und halte den Ring der di Lorenzos gegen das Licht.

»Wollen wir's probieren, Diane?« Er schnurrt wie ein Kater und hat dabei diesen hinreißenden Gesichtsausdruck. Wie könnte ich ihm etwas abschlagen?

»Probieren wir's.«

Tancredi nimmt den Anlauf zur Heirat so salopp, dass er damit meine restlichen Zweifel verscheucht. Der nächste Schritt ist vorgezeichnet: Wir müssen die Eltern des anderen kennenlernen; ich soll den Anfang machen. Wir warten, bis die letzte Klappe für *L'ultimo bacio* gefallen ist, danach nehmen Tancredi und ich uns frei. Mit leichtem Gepäck setzt er den Spider auf die Autobahn Richtung Süden. Wir übernachten noch einmal, bevor es nach Sizilien geht. Der Abend in Ravello ist zauberhaft. Das Dorf hoch über den Klippen des tyrrhenischen Meeres ist seit Jahrhunderten ein Touristenort. Wir nächtigen in einem Hotel mit endlosem Blick übers Meer, unter unserem Fenster wachsen Blumenrabatten und Palmen. Die Amalfiküste ist nichts für Wanderer, dazu steigen die Berge zu schroff von der Küste empor, doch für den Schauenden gibt es kein schöneres Bild. Wir erleben den Sonnenuntergang auf der Terrasse, Tancredi raucht und macht sich das Vergnügen, mich sehr langsam auszuziehen.

Die Fahrt führt an Salerno vorbei, hinter Sapri nehmen wir die Küstenstraße, kommen über Maratea ins Kalabrische und folgen von nun an dem Küstenverlauf. An der Südspitze des Stiefels fährt Tancredi auf die Fähre, wir setzen nach Messina über. Ich erlebe den Abschied vom Festland nicht schicksalhaft – ich hätte es besser getan. Von nun an sind wir auf einer Insel und, egal, ob Vorstellung oder Wirklichkeit, von einer Insel ist ein Fortkommen schwer.

Der Gipfel des Ätna trägt eine dünne Rauchfahne. Bis Catania ist die Strecke gut ausgebaut. Die Macchia beherrscht über weite Strecken die Landschaft, durchzogen von wild wuchernden Kakteen, die manchmal kleine Wälder bilden und erstaunlich hoch werden. Die alten Forts und Castellos entlang der Ostküste zeugen davon, dass in Sizilien viele unterschiedliche Völker herrschten; die Eroberer kamen meist von Osten. Tancredi achtet genau auf meine Reaktionen: Wir sind nicht mehr in Italien, sondern im heiligen Sizilien, dem Land seiner Vorfahren. Der Sizilianer legt größten Wert darauf, dass seine Insel autonom ist und sich vom Rest der Welt unterscheidet.

Kaum bewegen wir uns ins Landesinnere, werden die Straßen schlechter. Bald sind Getreidefelder das alles beherrschende Bild. Über weite Strecken sieht man kein Dorf, kein Haus, nur Äcker. Das Korn steht hoch, dazwischen vereinzelte Korkeichen. Die Aura des Landes wird körperlich spürbar; eine Schwere, eine Ruhe legen sich über mich, wie ich sie noch nie erlebt habe. Sommer, es muss vierzig Grad und mehr haben, um diese Stunde ist niemand im Freien zu sehen. Zum Schutz gegen die Sonne schließt Tancredi das Verdeck. Die Hitze, scheint mir, hat rundum die Farben verdampfen lassen; das Gras ist gelb, die Blätter sind grau vom Staub der Straße. Von April bis Oktober fällt hier so gut wie kein Regen, das Land trägt eine Maske der Trockenheit. Die grellroten Ziegeldächer sind der einzige Farbfleck. Wo nicht künstlich bewässert wird, ist alles verdorrt.

Wir nähern uns Monteleone, Tancredi fährt schneller, das Pferd wittert den Stall.

»Sag mir, wenn wir auf den Besitz deiner Familie einfahren«, sage ich halb im Scherz, denn der Begriff *Großgrundbesitzer* ist für mich schwer zu fassen.

»Das tun wir schon seit einiger Zeit.« Übermütig drückt er auf die Hupe. Wie glücklich er ist, nach Hause zu kommen.

»Das alles ... gehört euch?« Ich strecke die Hand in die Weite.

»Wir tun seit Jahrhunderten nichts anderes, als unser Land zu vermehren«, sagt er lässig. Wie ernst diese Tätigkeit für einen di Lorenzo ist, ahne ich nicht.

»Dann seid ihr ja so etwas wie die Könige der Gegend.«

»Du hast meinen Vater kennengelernt. Sieht so ein König aus?«

»Ein König ist jemand, der die Menschen zu sich kommen lässt.« Ich überlege. »Während wir beisammensaßen, hat sich dein Vater kein einziges Mal vorgebeugt. Alle beugten sich zu ihm.«

Tancredi lacht. »Wenn ich an der Reihe bin, achte ich darauf, mich genauso zu bewegen.« Er zwinkert. »Vielleicht lag es auch nur an Papas steifem Kreuz.«

Wenn ich an der Reihe bin. Ich mache mir vielleicht zum ersten Mal klar, dass unsere Zeit in Rom nicht ewig dauern wird.

»Da! Dort unten!«

Wir nähern uns Monteleone aus der Höhe, es ist eine alte, um die griechische Festung errichtete Siedlung. Fast von jedem Punkt aus sieht man das Meer. Unten liegt der kleine Hafen, die *Marina di Monteleone*. Heute sind die Oberstadt und die Marina durch die Schnellstraße getrennt. Damals fallen die mit Wein und Oliven bepflanzten Hänge noch ohne Unterbrechung zum Meer ab. Der flirrende Sommer taucht die Szene in unwirkliches Licht, Landschaft und Gebäude erscheinen violett und golden. Das Castello, die alten Kirchen, die mittelalterlich anmutenden Häuser, alles ist herausgehoben; nicht lieblich, wie ich es vom Festland kenne, eher würdevoll und zugleich ein wenig verkommen. Mein Eindruck ist nicht der eines Renaissancegemäldes, eher der eines Freskos aus Zeiten, als die Maler noch nicht die räumliche Perspektive verwendeten; alles ist gleichnishaft nebeneinander gestellt. Mein Sizilien, mein Monteleone, erscheint mir heute wie ein Holzschnitt, ich könnte die Linien nachziehen. Nichts verschwimmt in der Bläue.

Wir erreichen die Ruine des Triumphbogens, den die Römer der Stadt hinterlassen haben. Kurz davor zweigt Tancredi auf eine Straße mit alten Pflastersteinen ab, die sich in eine Allee verwandelt. Korkeichen säumen den Weg, dahinter Olivenhaine. Die Strecke ist holperig, der kleine Wagen springt über die glatten Platten.

»Ich bin sich-sicher, die Straß-ße haben schon d-die alten Rö-hömer gebaut.« Meine Zähne schlagen bei dem Gerüttel aufeinander.

»Sie ist brandneu.« Er drosselt das Tempo. »Ich glaube, sie wurde Mitte des 19. Jahrhunderts angelegt.« Er sieht mich an. »Mama überlegt allerdings, sie asphaltieren zu lassen.«

»Kann-ann ich gut-t verstehen.«

Die Blütenpracht lässt mich verstummen. Ich bekomme eine Ahnung davon, wie fruchtbar dieses Land wäre, gäbe es genügend Wasser. Magnolienbäume und Hibiskus, Oleander und Bougainvilleasträucher, so dicht und hoch, als wollten sie das Haus in einen Dornröschenschlaf zwingen. Die Blüten sind rot und violett und bewegen sich leicht in der Brise. Bis ans Haus reichen die Pfirsichbäume heran, die Früchte haben die Größe von Orangen. In der Mitte ein dreistöckiger Palazzo, nicht protzig, aber unübersehbar das Zentrum, von dem aus alles bestimmt wird. Die Fassade scheint die Farbe des Wüstensands nachzuahmen, der von Süden heranweht. Ein zentraler Balkon, als würden die di Lorenzos zu wichtigen Anlässen dort hinaustreten und ihre Gäste begrüßen. Sämtliche Fenster sind mit Holzläden verschlossen, um die Hitze draußen zu halten. Die Nebengebäude gehen ineinander über und lassen erkennen, dass das Gut nicht nur der Familiensitz ist, sondern auch der Landwirtschaft dient.

Tancredi hält auf dem gekiesten Vorplatz und hilft mir aus dem Wagen. Ich bin nervös, überall verklebt vom Schweiß, ich fühle mich in der Fremde. Vor dem Portal steht Rosalìa. Tancredi ist Mitte zwanzig und das zweitjüngste von sechs Kindern. Seine Mutter muss Ende fünfzig sein, doch über die Stufen kommt mir eine anmutige Frau entgegen. Ich muss an die junge Schönheit denken, mit der ich Tancredi beim Kolosseum sah – Felicia, seine Schwester. Rosalìas Figur wirkt sehr weiblich, sie trägt ein lindgrünes Kleid, knielang, und flache Schuhe. Das Haar hat sie hochgesteckt. Ihre Augen sind von Lachfalten umgeben, das Gesicht ist beredt und wirkt hocherfreut. Wieso freut sich diese schöne Frau, dass ihr Sohn einen englischen Spatzen mit nach Hause bringt? Die Sizilianer sind nicht groß, aber neben Tancredis Mutter komme ich mir noch zierlicher vor. Mein glattes, kurz geschnittenes Haar scheint kaum mehr als ein Flaum neben Rosalìas schwerem, dunklem Haar. Sie streckt die Arme nach mir aus. Das sind feste arbeitsame Hände, der Ehering ist ein feiner goldener Reif.

»Willkommen, meine Liebe, meine Hübsche. Ihr müsst todmüde sein.« Jedes Wort ist eine Umarmung. Hinter Rosalìa tritt Calogero ins Freie, wir begrüßen einander wie alte Bekannte. Junge Männer in weißen Hemden bringen unser Gepäck hinein. Einige von der Verwandtschaft sind da, zwei Tanten, ein Neffe, andere haben sich für den Abend angesagt. Tancredi begrüßt seine Eltern und beobachtet lächelnd, wie ich mich umschaue, als sei ich Alice im Wunderland. Er nimmt meinen Arm und führt mich ins Haus seiner Familie.

10

Am nächsten Morgen erwache ich allein in einem breiten Bett. Tancredi fügt sich dem Wunsch seiner Eltern, wir bewohnen getrennte Zimmer. Die Zwischentür ist der lächelnde Hinweis darauf, dass alle wissen, er und ich schlafen bereits miteinander. In T-Shirt und Slip liege ich da, habe selbst das dünne Laken in der Nacht fortgestrampelt. Ich springe aus den Federn, die inneren Fenster sind offen, die Läden geschlossen. Ich stoße sie auf, ein erstickter Laut entringt sich mir, es mag Lachen, mag Weinen sein, so schön ist das, so unglaublich schön. Wie im Garten Eden strecke ich meinen Arm aus und lange zu dem Baum, der mein Fenster beschattet. Ich pflücke einen Pfirsich, mein erstes Frühstück im Wunderland.

Ein leises Knarren, die Zwischentür öffnet sich, Tancredi in Unterhosen. Wir lieben uns so leise wie möglich, ziehen uns an und gehen zur Familie hinunter. Das Frühstück ist eine Bagatelle, morgens nimmt man nicht viel zu sich. Der Kaffee ist dick und kräftig. Da sonst niemand isst, knabbere ich verstohlen ein Brioche. Es wird geplaudert, wie die Reise war, was es aus Rom zu berichten gibt. Zögernd beginne ich, aus meinem Leben zu erzählen. Die Fragen der Familie kommen zwanglos, ich habe niemandem Rechenschaft abzulegen. Ich bin die Auserwählte Tancredis, das genügt.

Eine kleine Rundfahrt wird geplant, freudig stimme ich zu. Calogero und Rosalìa tun alles, um das Kommende als beschaulichen Ausflug hinzustellen, und können doch nicht verhindern, dass ich begreife, was wahrer Reichtum bedeutet. In Italien ist es nichts Besonderes, durch Olivenhaine zu fahren, aber Olivenplantagen, die einfach nicht enden wollen, habe ich noch nie gesehen. Von der Straße zweigen Schotterwege in regelmäßigen Abständen ab, auf denen die Traktoren manövrieren können. Jetzt im Sommer sind die Netze noch nicht ausgelegt, sondern liegen als zusammengerollte Bündel am Stamm der Bäume.

»Nicht alle Oliven werden von Hand abgeschlagen.« Ohne dass die Eltern es merken, massiert Tancredi meinen Hals. »Manches übernimmt der Sturm, manches erledigen wir maschinell, wenn wir beim Zurückschneiden der Bäume große Äste samt Früchten absägen. Aber das meiste ...« Er ächzt und deutet auf seine Wirbelsäule. »Ich habe ein paarmal geholfen. Abends waren Schultern und Rücken nur noch ein einziger Schmerz.«

»Hat dir nicht geschadet.« Rosalìa lacht und gibt Gas. Wir sitzen in einem bequemen, aber unauffälligen Kombiwagen. Die di Lorenzos vermeiden es, sich in der Öffentlichkeit in ihrer wahren Position zu zeigen. Von außen betrachtet, fährt ein älteres Ehepaar mit der Freundin seines Sohnes spazieren.

Ähnlich wie mit den Oliven ergeht es mir bei den Mandeln, dem Wein, den Zitronenplantagen; alles ist unfassbar weitläufig und wird in großem Stil betrieben. Wir brauchen den ganzen Vormittag, um einen Bogen durch die Ländereien zu fahren, und steigen dabei nur ein einziges Mal aus. Tancredis Mutter versucht, das Gigantische der Besitzung zu bagatellisieren, und kann doch ihren Stolz über das wunderbare Land nicht verhehlen: »Wir Sizilianer bauen mehr als die Hälfte der italienischen Zitrusfrüchte an.«

Zu Mittag erreichen wir eine Osteria. Schweigend begrüßt Calogero die Gastleute, Rosalìa bleibt hinter dem Padrone. Tancredi wird zu seiner Braut beglückwünscht – *Auguri! Auguri!* – ich verstehe bei Weitem nicht alles, der sizilianische Dialekt ist mir noch nicht vertraut, aber das kleine Wörtchen *sposa* verstehe ich nur allzu gut: Mir wird bewusst, dass ich zu einem bestimmten Zweck hier bin, meine offizielle Funktion ist die der Braut. Nach dem Essen haben die di Lorenzos es eilig, in den Wagen zu kommen, auf kürzestem Weg fahren wir heim. Man geht auseinander, danach herrscht Ruhe. Obwohl ich seit einiger Zeit in Rom lebe, ist mir das Ritual der Siesta noch nicht in Fleisch und Blut übergegangen. In Cinecittà kann man es sich nicht leisten, nach dem Pranzo drei bis vier Stunden zu faulenzen.

Wach liege ich auf meinem Bett und höre durch die geöffnete Zwischentür die regelmäßigen Atemzüge meines Liebsten. Merkwürdig, aber trotz all der schönen Eindrücke fühle ich mich fremder, als wenn ich in einem anonymen Hotel Ferien machen würde. Es ist ja nur ein Besuch, sage ich mir, in ein paar Tagen ist es vorbei. Warum werfe ich mich dann so unruhig herum und schalte den Ventilator auf die höchste Stufe? Weil ich Angst habe, in eine Rolle gezwängt, in ein System eingespannt zu werden, das für alle anderen natürlich ist, nicht aber für mich.

Bevor wir zum Kaffee hinuntergehen, findet sich ein ungestörter Moment mit Tancredi. »Du hast mir noch nicht verraten, wo du wohnen willst, wenn wir verheiratet sind.« Ich lasse den Satz so nebenbei fallen wie möglich.

»Wohnen?«

»Ich meine nicht hier.« Ich bitte ihn, mir den Reißverschluss zuzumachen. »In Rom.«

»Rom – tja, ich finde Appia Antica recht schön, wenn es dort bloß nicht so teuer wäre.«

»Aber man ist in ein paar Minuten in Cinecittà.« Egal, welches Viertel er vorschlägt, ich bin erleichtert, dass für Tancredi kein Zweifel besteht, dass wir in Rom leben werden. »Appia Antica würde mir gefallen.« Ich gebe ihm einen Kuss.

Am späten Nachmittag geht es ans Meer. Die Marina schmiegt sich in eine Bucht, der kleine Hafen dient vorwiegend touristischen Zwecken. Nur private Fischer haben dort ihre Boote liegen. Weiter draußen, wo auch große Schiffe ankern können, zeigen die di Lorenzos auf einen riesigen Kutter. Am Heck ist die Stahlspindel auszumachen, mit der die Netze eingeholt werden.

»Die meisten unserer Schiffe liegen drüben«, sagt Rosalìa mit einer Geste Richtung Osten, wo ich Gela vermute, einen der größten Wirtschaftshäfen Siziliens.

»Welche Fische fangt ihr?«

»Thunfisch, Sardinen, Sardellen. Aber auch Krabben, Langusten und Scampi.«

Calogero deutet mit den Händen etwas Spitzes vor seiner Nase an.

»Schwertfisch nicht zu vergessen.« Rosalìa lächelt.

Als es kühler wird, machen wir einen Spaziergang am Strand. Ich habe wieder dieses herzliche Gefühl, als Vater und Sohn sich in den Kies setzen und die Schuhe ausziehen. Sie stützen einander über die noch sonnenheißen Steine, bis sie die Brandung erreichen. Rosalìa hält sich in sicherem Abstand vom Wasser, ein Bild, das zur Gewohnheit wird, bis ich viel später erfahre, dass sie Nichtschwimmerin ist und noch nie im Meer gebadet hat.

Zum Essen kehren wir heim, wo uns die Verwandtschaft erwartet. Die Frauen im Haus haben gekocht, die

Cena beginnt nach neun Uhr und dauert bis Mitternacht. Es versammeln sich bestimmt fünfzig Leute an den Tischen – Tanten, Onkel, Neffen, auch der Verwalter, ein schwerer Mann mit unbeweglichen Augen. Uralte Frauen sind dabei, junge Mütter, hübsche Kinder, dicke Kinder, Teenager, die gerade ins heiratsfähige Alter kommen, frisch liierte Pärchen, schöne Ehefrauen, Freundinnen der Ehefrauen, der Notar der di Lorenzos, der Rechtsanwalt, der Geometer samt Familie. Eine solche Masse von Gästen würde in England als Megaparty gelten, hier ist es ein Familienabend. Man ist gekommen, die Engländerin zu beschnuppern. Ich bin scheu und steif, *very British*, und fühle mich in meiner Haut, in meinem Kleid nicht wohl, beneide die Frauen um ihr wunderbares Haar, komme mir selbst wieder wie ein zerzauster Vogel vor. Von Zeit zu Zeit wirft Tancredi mir einen zwinkernden Blick zu: Geht doch alles bestens, heißt das, du schlägst dich wacker, sie lieben dich.

Felicia betritt das Speisezimmer, die schöne Schwester, deren Auftauchen ich in Rom so gründlich missverstanden habe. Sie kommt auf mich zu und umarmt mich.

»Endlich lernen wir uns kennen.« Sie hält meine Hände. »Wie hübsch du bist. Na?« Sie zeigt in die Runde. »Haben sie dich mit Haut und Haar verschlungen?«

»Ich bin noch da«, antworte ich.

»Ja, du bist da. Das ist gut.«

Felicia ist die einzige der vier Schwestern, die noch nicht unter der Haube ist. Die Mädchen Süditaliens, so habe ich es oft erlebt, sind verlockende Blüten, bis zum Tag ihrer Hochzeit. Kaum werden sie vom Heiratsmarkt weggeschnappt, und die ersten Kinder sind da, verwandeln sich hübsche Mädchen in schwere Signoras, oft noch in jungem Alter. Die Metamorphose von Venus zu Demeter, der mütterlichen Göttin, finde ich eigenartig, manchmal traurig. Felicia, die Ungebundene, hat Politologie studiert und lebt zusammen mit einer alten Tante in einem Haus am Meer. Das einzige männliche Wesen dort ist Guido, Felicias Pferd. Sie arbeitet in einer Rechtsanwaltskanzlei, würde sich aber lieber für die italienischen Frauenrechte engagieren.

Felicia gelingt das kleine Wunder: Durch ihre Anwesenheit schlägt der Abend für mich um. Ich vergesse, dass ich auf dem Prüfstand stehe, den Dialekt kaum verstehe, dass der schwere Wein mir nicht bekommt und ich nach so vielen geführten Gesprächen am liebsten den Mund halten würde. Ich lache, lasse mich fallen und finde es herrlich. Das ist der Süden, sage ich mir; wie anders ist das als eine Geselligkeit in England, selbst in Rom. Wir sind auf dem Land, die Leute reden nicht hochgestochen, sie sind echt, sie feiern sich und das Leben. Kann ich mir etwas Schöneres wünschen als einen Mann, der mir dieses Paradies zu Füßen legt, der mir den Schutz seines Namens schenkt und mir den Vorzug vor einer einheimischen Frau gibt?

Nach dieser Erkenntnis genieße ich, was passiert, spüre Felicias Anteilnahme, Tancredis Stolz, das lächelnde Einverständnis seiner Eltern. Und ich beginne mich tatsächlich zu amüsieren.

11

Die Planung der Hochzeit hat viele Tücken, geht im Großen und Ganzen aber zügig vor sich. Auch wenn im Land, wo die Zitronen blühen, eine fröhlichere, bombastische Feier zu erwarten gewesen wäre, ist es zur damaligen Zeit üblich, dass die Vermählung in der Heimat der Braut begangen wird. Das bedeutet: Manchester.

Ich habe meine Eltern in all den Jahren eher pflichtschuldig als freudig besucht, meistens zu den dafür üblichen Festtagen. Mein Vater hat die Knopffabrik verkauft, es gab ja niemanden aus der Familie, der sie nach ihm leiten wollte. Die beiden leben in ihrem gutsituierten Ruhestand und freuen sich, dass ich sesshaft werden will und es vielleicht Enkel geben wird, auf die sie kaum noch zu hoffen wagten. Ob ihnen die Verehelichung mit einem Ausländer, reich oder nicht, gefällt, behalten sie für sich.

Das Religionsproblem ist zu klären. Da weder Tancredi noch ich dieser Frage besondere Wichtigkeit zumessen, bedeutet es vor allem die Erledigung von Formalitäten, die zudem übersetzt werden müssen. Da sich im Umfeld meines Elternhauses keine katholische Kirche befindet, muss die Trauung zwangsläufig nach anglikanischem Ritual vollzogen werden. Wir sind alle Christen, dennoch ziehen sich die feinen Unterschiede wie Haarrisse durch die sonst pragmatischen Vorbereitungen.

Die Seelen kommender Gotteskinder stellen für Tancredis Kirche eine Sorge dar; die Katholiken erlauben nicht, dass ihnen Generationen ungeborener Gläubiger durch die Lappen gehen. Daher braucht Tancredi einen Dispens aus Rom, will er eine Anglikanerin heiraten. Um den zu erhalten, muss ich mich einer katholischen Befragung unterziehen. Sie findet in einem Ehrfurcht gebietenden Diözesanbüro in San Giovanni in Laterano statt. Vom Katheder seines Schreibtisches herab fordert mich ein fettleibiger Monsignore auf, zu bekunden, dass ich meine Kinder als Katholiken erziehen werde oder, wie er es ausdrückt, ich überlasse die religiöse Erziehung meinem Ehemann. Der Ordnung halber informiert er mich, ich könne das ablehnen, dann jedoch würde die Angelegenheit einer offiziellen Prozedur unterzogen. Da solche Vorgänge in krassen Fällen mehrere Jahrhunderte dauern können, stimme ich zu. Ich hätte sogar bekannt, dass die Erde flach ist und die Sterne kleine Löcher im Himmelszelt sind, durch die Gottes Licht zu uns herabscheint, nur um den nötigen Wisch zu kriegen.

Tancredi ist während der Zeit liebevoll, entspannt und, wie mir scheint, glücklich. Auch wenn mir manchmal noch Zweifel kommen, ob ich für den Aggregatzustand *Ehe* geschaffen bin, bestärkt mich seine Zuversicht.

Die Wahl fällt nicht auf die Kirche unseres Sprengels, da die Umgebung einfach zu hässlich ist. Mein Vater beweist Geschmack, als er eine zauberhafte Landkirche im Lake District auswählt, unweit eines verträumten Hotels, wo alle Gäste unterkommen. Neben den Schwiegereltern rauschen die di Lorenzos mit sämtlichen Schwestern, deren Ehemännern und vielen Bambini an. Die Wiederbegegnung mit Felicia freut mich besonders; sie ist die Einzige, die Englisch spricht. Daher werden die drei Festtage weitgehend zur Feier zweier Fraktionen, die sich einander mit Händen und Füßen verständlich zu machen versuchen, meistens aber durch die Sprachbarriere getrennt bleiben. Ich vermittle, soweit meine Rolle als Braut das zulässt, und doch ist der taubstumme Calogero wahrscheinlich der Glücklichste in der Sprachwüste und wird quasi zum Schutzheiligen der Veranstaltung.

So weltoffen meine Schwiegereltern sein mögen, kaum sind sie von ihrer Heimatinsel getrennt, wirken sie verloren, überfordert und provinziell. Die Grandezza, die mich in den Tagen meines Sizilienbesuchs beeindruckte, ist verschwunden. Die meiste Zeit bleiben sie in der Gruppe beisammen und unterhalten sich nicht wie daheim lautstark, sondern fast flüsternd. Sie verstehen die englischen Gebräuche nicht und wollen sie offen gestanden nicht verstehen. Ein Beispiel macht das klar. Kurz nach der Ankunft im Hotel werden zur Teatime Schnittchen serviert, um den Hunger bis zum Dinner zu überbrücken. Die Sizilianer kauen missmutig auf den Gurkenbroten herum, bis die Kleinen zu schreien beginnen. Es wird zuerst intern besprochen, schließlich gibt man mir bekannt: Die Kinder wollen Pasta. Selbstverständlich hat man auch in Englands Norden von Spaghetti gehört, aber sie sind nicht vorrätig. Küche und Hotelleitung geraten in helle Aufregung, weil man nicht imstande ist, den Wunsch der Ausländer zu befriedigen. Ein Eilbote wird in die nächste Stadt geschickt und klingelt den Lebensmittelhändler heraus. Eine Ladung *schottischer!* Nudeln im Gepäck, kehrt der Bote zurück, das Wasser siedet, die Pasta wird gekocht. In letzter Minute verhindere ich, dass der Küchenchef es besonders gut meint und das langweilige Essen mit einer einheimischen Sauce verfeinert.

Die Schwiegermama hat die allgemeine Hektik mitbekommen und erklärt zur Ehrenrettung ihrer Brut: »Es sind italienische Kinder, sie brauchen Pasta.« Rosalìa ist auch diejenige, die, ohne es zu wollen, meine Eltern beim Hochzeitsessen beinahe beleidigt. Meine Mutter hat ein reichhaltiges Buffet geordert, die Platten und Schüsseln, die warmen und kalten Köstlichkeiten füllen einen Saal. Rosalìa ist allerdings die verschwenderischen Bankette ihrer Heimat gewohnt, wo man nicht mit kleinen Tellern umhersteht, pickt und knabbert; zum Essen setzt man sich hin. Daher lässt sich Rosalìa den Teller mehrmals füllen, kostet von allem und fragt meine Mutter schließlich, wann das eigentliche Essen serviert wird. Mama wird blass, stammelt eine Entschuldigung und verlässt die Tafel, um sich draußen von meinem Vater trösten zu lassen. Für Rosalìa bedeutete das Buffet nichts anderes als Antipasti. Generell finden die Sizilianer die englische Küche eigenartig, um es höflich auszudrücken. Mehrmals müssen Nudeln als letzte Rettung aufgefahren werden, da die Kinder kein Blatt vor den Mund nehmen; ihnen schmeckt hier rein gar nichts.

Und der heilige Akt selbst? Der angeblich glücklichste Moment im Leben einer Frau? Verhetzt, verzappelt und unheilig. Es bedarf mehr als des strategischen Geschicks des örtlichen Vikars, die Italiener an den richtigen Plätzen einzuparken, da die vorderen Kirchenplätze den Eltern der Brautleute reserviert sind. Die Sizilianer wollen sich nicht trennen lassen und bestehen darauf, beisammenzubleiben. Im Brautkleid mit dezenter Schleppe muss ich vor dem Einmarsch noch einmal ins Kirchenschiff, um zu dolmetschen und die aggressiv argumentierenden Parteien zu befrieden. Ich werfe den Schleier zurück und rede auf den Vikar, auf meine neue Verwandtschaft ein. Sichtlich beleidigt sitzen schließlich alle still; ich kehre zu meinem Auftritt zurück und hake Papa unter.

»Das kann ja heiter werden«, sagt der sonst so nüchterne Mann. »Bereit, Schätzchen?«

Ich drücke seinen Arm. »Bereit.«

Die rührend verstimmte Orgel setzt ein, ich trete den Gang in mein neues Leben an.

12

Die Flitterwochen sind weder besonders zauberhaft noch bergen sie besondere Enttäuschungen. Tancredi ist ein weltgewandter Mann, mir liegt das Reisen im Blut; daher wird diese Zeit genau das, was sie sein soll: eine Verschnaufpause vor der Ehe.

Die Schwiegereltern machen ihrem Sonderstatus noch einmal alle Ehre, als wir zum Auftakt des Honeymoons gemeinsam einige Tage in London verbringen. Ich zeige Calogero und Rosalìa die berühmtesten Sehenswürdigkeiten, ernte gelegentlich eine beeindruckte Bemerkung, aber ich werde den Eindruck nicht los, dass sie sich nichts sehnlicher wünschen, als wieder in die Heimat zu kommen. London zeigt sich von seiner besten Seite, die Sonne glitzert in den Wellen der Themse, und doch fröstelt Calogero ständig, er trägt Anfang September seinen Wintermantel. Das Problem mit dem Essen bleibt bestehen, da die di Lorenzos eine merkwürdige Scheu vor Italienern zeigen, die in der Fremde ein Lokal aufgemacht haben.

Zwischendurch lasse ich die Sizilianer unter sich und treffe Freunde. Wehmütig besuche ich mein Kelleratelier in der Lecky Street, dort ist mittlerweile ein Waschsalon eingezogen. Patrick hat kaum noch Haare auf dem Kopf, ist kugelrund, verheiratet und Vater von drei Kindern. Seine Geschäfte laufen blendend, er beglückwünscht mich und bagatellisiert meine Bedenken. Wir plaudern so fröhlich, als wären seit unserer letzten Begegnung nicht viele

Jahre vergangen. Genau diese Zwanglosigkeit fehlt mir mit Tancredi. Wir sind ein Liebespaar, unsere Leidenschaft lässt nichts zu wünschen übrig, zugleich sind wir Angehörige unterschiedlicher Welten. Nach der Begegnung mit Patrick wünsche ich mir, Tancredi und ich würden es schaffen, auch gute Freunde zu sein. Unser Pakt ist für den Rest unseres Lebens angelegt; was, wenn die Leidenschaft eines Tages vertröpfelt, wenn wir aufhören, wild verliebt zu sein?

Da wir in Cinecittà gebraucht werden, ist eine lange Reise nicht möglich, wir fliehen für eine Woche nach Kairo. Tancredi hat das Ziel ausgesucht, bald ahne ich, warum. Kairo ist eine Stadt der Männer, die Frau reiht sich traditionell dahinter ein. Schwierig für mich, die sich gegen solche Zwänge immer aufgelehnt hat; Tancredi dagegen ist in seinem Element. Als äußeres Zeichen lässt er sich einen schwarzen Schnauzer stehen, was bei seinem Bartwuchs nur ein paar Tage dauert. Er fragt nicht, ob mich die Barttracht vielleicht stört, denn das tut sie. Zu Zeiten, als wir noch mehrmals am Tag miteinander schlafen, kratzt mich das igelige Ding bei jedem Kuss. Außerdem erschreckt es mich, wie wenig es braucht, um Tancredi, den noblen sizilianischen Spross, in einen türkischen Straßenhändler zu verwandeln. Er trägt eine Schirmmütze und zwingt mich, jeden Tag mit ihm über den Bazar zu streifen, auf der Suche nach Schnäppchen. Auch wenn wir nichts von den Sachen brauchen und sie nach der Rückkehr monatelang in meiner Wohnung herumstehen, bevor ich sie wegwerfe, schimmert durch die muselmanische Schnäppchenjagd ein bislang verborgener Charakterzug Tancredis – der Levantiner. Er hat eine kindliche Freude daran, um lächerliche Artikel zu feilschen, bis er einen Vorteil erzielt hat. Dann sieht er mich an mit diesem

Blick: Wie habe ich das wieder gemacht?, und ein weiterer handgetriebener Messingteller, eine verkupferte Vase, eine holzgeschnitzte Scheußlichkeit gehen in unseren Besitz über.

Den Höhepunkt des männlichen Pfauentanzes stellt die Auseinandersetzung mit einem muskulösen Araber dar, der Spitzentischtücher feilbietet. Nachdem Gebot und Gegengebot die längste Zeit hin und her wogen, während wir im prallen Mittag stehen, sieht der Araber Tancredi an und sagt: »Sie sind stark, Herr, sehr stark. Lassen Sie uns Armdrücken. Gewinnen Sie, gebe ich Ihnen das Tuch zu Ihrem Preis, gewinne ich, zahlen Sie das, was auf dem Schildchen steht.«

Tancredi stimmt zu. Nicht nur, dass solche Kampfspiele jedem Sizilianer gefallen, er ist sicher, mir zu imponieren. Ein Tisch wird gebracht, sofort findet sich jemand, der Wetten entgegennimmt. Sämtliche Händler in der Nähe schließen ihre Buden, der Kreis um die Kontrahenten wird größer und größer. Als wäre nicht das Tischtuch, sondern ich die Siegestrophäe, postiert mich Tancredi dicht neben sich. Er und der Araber rollen ihre linken Ärmel hoch, die Ellbogen werden aneinandergepresst, die Hand des anderen gefasst, die Mienen sind entschlossen und kompromisslos. Ein Alter ruft das Zeichen zum Anfang.

Für mich sieht es aus, als ob gar nichts passiert. Zwei Südländer sitzen dicht an dicht und halten einander fest; nur die hervortretenden Adern an den Schläfen beweisen, dass hier martialische Kräfte im Spiel sind. Gegen den Araber wirkt Tancredi schmächtig, der Händler glaubt daher, dass er leichtes Spiel hat, und ist überrascht, als mein Mann unüberwindlichen Widerstand leistet. Was der Muslim nicht weiß: Tancredi hat sich als Kind die linke Schulter gebrochen und war angehalten, sie nach der Heilung zu trainieren. Er tat es so gründlich, dass sein linker Arm seitdem stärker ist als der rechte.

Mir kommt es vor, als vergingen Stunden ohne Fortschritt. Schweiß rinnt beiden übers Gesicht, einmal wandern die verkrallten Hände zentimeterweise in die eine Richtung, dann in die andere; dem Araber wird klar, dass er sein Tischtuch nicht im Handstreich verscherbeln kann. Seine Überraschung wandelt sich in maßloses Staunen, als der Kunde seinen Arm langsam nach unten drückt und sich nicht stoppen lässt, bis der Handrücken des Arabers auf der Tischplatte landet. Es folgt ein Schrei, die Zuschauer gratulieren dem ausländischen Sieger durch Schulterklopfen, labberige Geldscheine wechseln die Besitzer. Der Tischtuchverkäufer ist offensichtlich der Champion auf dem Bazar und wurde noch nie geschlagen. Für ihn ist das Ereignis so umwälzend, dass er Tancredi das Tischtuch schenkt. Wir erhalten eine Menge Kaffeeeinladungen und die Versicherung lebenslanger Freundschaft von Leuten, die wir noch nie gesehen haben.

Mir gibt dieser Tag zu denken. Bisher kannte ich einen künstlerisch begabten, in Lebens- und Liebesdingen versierten jungen Sizilianer, der von seiner Familie vergöttert wird und den Hafen dieser Familie braucht. In der kurzen Zeit in Kairo habe ich einen verbissenen Händler, einen Männlichkeitsfanatiker kennengelernt. Doch ich bin zu verliebt, zu vernarrt in das Neue, um die Alarmzeichen zu deuten.

Vor der Rückreise verbringen wir noch zwei Tage auf Kreta. In Griechenland sind die Sitten freier; wie alle Urlauberinnen zeige ich mich tagsüber im Badeanzug. An dem weitläufigen Strand tummeln sich gut oder weniger gut gebaute Männer. Schon möglich, dass ich ein Wort mit irgendeinem gewechselt, eine Frage beantwortet habe, es hatte keinerlei Bedeutung. Unsere Abendunterhaltung beim Dinner dreht sich aber ausschließlich darum.

»Er ist Geschäftsmann aus Stockholm, nicht wahr?« Tancredi schaut in sein Glas.

»Wer?«

»Der Blonde.«

»Blond? ... Ach ja, ich weiß, wen du meinst.«

»Du hast mit ihm gesprochen.«

»Belanglos.«

»Worüber?«

»Nur ein paar Worte.«

»Nämlich?«

»Woher ich komme.«

»Hast du gesagt, dass du mit deinem Mann hier bist?«

»Wir haben nur ein paar Sekunden ...«

»Er könnte also glauben, dass du allein bist.«

»Natürlich nicht. Er sieht, dass ich mit dir hier bin.«

»Du hast ihn also schon entdeckt? Er sitzt dort drüben, nicht wahr?«

»Mit seiner Frau.«

»Gefallen dir hellhäutige Männer?«

»Das habe ich mir noch nie überlegt.«

»Mir kam es so vor.«

Ich verbarrikadiere mich hinter der Speisekarte. »Wollen wir bestellen?«

»Habt ihr Englisch geredet?«

»Natürlich.«

»Wieso ist das natürlich?«

»Weil ich kein Schwedisch spreche.«

»Was hat er dir von sich erzählt?«

Und immer so weiter. Worum es eigentlich geht, tritt während der Flitterwochen noch nicht zutage: dass es Tancredi unmöglich ist, zu vertrauen. Dass seine Fantasie sich, kaum sieht er mich mit einem anderen Mann, in eine einzige Richtung bewegt – meine Untreue. Es ist, als ob ein Relais in ihm reflexhaft auf Eifersucht schaltet. Die schlimmste Möglichkeit ist für ihn die wahrscheinlichste; ich bin ihm untreu in Gedanken, in Gesten und in der Tat. Obwohl er meinen Charakter kennt, obwohl ich ihm nie Anlass gegeben habe, obwohl nie etwas war, geschieht diese Verwandlung mit ihm. Wie kann ein Mann, der so gut aussieht, von Frauen zeitlebens so viele Zeichen der Bewunderung erhielt, so wenig Selbstvertrauen besitzen? In diesen Momenten verändert sich seine ganze Physiognomie; die charmanten Augen werden klein und scheinen sich in die Höhlen zurückzuziehen, der Mund bekommt einen menschenverachtenden Zug. Seine volle Stimme wird kantig und aggressiv. Selten ist bei solchen Gelegenheiten eine rasche Versöhnung möglich. Ein Abend wie dieser endet in beleidigter Wortkargheit, schweigendem Marsch aufs Zimmer, raschem Ausziehen und Wegdrehen vor dem Einschlafen. Versuche ich, gut Wetter zu machen, hält er es für den Ausdruck meines schlechten Gewissens und sieht sich in seinem Verdacht bestätigt.

Am nächsten Morgen ist das Gewesene meist wie weggewischt. Ohne Entschuldigung, ohne den Abend auch nur anzusprechen, zeigt sich Tancredi wieder als der Alte. Dennoch, als ich vormittags an den Strand komme und der Schwede die Hand zum Gruß hebt, flüchte ich vor ihm und ziehe mich in eine Felsenbucht zurück. Ich bereue es bald, denn dort kann mich Tancredi nicht sehen, und seine Fantasie treibt wieder die irrwitzigsten Blüten.

Meine Zuversicht richtet sich auf die Rückkehr. In Rom wird er hoffentlich wieder der souveräne Mann sein, den ich liebe. Wir haben den gleichen Arbeitsplatz, er kommt abends heim, ich koche, wir sitzen auf dem Balkon; wir führen eine normale Ehe. Schluss mit dem Ausnahmezustand, den die Hochzeit, der Schwiegerelternbesuch und die Flitterwochen bedeuten. In der Normalität des Lebens, das sich vor uns ausbreitet, will ich meinem Mann die Gewissheit geben, dass er nichts zu befürchten hat.

13

Die kommende Zeit in Rom ist wahrscheinlich die schönste. Nicht nur, weil unsere Ehe gut funktioniert, auch mein berufliches Fortkommen erfüllt mich mit Zuversicht. *L'ultimo bacio* kommt ins Kino und spielt mehr ein als erwartet. Ich habe bewiesen, dass ich alleinverantwortlich innerhalb eines finanziellen Rahmens arbeiten kann, ich bin umgänglich, dazu ein Arbeitstier, daher engagiert man mich für den nächsten Film.

Die Wohnungssuche stellt sich als schwierig heraus. Uns gefällt ein Apartment am Fluss, Tancredi lässt ein Gutachten machen: Die Wände sind vom Schwamm befallen. In Appia Antica schauen wir uns eine Etage in einer schönen Villa an; es stellt sich heraus, dass der Besitzer gar nicht der Besitzer ist, sondern im Streit mit anderen Erben liegt. Das Filmbusiness ist ein Rund-um-die-Uhr-Job, von Cinecittà in andere Bezirke zu fahren, um Wohnungen zu besichtigen, ist aus Zeitgründen oft nicht möglich. Darum sind besten Sachen meistens schon weg.

Im Winter, gerade als wir uns in ein Apartment mit Terrasse verliebt haben, erleidet Tancredis Mutter einen Herzinfarkt. Sie war seit einiger Zeit aufgrund von Kreislaufproblemen in Behandlung, die Ärzte erlegten ihr Schonung auf. Aber Rosalìa konnte sich nie schonen.

Don Calogero hatte die Führung der Familie und sämtlicher Unternehmungen von seinem Vater, Don Vincenzo, übernommen. Aber Don Caló ist taubstumm. Er und Rosalìa haben vor Jahrzehnten geheiratet. Seitdem hält sie das Machtgebilde, das sich *famiglia* nennt, zusammen. Diese Leistung ist umso komplexer, da Rosalìa aus dem Hintergrund agieren muss. Nie darf sie offen die Fäden ziehen, der Gesichtsverlust Calogeros würde die Familie schwächen. Es gibt zahllose Angestellte im Haus, auf dem Gut, in den Werken; es gibt Tommaso, den Verwalter. Doch weder er noch sonst jemand, schon gar nicht Calogero selbst, wären imstande, Rosalìas Platz einzunehmen. Die schöne, umsichtige Frau präsentiert ihren Mann als Galionsfigur, während sie die Entscheidungen trifft und exekutiert. Jetzt ist sie ernsthaft krank, liegt in einer Spezialklinik in Catania. Der Zeitpunkt, den Tancredi immer fürchtete, ist gekommen: Er muss die Thronfolge antreten.

Anfangs verschleiert er es vor mir, spricht von *vorübergehend* und einer Zukunft, bei der man zwischen Rom und Sizilien pendeln würde. Ich glaube ihm, weil ich es glauben will. Ich bin glücklich mit meinem Leben, liebe Tancredi *und* meine Arbeit.

In der veränderten Situation können wir froh sein, noch kein Geld in eine römische Wohnung investiert zu haben. Da der neue Film noch nicht finanziert ist, schreckt mich der Gedanke, unverhofft nach Sizilien zu fahren, nicht besonders. Wie soll ich ahnen, dass es eine Reise ohne Rückkehr sein wird? Ich hinterlasse in Cinecittà meine sizilianische Telefonnummer, mit kleinem Gepäck brechen wir auf. Diesmal hat die Reise nichts von einer Fahrt ins Paradies. Tancredi ist verschlossen, er bangt um das Leben seiner Mutter. Als wir in Catania eintreffen, lasse ich ihn und Rosalìa allein, unnötige Rücksicht, da das Krankenzimmer ständig von der Familie belagert wird. Sie ist nicht mehr auf der Intensivstation, es geht ihr besser, sie soll in ein paar Tagen nach Hause dürfen. Alles halb so schlimm, rede ich mir ein, nur eine Frage der Zeit; bald ist der alte Zustand wiederhergestellt.

Die Übergabe der Familiengeschäfte vom Vater auf den Sohn ist ein formeller Akt, danach genießen die Eltern ihr Altenteil und sind nur noch Berater des Sohnes, des neuen Padrone. Er wird wichtige Entscheidungen nie ohne den Rat der Eltern treffen, vor der Familie steht jedoch er allein dafür gerade. Wer nach diesem Akt zum alten Padrone geht, wird nichts anderes zu hören bekommen als: »Das entscheidet Tancredi.« Mein Mann ist nicht irgendwer, er ist der Erbe des Di-Lorenzo-Vermögens. Von Kindesbeinen an wurde er für diesen Moment erzogen, jetzt hat er sich seiner Aufgabe zu stellen. Die Familie braucht Tancredi, und die Familie kommt vor allem anderen.

Wir erreichen ein verändertes Monteleone. Ich kann es mir nicht gleich erklären, bis ich begreife, es ist Winter. Der Süditaliener nimmt den Winter nicht ernst, will ihn nicht wahrhaben. Sizilien ist ein heißes Mittelmeerland, eine kalte Jahreszeit existiert offiziell nicht. Aber es gibt den Winter, er ist feucht, dringt überall ein, er ist länger, als man glaubt. In einem guten Jahr bleibt es in Sizilien bis Weihnachten angenehm warm, im Januar fällt der meiste Regen, den Februar übersteht man irgendwie, im März erwartet man bereits die wärmende Sonne. Bloß gibt es dafür keine Garantie.

Wir kommen im Januar an, es ist scheußlich kalt, es regnet. Die Leute tragen gefütterte Jacken und Mäntel, sind missmutig und verlassen ihre Häuser nur, wenn sie müssen. Drinnen ist es klamm, kaum ein Haus besitzt eine Heizung. Bei einfachen Leuten wird ein Becken mit glühender Kohle unter den Esstisch geschoben, jeder wärmt seine Füße daran. In kleinen Häusern dient der Kochherd als Heizung. Die di Lorenzos haben ein riesiges Haus, das gebaut wurde, um die Hitze draußen zu halten. Ein dunkles Gebäude mit dunklen Möbeln, ebensolchen Wandfarben und Fensterläden. Es ist ein Haus mit Steinböden, nirgends ein Teppich oder ein kuscheliges Plätzchen. England ist kein besonders kaltes Land, und doch richtet man in meiner Heimat alles auf Gemütlichkeit aus. In den frostigen Mauern der di Lorenzos sehne ich mich nach einer Teatime in London oder sogar Manchester. Dort gibt es Kaminfeuer und Gasheizung, die Teppiche sind so dick, dass der Fuß darin versinkt, überall Kissen und weiche Vorhänge; man igelt sich ein und freut sich auf den Frühling. In meinem neuen Heim lege ich mich als Erstes ins Bett und staune: Die Matratze fühlt sich klitschnass an. Sie hat keinen Federkern, sondern besteht aus einem flockigen Material, das durch die Feuchtigkeit Klumpen bildet. Tancredi besorgt einen Elektrostrahler, der ein unangenehmes Geräusch macht. Die Luft wird muffig, und kaum schaltet man ab, wird es wieder kalt. Aber ich bin schließlich kein verzogenes Kind; es gibt wichtigere Probleme.

Da drei der Schwestern nach ihrer Heirat ausgezogen sind, steht uns ein ganzer Trakt zur Verfügung, er ist in Lavendeltönen gehalten. Ich erlebe das erste Abendessen, bei dem ich kein Gast bin, sondern Mitglied der Familie. Die Schwestern mit ihren Ehemännern und den Kindern sind da und Tancredis jüngerer Bruder Goffredo. Wegen Rosalìas Zustand ist die Stimmung ernster als sonst, erheitert sich aber mit jeder Stunde, die die Cena dauert. Danach ziehen Tancredi, sein Vater und der Verwalter sich zu den Geschäften zurück. Ich bleibe mit dem Rest der Familie allein.

Der Abend lässt weder an Gastfreundschaft noch an interessanten Gesprächen zu wünschen übrig; man bemüht sich um mich, allen voran Felicia. Die Di-Lorenzo-Töchter sind keine Provinzler, sondern gebildet, humorvoll, warm und erdig. Hübsche Sizilianerinnen, die alle mit ihrem Übergewicht kämpfen. Ihre Männer sind zuvorkommend, ein Architekt, ein Notar, ein Bauunternehmer.

Tancredis Bruder wirkt auf den ersten Blick putzig, er ist das schwarze Schaf und genießt diesen Status. Ein feuriger Kerl mit pechschwarzem Haar, in seinem Blick entdecke ich die römischen Papagalli wieder. Goffredo erlaubt sich keine Frechheiten, und doch spüre ich, er testet, wie weit er bei der Engländerin gehen kann. Von Tancredi weiß ich, dass sein Bruder nie einen Beruf ausgeübt, nicht einmal eine Ausbildung begonnen hat. Er nimmt die Tatsache als gegeben, dass für ihn sein Lebtag gesorgt sein wird; wozu sich also mit etwas Komplexem wie einer *Lebensaufgabe* herumschlagen?

Auch wenn mein erster Abend als Signora zufriedenstellend verläuft, kann ich mir nicht recht vorstellen, dass diese Menschen von nun an mein täglicher Umgang sein werden. Ich bin ein Einzelkind, habe weder die Geborgenheit noch die Mühsal einer Großfamilie erlebt, jetzt aber, so zeichnet es sich ab, wird die Familie ständig um mich sein. Vor allem aber beschäftigt mich die Frage, was ich in Zukunft tun werde. Ich muss irgendetwas tun! Der Tag hat vierundzwanzig Stunden; in Cinecittà wünschte ich manchmal, er hätte doppelt so viele. Von früh bis spät bin ich durch die Studios geflitzt oder in römische Boutiquen. Von Anfang an war mein Leben schnell. In London musste ich flink sein, um einen neuen Trend vor den anderen umzusetzen. Beim Film ist Zeit buchstäblich Geld. Hier aber, im winterlichen Sizilien?

Hier hat die Zeit ihr Aussehen verändert, sie fühlt sich anders an. Man steht wohl früh auf und erledigt, was es zu tun gibt, am Vormittag, doch das Ziel dabei ist, möglichst viel Freizeit zu haben. Man genießt das Mittagessen und die Gespräche dabei, man gibt sich der Siesta hin. Der Abend beginnt mit Kaffee, Spaziergang und Gesellschaftsspielen. Die Besucher wechseln, man kommt und geht, als Höhepunkt gilt das Abendessen. So geht ein Tag vorbei, ein sizilianischer Tag. Man hat ihn genossen und gedenkt, den kommenden nicht anders zu verbringen. Ich liebe die südliche Mentalität, kann mich in ihr zurechtfinden, aber nicht bis in alle Ewigkeit. Hätte ich an diesem Abend schon die Vorstellung, dass mein Leben so weitergeht, würde ich zutiefst erschrecken. So aber trinke ich mit den anderen Limoncello auf Rosalìas Genesung. Es ist lange nach Mitternacht, die Schwestern fahren mit ihren Familien heim, die Angestellten räumen den Tisch ab.

Ich steige in den zweiten Stock und öffne die Fenster, um die Feuchtigkeit zu vertreiben. Ich richte den Heizstrahler auf die Matratze, packe meine Tasche aus und lege Zeichenblock, Stifte und Farbkreide bereit. Morgen will ich Entwürfe machen und freue mich darauf. Ich werde den Kamin im Nebenzimmer heizen, mich davorsetzen und zeichnen. Das ist ein guter Plan für den ersten Tag.

Ich warte nicht auf Tancredi, die Besprechung dauert bestimmt länger. Ich ziehe dicke Unterwäsche an, darüber einen Pyjama und binde mir einen Schal um den Hals. Die Matratze ist immer noch feucht. Ich brauche einige Zeit, um einzuschlafen; auf dem Vordach macht der Regen ungewohnte Geräusche.

14

Als Besucher durch ein Haus zu streifen, ist ein neugieriges Vergnügen. Ist man gekommen, um zu bleiben, stellt man fest, dass man nichts kennt und nichts weiß, man fühlt sich unbeholfen.

Jemand hat mir Frühstück gebracht, Kaffee und Mandelplätzchen. Es regnet nicht mehr. Tancredi ist bereits fort. Auch ich verlasse den Lavendeltrakt, entdecke eine Treppe, die nach oben führt, und komme auf den flachen Teil des Daches. Grau und blattlos liegt die Landschaft unter mir, auch das Meer besteht nur aus Grautönen; man könnte meinen, an einem Nordmeer zu sein. Auf der Brüstung finde ich eine verrottete Mandel, weiß noch nicht, dass sie im Herbst hier zum Trocknen ausliegen.

Ich muss mir einen Ruck geben, um in das geschäftige Haus hinunterzusteigen. Die Kleiderfrage beschäftigt mich kaum, ich schlüpfe in etwas Bequemes. Um diese Zeit sind nur die Angestellten im Haus, Gesichter, die ich kenne, die Menschen sind mir fremd. Türen stehen offen, Säcke werden von zwei Männern hereingebracht, ein dritter gibt ihnen Anweisungen. Er scheint zu wissen, wessen Frau ich bin, denn er legt zum Gruß die Hand an den Mützenrand.

»Signora.«

Bei irgendwem muss ich schließlich den Anfang machen. »Hallo. Ich bin Diane. Was bringt ihr da ins Haus?« Der Kleine mit dem Mäusegesicht starrt mich an. »Wie heißen Sie?«

»Chíchí.«

»Wir haben uns schon gesehen, Chíchí. Ich bin Diane«, wiederhole ich, um vom komplizierten *Lei* auf das simplere *Tu* zu kommen.

»Signora, was steht zu Diensten?« Er tippt wieder an die Kappe.

So funktioniert das also nicht. Ich bin jetzt die Frau vom Padrone, der Kleine darf mich nicht duzen. »Sind das Bohnen?«

»Linsen, Signora.«

Wo guckt er hin? Verblüfft stelle ich fest, dass es meine Beine sind. Das gestreifte Minikleid mit den gestreiften Strumpfhosen scheint für den jungen Mann ein ungewohnter Anblick zu sein. Ich habe einen Fehler gemacht, aber jetzt ist es zu spät. Ich ziehe das Wollkleid, so tief es geht. Chíchí durchschaut meine Unsicherheit, für einen Moment blitzt ein Grinsen auf.

»Linsen, aha.« Ich überlege, nach oben zu laufen und mich umzuziehen, aber Antonia, die Perle aus der Küche, hat mich entdeckt.

»Soll ich Ihnen etwas bringen, Signora?« Schwarzer Rock, schwarze Bluse, darüber ein gewickeltes Wolltuch gegen die Kälte. Blickdichte schwarze Strümpfe, feste Schuhe. Wie ein kapriziöses Dämchen komme ich mir plötzlich vor. Das knallbunte Swingerkleid, meine flauschigen Pantoffel mit den Puscheln obendrauf, als ob ich ein Teenager wäre!

»Kann ich Ihnen vielleicht bei irgendetwas helfen?«, frage ich.

»Helfen?« Sie versteht mich nicht.

»In der Küche. Sie bereiten den Pranzo vor.«

»Ja. Wir machen Maccaruneddi.«

Ich kenne die italienische Küche ganz gut, aber von diesen Nudeln habe ich noch nie gehört. »Darf ich mal sehen?« Ich gehe Antonia in die Küche voraus. Sie arbeiten zu dritt, sind mit dem Frittieren von Auberginen beschäftigt. Auf dem großen Tisch werden interessante Dinge mit dem Nudelteig angestellt.

»Wie macht ihr das?« Gerade weil ich leutselig sein will, misslingt es.

Fragend sehen die Frauen Antonia an. »Maccaruneddi«, murmeln sie.

Stricknadeln liegen auf dem Tisch, ich nehme eine. »Wie funktioniert das?«

»Wir rollen den Teig aus und schneiden ihn in Streifen.« Antonia zeigt es mir. »Dann legen wir die Nadeln der Länge nach auf die Streifen und wickeln den Teig um sie. So.« Sie rollt den Teigstreifen mir derselben Bewegung um die Nadel, als würde sie eine Zigarette rollen. »Dann ziehen wir die Nadel heraus und lassen die Pasta ein wenig trocknen.« Sie präsentiert das Ergebnis. »Später kochen wir sie.«

»Und dazu?«

»Salsa rossa und Melanzane.«

»Ihr frittiert die Melanzane, damit sie sich nicht mit der Tomatensauce vollsaugen?«

Antonia nickt. Ein Mädchen rührt in dem Topf mit blubbernder roter Sauce und starrt mich an. Auch ihr Blick bleibt an meinem Minikleid hängen.

Voll Tatendrang reibe ich mir die Hände. »Was kann ich machen?«

Das darauffolgende Schweigen ist ernüchternd. Sie wollen keine Fremde in ihrer Küche. Sie können mich aber auch nicht hinauskomplimentieren, müssen höflich sein.

»Morgen komme ich früher herunter, dann zeigt ihr mir, wie es geht. Einverstanden?« Ich lächle beruhigend.

Das leuchtet Antonia ein. Sie präsentiert ein kräftiges Gebiss mit zwei Silberzähnen. »Einverstanden, Signora.

Morgen kochen Sie mit uns.« Sie hat verstanden, was mein Bedürfnis ist, und ich nehme mir vor, beim nächsten Mal etwas Unauffälliges zu tragen. Ich sehe mich in der Küche um. Eine Tür führt ins Freie, das ist der Lieferanteneingang. Dort drüben kommt man ins Esszimmer. Die dritte Tür mag zu einer Vorratskammer gehören. »Wo geht es da hin?«

Ich mache einen Schritt und strecke die Hand aus. Antonia und noch eine springen mir in den Weg.

»Nein, das ... da nicht.« Ihre Gesichter sind angespannt. »Der Keller hat steile Stufen«, erklärt Antonia. »Da hat es schon schlimme Stürze gegeben.« Sie bleibt stehen, als fürchte sie, ich sei nicht davon abzuhalten, hinunterzugehen.

»Das ist nicht der Weinkeller«, sage ich, da ich weiß, wo der Abgang zu dem alten Gewölbe ist. Tancredi hat mir die Weinschätze bereits gezeigt.

»Nein, das ist ... ein Keller, den wir selten benutzen.«

»Gut.« Mir fällt ein, dass ich den Vormittag mit Zeichnen verbringen wollte. Soll ich vor dem Essen noch damit beginnen, muss ich mich beeilen. Ich verabschiede mich. Beim Hinausgehen ist die Erleichterung der Frauen fast greifbar.

Ich zeichne weder an diesem Tag noch am nächsten. Es will mir nichts gelingen, etwas stimmt nicht, etwas fehlt. An mangelnder Ruhe liegt es nicht; im Haus sind tagsüber nur heimelige Geräusche zu hören. Wer hätte gedacht, dass ein malerischer Ort wie dieser mich nicht inspiriert? Ich will Entwürfe für den Film machen, Hüte, Kleider, aber alles bleibt konventionell. Nach Stunden sitze ich vor einem Haufen zerknüllten Papiers.

Genieß die Natur, ermuntere ich mich. Lass die Umgebung auf dich wirken, bring deinen Kreislauf in Schwung, danach versuchst du es noch einmal. Ich ziehe meine dickste Jacke an, trete in den Garten, der in einen Park übergeht. Doch im Winter vermag er seine Heiterkeit nicht zu verströmen, die Natur hat etwas Tristes. Ich kehre bald wieder ins Haus zurück. Ich sehne mich nach Tancredi. Natürlich hat er, der die Leitung im Handstreich übernimmt, unsagbar viel um die Ohren, zugleich darf er mich nicht ablegen wie einen alten Regenschirm. Meine Freunde, meine Berufskollegen sind alle in Rom; ich habe niemanden hier, buchstäblich keine Seele.

Felicia fällt mir ein. Wenn es einen Menschen in Monteleone gibt, zu dem ich mich hingezogen fühle, ist es Tancredis Schwester. Ich erkundige mich, wie man zu ihrem Haus gelangt; für einen Fußmarsch ist es zu weit. Zum ersten Mal habe ich den Wunsch nach einem eigenen Auto; bin ich sonst nicht eine Gefangene im Di-Lorenzo-Haus?

»Ich möchte Felicia besuchen«, sage ich. »Wer kann mich hinbringen?«

»Ich.« Chíchí ist zur Stelle.

»Danke.« Ich begleite ihn zum Laster. Auf der Ladefläche sind geflochtene Reusen festgebunden. »Was fangt ihr damit?«

»Alles.« Er bemerkt mein erstauntes Gesicht. »Alles, was nicht Fisch ist. Hummer, Krabben, Langusten.«

Chíchí weiß danach offenbar nichts mehr zu sagen, und ich habe keine Lust, ein Gespräch zu beginnen. Schweigend holpern wir über die schmale Straße. Sie führt an Monteleone vorbei zu einem anderen Küstenabschnitt. Von Weitem sehe ich das Haus, in dem Felicia mit ihrer Tante lebt, seit die alte Frau Witwe wurde. Von einer Klippe schaut es übers Meer, rundum wachsen Olivenbäume, auch Eichen, dazwischen liegen eingezäunte Weiden. Felicias Pferd grast im Freien. Ihr Auto steht vor der Tür. Ich bedanke mich bei Chíchí und steige aus, er fährt mit den Reusen zum Hafen weiter.

»Bist du gleich am ersten Tag aus dem alten Kasten geflohen?« Felicia umarmt mich so herzlich, als wüsste sie über meine Nöte Bescheid.

»Geflohen?« Ich versuche, darüber hinwegzugehen, da ich Tancredi nicht in ein schlechtes Licht setzen will.

»Sie mögen dich alle, das kannst du mir glauben.« Felicia legt den Finger auf den Mund – im ersten Stock schläft die Tante –, wir gehen in einen offenen Raum mit wunderbarem Cottoboden. Die Steine sind handgeschöpft, jeder unterscheidet sich vom anderen. Feuer brennt im Kamin, und doch überrascht mich die Wärme hier drin.

»Zieh die Schuhe aus.« Sie holt Flaschen und Gläser von nebenan.

Seit ich hier bin, wäre ich in keinem der klammen Räume auf die Idee gekommen, meine Schuhe abzulegen, doch Felicia läuft barfuß herum. »Das kann nicht wahr sein!« Ich spüre, wie die Wärme in meinen Füßen kribbelt.

»Wieso nicht? Meine Vorfahren haben es vor zweitausend Jahren erfunden.«

»Die Römer haben die Fußbodenheizung …?«

»Sie führten die Abgase der Feuerstellen unter Steinplatten entlang. Kluge Menschen.«

Lächelnd beobachtet Felicia, wie ich mich auf den Boden setze und die Wärme mit den Händen ertaste.

»Wieso macht ihr das nicht überall so, auch im Haus deiner Eltern?«

»Zu aufwendig, zu kompliziert, zu modern. Sie frieren lieber. Wusstest du, dass viele Leute in Monteleone Schwierigkeiten mit den Bronchien haben? Sie hocken in ihren feuchten Buden und warten auf den Frühling. Im Winter siehst du hier nur hustende Kinder.«

»Vielen Dank, dass du ...« Ich weiß nicht, wie ich es in Worte fassen soll. »Danke, dass ich hier sein kann.«

Sie mixt uns etwas Erfrischendes mit ein wenig Alkohol, auch das entspannt mich. Hingeräkelt liege ich auf den warmen Fliesen. Es beginnt ein Gespräch ohne Regeln und Zwänge, ganz anders, als im Haupthaus mit der Frau des jungen Padrone geredet wird. Ich erzähle von Rom, über den Film, natürlich möchte sie wissen, wie die Stars privat so sind. Felicia plaudert von ihrem Pferd, den Ausritten, von ihrer Halbtagsarbeit. Ich frage sie, ob sie nie den Wunsch hatte, von hier wegzugehen.

»Die Tante braucht mich. Außerdem ...« Sie macht eine weiche Geste. »Auch wenn ich über vieles in Monteleone die Nase rümpfe, ist es das Paradies. Wieso soll ich aus dem Paradies weggehen, das meine Heimat ist?«

Es ist mir unmöglich, Ähnliches über Manchester zu sagen. Vorsichtig taste ich mich an das private Thema heran, das Gerücht, weswegen Felicia ohne Mann lebt.

»Warum sollst du es nicht erfahren?« Sie legt ein paar Scheite nach. »Mein Liebster war bereits gebunden. Bald verfluchte man mich in der Stadt als *puttana*, die seine Ehe zerstört. Das durfte natürlich niemand offen sagen, ich bin eine di Lorenzo, mit uns verscherzt man es sich besser nicht. Dann wurde seine Frau krank. Das Gerücht hielt sich hartnäckig, die Krankheit sei durch das Unglück in ihrer Ehe ausgebrochen, also trug ich auch daran die Schuld. Schließlich starb sie, und er war frei.« Sie lacht und tritt an die Terrassentür. »Ich dachte, seine plötzliche Zurückhaltung hätte mit Pietät, mit der formellen Trauerzeit zu tun. Wie man nur so dumm sein kann.« Sie öffnet die Tür und macht ein paar Schritte hinaus. »Seine Frau war noch kein Jahr unter der Erde, da hat er sich anderweitig umgesehen.«

»Und du?« Frostig dringt es von draußen herein, ich massiere meine Zehen.

»Ich versuchte ihn zu halten, mein größter Fehler.« Sie kommt zurück. »Er lebt noch hier in der Gegend, hat wieder geheiratet. Mittlerweile ist er beinahe kahl.«

»Liebst du ihn noch?«

»Das ist ja das Schlimme. Seit ihm gab es für mich keinen anderen.« Sie zuckt die Schultern. »Ich habe zwar Fußbodenheizung, aber ich bin Sizilianerin. So sind wir. Was liebst du an Tancredi?«, fragt sie unvermittelt.

Ich zähle die Herrlichkeiten meines Mannes so rasch her, dass mir selbst klar wird, wie sehr ich in ihn verliebt bin.

»Ja, er ist ein Schätzchen, unser kleiner Prinz.« Felicia streichelt meinen Fuß. »Und er hat sich sein Glück am Ende wirklich verdient.«

»Am Ende?«

»Wenn man bedenkt, was er durchgemacht hat.«

Einen Moment ist es still, das Obstbaumholz knackt.

»Ich bin nicht sicher, ob ich verstehe, was du meinst.«

»Er wird es dir natürlich verschlüsselt beigebracht haben.«

»Was denn?«

Die Veränderung findet nicht in Felicias Gesicht statt, ich bemerke sie an ihren Händen. Sie ballt die Fäuste und reibt die Daumen an den Zeigefingern. »Er muss ... na ja, er wird gedacht haben ... Entschuldige, ich darf mich nicht in eure Angelegenheiten mischen.«

Ich beuge mich zu ihr, sie wendet den Blick ab. »Na komm, es wird nicht so schlimm sein«, versuche ich ihre unerklärliche Mauer zu durchbrechen.

»Entschuldige, entschuldige«, sagt sie.

»Was hast du gemeint? Ich werde Tancredi ohnehin danach fragen, da kannst du genauso gut ...«

»Erzähl ihm nichts«, erwidert sie ängstlich. »Dräng ihn nicht. Er wird den Zeitpunkt selbst bestimmen. Nicht jetzt, Diane. Die Sache mit Mamas Herz, tu das nicht. Sprich ihn nicht an.«

Beruhigend lege ich die Hand auf ihre Faust und ziehe scherzhaft einen Reißverschluss vor meinen Mund. »Ich weiß nichts, du hast mir kein Sterbenswörtchen gesagt.«

Um ehrlich zu sein, ich bin wirklich nicht sehr besorgt. Geheimnisse gibt es in jeder Familie, und ein junger Mann, der um ein Mädchen wirbt, tischt ihm nicht gleich den Familienschmutz auf. Ich kenne meinen Mann, er hat nicht die Aura eines Mysteriums um sich. Wer aus reichem, privilegiertem Haus stammt, kriegt zwangsläufig eine kleine Macke ab. Tancredi ist ein verzogenes Bübchen, das nur die Sonnenseite des Lebens kennt. Nun bekommt er formell die Macht über das Di-Lorenzo-Imperium übertragen; ich werde den Teufel tun, ihn mit Fragen zu nerven. Ich sollte ihm helfen, und wenn das alles ausgestanden ist, wenn die Aufgaben delegiert und wir nach Rom zurückgekehrt sind, findet sich gewiss die Gelegenheit, das Geheimnis der di Lorenzos aus ihm herauszukitzeln.

Meine Zuversicht scheint Felicia anzustecken, sie bietet Kaffee an. Das Meer ist wild, grau schlägt die Gischt an die Klippen. Bald zieht der wunderbare Geruch durch das Haus. Zur selbst gebackenen Zitronentorte gesellt sich die alte Tante zu uns.

15

La Mamma ist zurückgekehrt. Es geht ihr viel besser, sie strahlt den Charme einer Königin aus, die aus dem Exil heimkehrt. Die Begrüßung ist ein sizilianisches Spektakel. Als ob das bei Königinnen selbstverständlich wäre, wird sie von einer kräftigen Wintersonne begrüßt. Kaum sind die Wolken verflogen, spielt sich bereits wieder alles im Freien ab. Rosalìa kommt pünktlich für den Pranzo an, dreißig Leute sitzen unter der Pergola. Die Antipasti stammen aus den eigenen Gemüsegärten und wurden im Vorjahr eingelegt. Drei Sorten Pasta, darunter der schwere Auberginen-Fleisch-Auflauf, danach frittierte Krustentiere, Fisch in roter Sauce, Zicklein, Kaninchen und Schwein. Alles wird mit dem süßen Rotwein hinuntergespült, den der alte Padrone höchstpersönlich keltert. Da er es nicht erzählen kann, zeigt mir Caló bei passender Gelegenheit, was dem Wein seine Süße gibt. Er senkt fruchtreiche Pfirsichzweige in das Weinfass, bevor es geschlossen wird. Die Pfirsiche vergären zusammen mit dem Traubensaft. Mir bekommt dieser Wein nicht, aber wer je bei einem sizilianischen Pranzo saß, weiß, Widerstand ist zwecklos. Man gilt als ungesellig, wenn man sich das Glas nicht füllen lässt, alle paar Minuten wird auf irgendetwas angestoßen. Bald fühle ich mich dumpf, doch heute lässt die Siesta noch lange auf sich warten: Die Mamma ist wieder da, stoßen wir an!

Tancredi ist an diesem winterlichen Mittag heiter und männlich, bewegt sich geschmeidig und umhegt seine

Mutter mit großer Liebe. In den letzten Tagen habe ich wenig von ihm zu sehen bekommen. Wenn er abends ins Bett schlüpft, ist er hundemüde. Rosalìa lässt ihre Augen zufrieden auf ihm ruhen: Er hat in dieser kritischen Zeit seine Verpflichtung wahrgenommen, hat die Familie aufgefangen.

»Hast du etwas gezeichnet?« Nachdem er viele Hände geschüttelt hat, ist Tancredi wieder bei mir.

»Wenig, es geht träge voran, ich ...«

»Dir auch alles Glück!«, ruft er einem über den Tisch zu. Gläser recken sich ihm entgegen.

»Ich dachte, ich fahre die Tage mal hinaus und versuche zu malen.«

»Hinaus, wohin?«

»Irgendwohin, in die Natur, an den Strand.«

»Du kannst dich nicht in der Gegend herumtreiben.« Er trinkt. Seine Wangen sind gerötet.

»Herumtreiben? Ich nehme meinen Block mit, vielleicht die Staffelei.«

»Man würde das in Monteleone falsch auffassen. Sie verstehen das nicht, wenn eine Frau allein ...« Wieder wird er unterbrochen, beantwortet einen Trinkspruch.

»Gibt es bei euch keine Landschaftsmaler?«, frage ich irritiert.

»Es gibt keine verheirateten Frauen als Landschaftsmaler. Ist unser Grundstück nicht groß genug? Bleib doch hier, male hier.«

»Tancredi, das hört sich ja an, als ob ich eingesperrt wäre.«

»Du und deine kindischen Übertreibungen.« Schmunzelnd schaut er auf mich herunter.

»Übertreibst du nicht mit deiner Sorge um das Gerede der Leute?«

Jeder in Sizilien kennt die Macht des Gerüchts. Das Gerücht macht das Leben aufregend, zugleich dunkel und geheimnisvoll. In einem Land, wo Informationen nach wie vor von Mund zu Ohr, von Haus zu Haus, von Familie zu Familie fließen, verändert sich die Wahrheit konstant und auf wundersame Weise. Gerüchte sind molluske Wesen, sie haben einen Körper, eine Seele; wenn man nach ihnen greift, entziehen sie sich, niemand ist als Urheber feststellbar. Manche Gerüchte tradieren sich über Jahrhunderte und haben sich zum Fluch eines Namens ausgewachsen, andere sind blitzschnell, bissig, gefräßig, und wenn man satt davon ist, verschwinden sie wieder. Natürlich muss Tancredi auf den Ruf seiner Frau, einer Ausländerin, bedacht sein. Wie weit das geht, welche Blüten es treibt, und wie vieler Komplizen es dabei bedarf, ist mir zum Glück noch unbekannt.

»Lass uns das morgen besprechen.« Er will mit seinem Glas weiterwandern.

»Wann morgen? Du bist im Morgengrauen schon aus dem Haus, beim Mittagstisch kann man nicht reden, genauso wenig beim Abendessen.«

Er streichelt meine Wange, so wie man ein kleines Tier beruhigt. »Mach mir bitte keine Schwierigkeiten.«

Ein ungeheurer Satz, den ich in seiner Ungeheuerlichkeit im Moment nicht begreife. Mein Schuldbewusstsein meldet sich. Was Tancredi zuletzt brauchen kann, ist ein zänkisches Weib, das ihm neben allen Sorgen noch einen weiteren Kopfschmerz beschert. Ich lächle tapfer, sehe ihn zur nächsten Gruppe gehen und fühle mich hundeelend.

Da ich nicht allein in die Natur fahren darf und Felicia nicht jedes Mal auf die Nerven fallen will, beschließe ich, Monteleone zu erkunden. Während meines ersten Besuchs habe ich das Wesentliche gesehen. Die Stadt zählt kaum 20 000 Einwohner, man hat sie schnell kennengelernt. Ich wäre lieber zu Fuß gegangen, aber merkwürdigerweise ist Chíchí auch diesmal mit dem Laster zur Stelle und nimmt mich mit.

Das Anwesen der di Lorenzos liegt in den Hügeln. Man verlässt die gepflasterte Allee mit den Korkeichen und kommt in die Wirklichkeit. Die Teerstraße ist an vielen Stellen aufgeplatzt, die Ränder sind vom Regen unterspült; wir fahren in Monteleone ein. Die Stadt unterliegt keiner erkennbaren Planung, rechts ducken sich die Häuser um das Castello, auf der anderen Seite folgen die alten Gassen der Küstenlinie und werden schließlich von der Eisenbahntrasse begrenzt. Ebenerdig befinden sich in vielen Häusern Geschäfte, in den Obergeschossen sind die Wohnungen. Die jungen Leute ziehen lieber in die Randbezirke mit den modernen Wohnblocks; in der Altstadt ist es im Inneren der Häuser dunkel.

Ich verabschiede mich von Chíchí, schlage sein Angebot aus, mich später abzuholen, und schlendere die Hauptstraße entlang. Im Sommer wird hier allerlei Ramsch für die Touristen angeboten. Ein Bäcker, eine Autowerkstatt, ein Fischladen; ich trinke Kaffee in der Eisdiele und lasse auf der Terrasse den Wind in mein Haar.

Scheint die Sonne, funktioniert Italien reibungslos. Die lässige Lebensart, die Freude, ein Geschäft zu machen oder seinen Hund, seine neue Freundin auszuführen, genügen, um einen Vormittag herumzubringen. Ist das Wetter schlecht, wissen die Italiener nicht, wohin mit sich; dann lümmeln sie träge in Hauseingängen, starren missmutig auf den Himmel, der sie im Stich lässt. In Sizilien ist das nicht anders.

Heute fängt das Wetter gut an, das Straßenleben blüht,

sie flanieren in ihren wattierten Jacken. Die Sonne verschwindet, vom Meer zieht Regen heran; in Minuten wirkt Monteleone wie ausgestorben. Ich mag noch nicht nach Hause, Hunger habe ich keinen, will nicht zum zweiten Mal ins Eiscafé. Müßiggang liegt mir nicht, nicht einmal einen einzigen Tag lang. Ich bin des Schlenderns überdrüssig, habe den Wunsch, etwas zu tun. Soll ich mich im Regen an eine Straßenecke setzen und die Motive Monteleones zeichnen oder mich als Meeresmalerin versuchen? Ich bin Ende zwanzig und erkenne, dass die Existenz der Ehefrau mir nicht genügt. Ginge es nach Tancredi, bräuchte ich gar nichts zu tun, es ist für alles gesorgt. In der Küche kümmern sie sich um mein leibliches Wohl, halten den Lavendeltrakt für mich sauber; die junge Signora mag sich amüsieren.

Eine grauenhafte Vorstellung! Ich weiß auch, was das nächste Glied in der Kette sein soll: ein Kind. Ich habe nichts dagegen, mit Tancredi ein Kind zu bekommen, aber nicht unter dem Motto: Sie langweilt sich, mach ihr ein Kind, damit sie beschäftigt ist.

An diesem Tag im winterlichen Süden begreife ich, dass es nicht nur einer guten Idee bedarf, um zu zeichnen, auch der Genius Loci ist wichtig. Ich brauche Rom, die Filmstudios und, verdammt noch mal, ich brauche Druck! Der Produzent muss mir im Nacken sitzen: Wann bist du endlich fertig? Wann können wir die Entwürfe sehen? Das bringt Schwung und Energie, das lässt den Stift übers Papier flitzen. Nur unter solchen Bedingungen sitzt man über den Schnittbögen, bis die Augen brennen und es draußen schon hell wird. Aber hier? Was ich nicht heute entwerfe, zeichne ich eben morgen. Und wenn ich nichts zeichne, kräht auch kein Hahn danach. Noch steht nicht einmal die Finanzierung des Films, wen kümmern die

Kostüme? Jetzt, da ich materiell sorgenfrei bin, sehne ich die Zeit herbei, als ich nach jedem Assi-Job in London gierte, um genug zu verdienen, die Münzen in den Gasautomaten zu werfen, der die Heizung am Laufen hielt.

Ich bin materiell sorgenfrei, aber nicht unabhängig. Schlagartig wird mir klar, ich verdiene nichts, habe mich in völlige Abhängigkeit von Tancredi begeben, in die Abhängigkeit der di Lorenzos. Der Vormittag, den ich in Monteleone verbummeln will, wird zum Albtraum. Ist das meine Zukunft? Morgens von Angestellten umsorgt werden, danach ein wenig spazieren gehen, Heimkehr zum Pranzo, schwerer Kopf vom Wein, trübe einschlafen, traurig erwachen, und der einzige Höhepunkt, den der Tag dann bietet, ist das Abendessen mit der Familie. Weder die Vorstellung des kommenden Frühlings noch meine Freundschaft mit Felicia vermögen mich aus diesem Horrorszenario herauszureißen. Schon nach wenigen Tagen als Signora di Lorenzo weiß ich, etwas muss sich ändern, oder ich gehe hier ein.

Während ich in meinen Grübeleien versinke, laufe ich ziellos durch die Straßen, der Nieselregen ist mir egal. Plötzlich stehe ich still, meine Augen werden groß, ein Lächeln überzieht mein Gesicht. Wer hätte es für möglich gehalten? Auf einer versteckten Piazza lese ich über einem gläsernen Eingang *CINEMA*. Damit nicht genug: Ein buckliger Mann steht auf der Leiter und wechselt das Programm. Die Buchstaben, die er in die Laufschiene schiebt, ergeben das Wort *L'ultimo bacio*. Ich muss laut lachen. Der Mann dreht sich um.

»Guten Tag, Signora.«

»Wie schön!« Ich zeige auf das Plakat.

»Sie kennen den Film?« Er hat eine feine, fast singende Stimme.

»Das kann man wohl sagen.«

»Er ist nicht mehr neu«, sagt er und steigt behutsam von der Leiter. »Die brandneuen Kopien kann ich mir nicht leisten.«

»Wieso nicht?«

»Hier gehen nicht viele Leute ins Kino.« Er schiebt die Brille gerade. »Die Filme, die ich zeige, sind immer schon ein oder zwei Jahre alt.« Er zwinkert. »Das fällt niemandem auf.«

Ich gehe auf das Plakat zu und zeige mit dem Finger auf eine Stelle. »Das bin ich.«

»Bitte schön, das verstehe ich nicht.«

Ich erkläre ihm, dass er mit der Kostümbildnerin von *L'ultimo bacio* höchstpersönlich spricht.

»Ich bin entzückt!« Er schüttelt mir herzlich die Hand. »Wie verschlägt es Sie in unsere Gegend?«

Ich erzähle es ihm in einer Ausführlichkeit, die mich selbst erstaunt.

»Mein Name ist Renato«, sagt er.

»Was denken Sie, Renato, wird der Film hier ein Knüller?«

»Es geht um die Liebe.« Er wiegt den Kopf. »Kann sein, dass heute Abend zehn bis fünfzehn Leute kommen.«

»So wenige? Wie schaffen Sie das wirtschaftlich?«

»Ich habe auf der anderen Seite des Hauses ein Geschäft für Waschmaschinen. Das deckt meine Verluste.«

Ein Cineast, der im verschlafenen Monteleone auf verlorenem Posten steht, dennoch wechselt er einmal die Woche das Programm.

»Darf ich Sie zu einer kleinen Sondervorstellung einladen?« Bevor ich antworten kann, schaut er fast erschrocken zur Kirchturmuhr hoch. »Nein, entschuldigen Sie, Sie müssen nach Hause, das Essen, Ihr Mann ...«

»Schon in Ordnung, Renato. Das Essen wird auch ohne

mich fertig, und mein Mann ist selten daheim. Sie wissen nicht, was für eine Freude Sie mir mit einer Sondervorstellung machen würden.«

Ohne zu überlegen, dass ich mich auf einem öffentlichen Platz befinde, hake ich den buckligen Kinobesitzer unter und betrete sein Kino. Aus dem Augenwinkel meine ich, die Schirmmütze von Chíchí hinter der nächsten Ecke verschwinden zu sehen. Ich kann mich auch getäuscht haben.

16

»Er ist ein Krüppel!« Ich schreie den Satz, dass er durch den Lavendeltrakt schallt.

»Er ist ledig.« Scheinbar gelassen sitzt Tancredi auf der Fensterbank; die Fäuste in seinen Taschen sprechen das Gegenteil.

»Ich nehme an, es gibt viele ledige Männer in Monteleone.«

»Wirst du mit denen auch mir nichts dir nichts nach Hause gehen?«

»Ich war nicht bei ihm zu Hause, sondern in seinen Geschäftsräumen!«

»Zwei Stunden lang?«

»So lange dauert *L'ultimo bacio* nun mal. – Nein, das stimmt nicht. Er hatte Probleme, die dritte Spule einzulegen, deshalb hat es länger gedauert.«

»In einem dunklen Saal. Allein mit einem Mann.«

»Was wirfst du mir vor?«

»Die Antwort kennst du am besten.«

»Wenn du etwas Bestimmtes wissen willst, frag mich doch.«

»Du wirst es mir schon sagen, wenn es etwas zu sagen gibt.«

»Was denn? Willst du hören, dass ich mit einem Mann ins Kino ging und dich dort mit ihm betrogen habe?«

»Ich habe dich nicht aufgefordert, das zu sagen.«

»Wozu *forderst du mich auf*, Tancredi?«

»Zu nichts, außer dass du dich benimmst wie meine Ehefrau.«

»Tue ich das nicht?«

»Siehst du, du fragst es dich selbst.«

Bebend stehe ich vor ihm. »Dieser Renato ...«

»Ich habt euch also geduzt?«

»Was – nein. Ich kenne bloß seinen Nachnamen nicht! Hast du ihn mal gesehen?«

»Wieso?«

»Er hat einen Buckel! Groß wie ein Fels! Glaubst du, ich treib's mit einem Buckligen?«

»Nicht solche Ausdrücke in diesem Haus.«

»Wie soll man die Sache sonst nennen? Du bezichtigst mich doch dieser *Sache*?«

»Ich frage lediglich, warum du dich, während die Familie beim Mittagstisch sitzt, in einem dunklen Kino verkriechst.«

»Ich habe die Zeit übersehen. Es tut mir leid!«

»Es tut dir also leid.«

»Ja.«

»Du hast ein schlechtes Gewissen?«

»Das habe ich nicht gesagt. Hör auf, Tancredi, verdammt, hör auf damit!«

»Habt ihr euch das erste Mal getroffen?«

»Wir haben uns gar nicht *getroffen*! Ich sage dir, ich kam zufällig auf diesen Platz, und da ...«

Es dauert volle drei Stunden. Das Haus hallt von unserem Geschrei wider. Irgendwann lässt Tancredi seine gespielte Beherrschung fahren und brüllt lauter als ich. Die Villa di Lorenzo liegt wie paralysiert da, kein Geräusch ist zu hören, nur unser Schlachtenlärm. Alles steht still, weil alle von ihren Zimmern aus lauschen. Die Schwiegereltern im ersten Stock, die Verwandtschaft im Salon, die

Angestellten in der Küche. Ich frage meinen Mann, woher er den Grund meiner Verspätung überhaupt weiß. Ich kenne die Antwort: Chíchí hat es ihm gesteckt. Auch wenn dies der schlimmste Streit ist, seit wir uns kennen, habe ich keine Ahnung, dass ich mich erst am Eingang zur Vorhölle befinde. Die dunkle Seite Tancredis taucht gerade erst auf, die Fratze ist noch nicht erkennbar.

Tags darauf will ich zu Felicia. Sie soll mir ihre Andeutungen erklären, die sie mir ohne Tancredis Einverständnis nicht sagen wollte. Felicia ist nicht daheim. Die alte Tante sagt, ihre Nichte sei für ein paar Tage nach Cosenza gefahren. Ich komme mir wie eine Gestrandete vor, meine einzige Freundin hat die Insel verlassen und lässt mich schutzlos bei den Eingeborenen zurück.

Nachdem ich mich auf meinem Zimmer leise ausgeheult habe, geht es mir besser. Es gelingt mir, meine Lage wieder *from the bright side* zu sehen. Ich beschließe, einen Menschen aufzusuchen, der meinen Respekt besitzt, zu dem ich aber zwangsläufig wenig Kontakt habe.

Der taubstumme Calogero hält sich meistens in seinem Studierzimmer auf. Da es sinnlos wäre zu klopfen, trete ich einfach ein. Ich habe in Sizilien nicht viele Leute lesen sehen. Salopp gesagt: Das Wetter ist einfach zu schön. Umso erstaunter bin ich, als ich eine große, gut sortierte Bibliothek betrete. Calogeros Bücher sind nicht nach Sachgebieten geordnet, sondern, ganz kindlich, der Farbe und der Größe nach. Es gibt ein blaues und ein schwarzes Regal, in jedem steigen die Bände von links nach rechts an, links die kleinen Bücher, rechts die Wälzer.

Mein Schwiegervater steht vor einem bunten Bücherhaufen und ist im Begriff, eines herauszuziehen. Obwohl er mich nicht hört, stockt er; der Luftzug mag ihn aufmerksam gemacht haben. Ich frage, ob ich störe. Er winkt mich näher, nimmt Zeitungen von einem Sessel und bietet mir den Platz an. Ich mag mich nicht gleich setzen, streiche durch das merkwürdige Reich des reichsten Mannes der Gegend, entdecke aber nirgends Aktenordner oder Registerbücher. Für die Wirtschaft ist hier offenbar kein Platz.

»Was liest du gerade?« Ich bin mir der Besonderheit bewusst, dass ich Caló bald nach der Hochzeit geduzt habe, seine Frau aber weiterhin mit *lei*, dem italienischen *Sie* anrede.

Er bedeutet mir, dass er mehrere Bücher gleichzeitig liest; mit einer wolkigen Geste zum Kopf zeigt er, dass das einige Verwirrung in seinem Hirn stiftet.

In diesem Moment erinnert mich Calogero an unseren früheren König, den armen King George VI. Obwohl ihm öffentliche Auftritte aufgrund seines Stotterns schwerfielen, musste er die Rolle der Galionsfigur spielen und wurde davon erst durch seinen Tod erlöst. Der stumme Padrone, der lieber in die Welt seiner Bücher flüchtet, hat es da besser. Sein Sohn tritt in die Fußstapfen, die Caló zeitlebens nur mit Rosalìas Hilfe ausgefüllt hat.

Ich weiß nicht, was mir die Kühnheit gibt, zu fragen: »Wie habt ihr euch eigentlich ineinander verliebt, du und Rosalìa?« Ich sage es überdeutlich und stelle mich dabei in Calós Gesichtskreis. Er kratzt sich hinterm Ohr und macht ein verschmitztes Gesicht. Wir treten vor das Hochzeitsbild auf dem Schreibtisch.

»Sie war so schön«, sage ich. »Sie ist es heute noch.«

Calogero setzt zwei Finger aufrecht auf den Schreibtisch und lässt sie rasch über die Platte laufen.

»Sie ist davongelaufen?«

Er setzt die zweite Hand dazu, jetzt springen vier Finger nebeneinander her.

»Ihr seid beide davongelaufen? Vor wem?«

Er lächelt, zeigt auf mich, zeigt auf sich, ich verstehe nicht. Er führt mich zu einem sakralen Bild, das neben dem Kruzifix hängt und die Dreifaltigkeit darstellt. Er zeigt auf das Auge von Gottvater.

»Ihr seid vor deinem Vater davongelaufen?«

Er deutet nebeneinander viele Väter an.

»Vor der gesamten Verwandtschaft? Warum?«

»Die Väter waren nicht das Problem, sondern meine Mutter.«

Ich fahre herum, Rosalìa ist eingetreten. Sie bringt frische Blumen in einem Plastikeimer, offenbar kommt sie aus dem Treibhaus.

Calogero seufzt erleichtert, nun wird die Unterhaltung um einiges flüssiger.

»Es gibt in Sizilien nicht viele Familien wie die di Lorenzos.« Sie stellt den Eimer in die Mitte des Zimmers und beginnt, die Blumen in den Vasen zu arrangieren. »Aber einige gibt es doch. Ich stamme aus dem Hause Nicolosi.«

Erstaunt, amüsiert, schaue ich zwischen den beiden hin und her. Calogero schlägt die Hände überm Kopf zusammen und deutet mit theatralischer Geste an, dass man vor den Nicolosis eigentlich nur davonlaufen kann.

»Die Trennlinie zwischen den beiden Familien ist fein, könnte aber kaum einschneidender sein.«

»Eine Familienfehde?«, frage ich, überrascht von Rosalìas Offenheit.

»Eine Fehde würde beiden Häusern schaden und wäre unwirtschaftlich. Es gibt bloß grundsätzliche Unterschiede, die Welt zu betrachten.«

Calogero deutet an, dass jetzt eine altbekannte Suada kommt, der ich keinen Glauben schenken soll.

»Wir Nicolosis sind traditionell, aber die di Lorenzos

sind Konservative von der reaktionärsten Sorte.« Sie umarmt ihren widerstrebenden Mann. »So war die Situation zumindest, als wir uns kennenlernten. Inzwischen hast du eine Menge dazugelernt, mein schöner Caló.« Sie sieht mich an. »Sein Vater sehnte sich nach den guten alten Tagen, als hier die spanischen Bourbonen regierten und die Großgrundbesitzer schalten und walten konnten, wie es ihnen gefiel. Sie befahlen, und das Volk kuschte.«

Calogero bringt mich zum Lachen, indem er vorgibt, sich mit dem Sortieren von Büchern zu beschäftigen und gar nicht zuzuhören.

»Die Nicolosis waren nicht so engstirnig.« Rosalìa erhebt die Stimme. »Wir waren Garibaldini! Mein Urgroßvater hat an der Seite Garibaldis gekämpft, er gehörte zu den *Tausend*, die in Marsala gelandet sind und Sizilien befreiten. Meine Leute waren schon demokratisch gesinnt, als seine das Wort noch gar nicht kannten!«

»Aber ihr beide«, frage ich. »Wie war das, wie konntet ihr euch näher kennenlernen, wenn eure Familien ...«

»Wie junge Leute das immer gemacht haben.« Sie zuckt die Schultern. »Heute fahren sie zu zweit auf der Vespa an einen verschwiegenen Ort. Wir sind damals in die Berge geritten.«

»Warum in die Berge?«

»Weil dort das Sommerhaus stand. Es steht übrigens immer noch.«

»Und dort habt ihr ... habt ihr euch ...?« Wie fasst man so etwas seinen Schwiegereltern gegenüber in richtige Worte?

»Nicht, was du glaubst. Der Kleine hier war sehr schüchtern und sehr katholisch.« Sie grinst wie ein junges Mädchen. »Wir haben in getrennten Zimmern geschlafen und uns vor dem Zubettgehen gesittet Gute Nacht gesagt.«

»Aber wozu ... sollte das gut sein?«

»Sie versteht es wirklich nicht«, sagt Rosalìa komplizenhaft zu ihrem Mann. »Die Leute sollten *glauben*, dass wir dort oben unser Liebesnest haben, besonders meine Mutter.«

»Sollten nur glauben ...?«

»Darin liegt der Sinn einer *fuitina*.«

Ich brauche nicht weiter zu fragen. Rosalìa ist jetzt in Fahrt und erzählt in ihrer farbigen, nuancierten Art, mit der sie zu jeder Gelegenheit auch die Familie unterhält.

»Es geht nicht darum, was wirklich passiert, sondern darum, wovon alle überzeugt sind, dass es passieren könnte. Während wir ziemlich keusch auf dem Berg saßen, war in der Stadt der Teufel los. Die Familienoberhäupter trafen und beschimpften sich. Mein Vater gab Calós Vater die Schuld, der Junge hätte mich unschuldiges Mädchen verschleppt.« Rosalìa tritt vor einem Bouquet mit Weihnachtssternen zurück. »Dabei war das Ganze natürlich meine Idee. Ich wusste, von sich aus gibt meine Mutter ihre Zustimmung nie. Also musste ich ihr auf die Sprünge helfen.« Lächelnd dreht sie sich um; in diesem Moment kann man sich das trotzige junge Mädchen gut vorstellen.

»Nach drei Tagen fanden sie uns. Vor dem Haus hielten Wagen, Männer beider Familien stiegen aus. Ich bin in Calós Zimmer geeilt und habe ein paar meiner Sachen ausgezogen. Dann tat ich, als ob ich schlaftrunken wäre, und öffnete den Fensterladen.« Rosalìa mimt ihren gespielten Schreck. »Was sahen die Männer? Ein halbnacktes Mädchen im Zimmer eines zerstrubbelten jungen Mannes. Was sollten sie anderes glauben als das Offensichtliche? Man überbrachte die Neuigkeit meiner Mutter: Ihre Tochter hatte ihre Ehre verloren. Wollte ich nicht als alte Jungfer enden, musste ich unverzüglich heiraten. Und zwar den Mann, mit dem ich davongelaufen war.« Ein strahlender Augenaufschlag. »So haben wir das damals gemacht! Dagegen sind die jungen Leute heute ziemliche Anfänger.«

Calogero wirft ihr einen verliebten Blick zu.

»Hab ich nicht recht?« Sie tritt zu ihm.

Statt einer Antwort fischt er eine Blume aus dem Eimer und überreicht sie ihr.

»Meine Mutter nahm zwar zähneknirschend an der Hochzeit teil, hat uns aber so lange nicht in unserem Haus besucht, bis unser erster Sohn geboren war.« Rosalìa ergreift meine Hände. »Und das hat, wie du weißt, ziemlich lange gedauert. Vier Mädchen! Ganz Monteleone dachte schon, unsere Ehe wäre von einem Fluch überschattet.«

»Und dann kam endlich ihr kleiner Sonnenkönig.« Ich übertreibe ganz bewusst.

Sie nickt, als sei es die lautere Wahrheit. »Die di Lorenzos haben die Sonne im Wappen«, antwortet sie. »Einer muss der König sein, damit alle sich in seinen Strahlen wärmen können.«

»Und das aus dem Mund einer Garibaldina?« Ich lächle.

»Für eine Mutter ist ihr Erstgeborener immer etwas Besonderes. Als Tancredi uns endlich geschenkt worden war, wurde eine volle Woche lang gefeiert. Die ganze Stadt kam und begrüßte den Jungen.«

»Die ganze Stadt?« Kann sein, dass sie nun doch etwas übertreibt.

»Glaub es mir ruhig. Im Garten standen an die hundert Tische, Essen und Trinken gingen während sieben Tagen nie zur Neige. Unter einem goldfarbenen Baldachin stand auf einem persischen Teppich die Wiege. Darin lag das Objekt der Freude, unser Prinz. Die Leute kamen und brachten Geschenke.«

Ich stelle mir das Ritual vor, sehe den kleinen Tancredi, bewundert, vergöttert, verwöhnt – bis auf den heutigen Tag. Dass hier die Wurzel des Übels liegt, erkenne ich an dem wunderbaren Nachmittag mit meinen Schwiegereltern nicht. Ich bin glücklich, ihren Herzen näher gekommen zu sein und deutliche Zeichen ihres Vertrauens bekommen zu haben. Tancredi und ich hatten es nicht nötig, eine *fuitina* zu veranstalten, um uns durchzusetzen. Ich wurde liebevoll aufgenommen in einer Familie, die ihre fremdländische Schwiegertochter akzeptiert und alles tut, ihr die Eingewöhnung in die neue Welt angenehm zu machen.

An diesem Abend kochen Rosalìa und ich zum ersten Mal miteinander. Sie erstellt das Menü, lädt mich in die Küche ein, teilt mir meine Aufgaben zu und macht damit Antonia und allen im Haus klar: Das englische Mädchen gehört jetzt zu uns. Wir bereiten Spaghetti alla trapanese, Rigatoncini und sizilianisches Lamm mit wildem Fenchel zu. Weil meine Figur so unsizilianisch schlank und die Schürze so groß ist, muss ich sie mir zweimal umwickeln. Meine Wangen brennen, ich versuche alles gleichzeitig zu erledigen. Als das Zeichen zum Beginn der Cena ertönt, bin ich aufgeregter als bei einer Präsentation meiner Kostümmodelle.

Die Familie bekundet Beifall, Rosalìa lobt meine Mitwirkung. Zum ersten Mal, seit wir hier sind, sehe ich reine Freude und Stolz in Tancredis Augen. So hat er sich seine Frau vorgestellt, und ich frage mich, warum ich ihm zuliebe nicht ein wenig so sein soll. Glücklich tue ich ihm von der Pasta auf und nehme seinen genießerischen Blick als Kompliment. Ich kann mich an wenige Abende erinnern, die so harmonisch verlaufen wie dieser. Freiwillig sitze ich stundenlang beim Essen, denn ich bin ja mitverantwortlich dafür. Heute schmeckt mir sogar der süße

Wein. Immer wieder erhasche ich Blicke von Verwandten, die mir ihre Zustimmung signalisieren. Calogeros gütiger Blick geht mir am meisten zu Herzen: Na also, warum denn nicht gleich?, scheinen seine Augen zu sagen. Im heiteren Licht der Ereignisse stimme ich dem alten Padrone zu. Es hat einige Zeit gedauert, aber nun bin ich endlich angekommen.

17

Die Sonne findet ihren gewohnten Platz am Himmel über Sizilien wieder. Mit der Feuchtigkeit verschwindet auch der allgemeine Missmut, die Gemüter erheitern sich. Das Meer verwandelt seine Farbe von bleigrau in türkisgrün, die Daunenjacken verschwinden. Die alten Witwen haben ihre schwarzen Kopftücher auf, die jüngeren Frauen überlassen ihr Haar dem Wind, Sonnenbrillen tauchen auf. Die Piazzas und der Lungomare füllen sich mit Flanierenden. Die kleinen Händler öffnen ihre Stände, auch die Pizzabuden werfen ihre winterliche Vermummung ab.

Die Fragen an mein neues Leben sind immer noch offen, aber ich erwarte die Antworten nicht mehr mit solcher Ungeduld. Ich bin noch kein einziges Mal nach Cinecittà zurückgekehrt und fürchte, man vermisst mich dort nicht allzu sehr. Ich tröste mich mit dem Gedanken, dass ich in Monteleone in einem Paradies lebe und ohne materielle Sorgen auf die Verwirklichung meines nächsten Filmprojekts warten kann. Ist es möglich, dass meine wahre Person träger ist, als ich annahm? Gefällt mir die beschauliche Lebensführung etwa, die sich meiner in Sizilien nach und nach bemächtigt? Beim Blick auf den Kalender erschrecke ich manchmal: Schon wieder ein Monat vergangen, und ich habe nicht gearbeitet. Aber ist das Rennen im Hamsterrad, wie ich es aus London und Rom gewohnt bin, wirklich vorzuziehen? Genügt es nicht, die Knospen vor meinem Fenster zu bewundern, ein reiches Mittagessen für die Familie zu kochen? Ist es nicht schön, Tancredi im weißen Hemd, mit Stirnmütze, hinausgehen zu sehen, eine Flinte unterm Arm? Er und Chíchí jagen Kaninchen, die sich in der letzten Zeit auf seinem Land maßlos vermehrt haben.

Tancredi ist Padrone geworden. Seitdem ist eine neue Ruhe über ihn gekommen. Die Übergabe wurde so prachtvoll gefeiert, wie man es sich nur vorstellen kann. Es kamen zahllose Geschenke, kostbare und solche mit symbolischem Wert. Die letzte Garbe der Wintersaat, die erste Rebe des neuen Weins, Brot und Salz, Brot und Grappa, ein gesticktes Tuch in den Farben der di Lorenzos. Der Höhepunkt des Festes war der Besuch des Gemeinderates von Monteleone. Die Abgeordneten versammelten sich in der großen Halle, jeder nahm Tancredis dargebotene Hand und beugte sich kurz darüber.

Mein Mann gebietet von nun an über das Land und die Unternehmungen und die Menschen, die darin arbeiten. Es ist seine Pflicht, sich um ihr Wohl zu kümmern, aber auch ihre Bestrafung gehört zu seinen Angelegenheiten. Es wäre verfrüht zu sagen, die Position verändert ihn, und doch ist der freche Sportwagenfahrer ernster, freundlicher, zurückhaltender geworden. Auch mir gegenüber. Er behandelt mich, als wären wir ein Paar, das schon lange verheiratet ist. Gesittet spazieren wir den Höhenweg an der Küste entlang, spielen abends Karten. Bei Tisch lege ich ihm die Leckerbissen vor, die Übrigen warten so lange. Saß früher Calogero an der Spitze der Tafel, tut das jetzt Tancredi, ich zu seiner Rechten, Rosalìa zu seiner Linken, der alte Padrone neben ihr. Aus dem Winter meiner Ernüchterungen und Befürchtungen ist ein schwerer sizilianischer Sommer geworden. Ich bin die Frau des reichsten und mächtigsten Mannes weit und breit.

An einem dieser prallen Tage, an denen die Hitze jede Anstrengung verbietet, bin ich in Monteleone unterwegs. Die Gassen sind mir vertraut geworden, auch manche Bewohner der Häuser. Im Herzen von Monteleone sind die Gebäude so nahe aneinandergerückt, dass die Sonne es schwer hat, ihre lichten Keile hineinzutreiben. Mit meinem Einkaufskorb bewege ich mich durch die künstlich geschaffene Dämmerung, als neben mir unvermittelt eine Tür aufgeht. Nicht langsam und knarrend, wie wenn jemand sein Haus verlässt, das Türblatt fliegt krachend nach innen, in den Ausschnitt tritt eine alte Frau. Ich bin sicher, ich habe sie noch nie gesehen. Sie kommt nicht zufällig heraus, muss mich vom Fenster aus gesehen haben.

»Warten Sie, Signora.« Ihre Stimme ist hoch und leise. »Warten Sie, Sie geben nicht acht. Warten Sie. Bleiben Sie da. Geben Sie acht.«

Ich vermute zuerst, dass sie mich verwechselt, gleich werden sich ihre Augen an das Zwielicht gewöhnt haben. Ihr Blick ist fest, ihre Haltung aufrecht. Sie hält mir beide Hände entgegen, nicht zum Gruß, fast wie ein Segen.

»Worauf soll ich achtgeben?«, frage ich, da sie nicht weiterspricht.

»Die Krankheit sitzt an der Wurzel. Die Wurzel ist faul.«

»Wessen Krankheit?«

Sie zeigt über die Stadt hinaus, in die Hügel. Dort liegt das Haus der di Lorenzos. »Jeder weiß es. Aber alle fürchten sich, über die Krankheit zu reden.«

»Welche Krankheit?« Die Situation ist mir unangenehm. Wenn diese Frau eine Rechnung mit den di Lorenzos zu begleichen hat, soll sie es mit der Familie austragen, nicht mit mir.

»Die Erbsünde«, sagt sie und sieht mich so offen an, als spreche sie von etwas Alltäglichem. »Die Sünde der dunklen Erbschaft. Geben Sie acht, dass Sie sich nicht auch die Krankheit holen, die seit vielen Jahren nicht ausgetrieben wurde.« Mit diesen Worten zieht sie sich zurück. »Sie spielen deren Spiel. Spielen Sie Ihr eigenes.« Sie verschwindet, die Tür fällt zu.

Ich stehe da, den Korb am Arm, und komme mir verloren vor. Ich schaue die Fassade hoch, die Fensterläden sind geschlossen. Mein Blick wandert die Häuserzeile hinunter. Nirgends ein Zeichen, dass der kurze Auftritt von anderen gehört wurde, und doch bin ich sicher, dass es so ist. Ich merke mir den Straßennamen: *Via dei Vespri.*

Selbstverständlich ist mein erster Impuls, zu Tancredi zu gehen. Ich habe keine Veranlassung, ihm den Vorfall zu verschweigen, und will seinen Rat. Allerdings ist es mittlerweile nicht einfach, unangekündigt zu ihm vorzudringen. Im ersten Stock des Hauses befindet sich die Kommandozentrale, ein großes Büro zwischen Calogeros Studierzimmer und Rosalìas Boudoir. Die Reihen der Aktenordner bezeugen, hier wird *verwaltet.* Auf Tancredis Schreibtisch häuft sich die Arbeit, Leute kommen und gehen. Häufig ist der Verwalter bei ihm, oft Chíchí, daneben die Verantwortlichen der Firmen. Pächter suchen ihn mit ihren Problemen auf. Rosalìa ist die Einzige, die unangemeldet in sein Zimmer darf. Als ich nach dem Ereignis in der Via dei Vespri zu Hause ankomme, gehe ich daher zu meiner Schwiegermutter und sage, ich müsse Tancredi sprechen.

»Nicht vor dem Pranzo.« Selten spricht sie ein Verbot so offen aus.

»Es ist aber wichtig.«

»Er hat Leute zu Besuch, die viele Stunden gereist sind, um sich mit ihm zu beraten. Sprich während der Siesta mit ihm.«

Leider missachte ich ihren Rat. »Ich will ihn nur fragen, wann er ein paar Minuten für mich hat«, antworte ich und betrete Tancredis Büro.

Die Stimmung ist ernst, frostig.

»Es gibt keine dritte Stundung.« Tancredi spricht mit einem alten und einem jungen Mann. Beide tragen schwarze Anzüge, die sie gewiss nur für die Begegnung mit dem Padrone angezogen haben. »Das wusstet ihr vorher«, setzt er hinzu.

Der Ältere ist im Begriff zu antworten, stockt aber bei meinem Eintritt. Alle drehen sich um und mustern mich. Rosalìa ist mir nachgekommen.

»Entschuldige«, sage ich und spreche in meiner Unsicherheit Englisch. »Können wir uns kurz unterhalten?«

Ich sehe Tancredi an, dass er Nein sagen will. Was immer mein Anliegen ist, es kommt zur Unzeit. Aber er kann es sich nicht erlauben, seine Frau vor den Besuchern zu maßregeln. Also steht er auf, macht eine bedauernde Geste zu den Männern und zeigt nach nebenan. »Natürlich.« Er will in das Zimmer seiner Mutter.

»Nicht dort, lieber bei uns drüben.« Ich bemerke Rosalìas überraschten Blick.

Tancredis Augen werden schmal. Er muss eine rasche Entscheidung treffen und wendet sich zu den Besuchern. »Warum esst ihr nicht mit uns?« fragt er widerwillig. Beide stehen auf und bedanken sich für die Einladung. Ohne sich zu vergewissern, dass ich ihm folge, geht Tancredi in den Lavendeltrakt. Ich spüre Rosalìas neugierige Blicke und bedaure, nicht bis zur Siesta gewartet zu haben.

In unserem Wohnzimmer angekommen, gießt sich Tancredi Wasser ein.

»Tut mir leid, wenn ich dich ...«, beginne ich.

Eine abtuende Geste, der Fehler ist bereits geschehen. »Was gibt's?«

»Kennst du eine alte Frau in der Via dei Vespri?« Sein Blick sagt, dass er nicht weiß, worauf ich hinaus will. »Sie wohnt in der Mitte der Straße rechts. Sie hat mich angesprochen.«

»Wann?«

»Jetzt gerade.«

Er schüttelt den Kopf. »Was wollte sie?«

»Schwer zu sagen ...« Nun, da ich es wiedergeben soll, erscheinen mir ihre Worte theatralisch und orakelhaft. Aber ich will Tancredi nicht wegen einer Nichtigkeit aus einer heiklen Besprechung gerufen haben. »Sie sprach von einer Krankheit – in eurem Haus.«

»Krankheit? Wer ist krank?«

»Das hat sie nicht gesagt.« Ich trinke von Tancredis Glas. »Sie kam plötzlich heraus, sprach von der Krankheit, sagte etwas von Erbsünde und ging wieder hinein.« Ich entdecke nicht die geringste Veränderung in Tancredis Ausdruck, zugleich spüre ich, er weiß, wovon ich spreche.

»Erbsünde?« Er geht ein paar Schritte.

»Sie sagte, *jeder fürchtet sich, über die Krankheit zu sprechen.*«

»Die Leute hier sind abergläubisch.«

»Das habe ich mir auch schon gedacht. Aber was oder wen könnte sie meinen?«

»Was hast du geantwortet?«

»Nichts. Ich hatte auch gar keine Gelegenheit ...«

»Das war gut. Geh nie auf die Hirngespinste der Leute ein.« Tancredi stellt sich ins Gegenlicht, ich sehe nur seine Silhouette.

»Ich bin ziemlich erschrocken.« Ich nähere mich ihm. »Sie war so bestimmt. Es klang nicht wie verwirrtes Gewäsch.«

Er will nicht, dass ich es merke, aber er sieht auf die Uhr. »Na gut. Ich kümmere mich darum.«

»Kümmern, was heißt das?«

»Ich werde sie fragen, was sie gemeint hat.«

»Hast du eine Idee, wer das war?«

»Darauf kommt es nicht an.«

»Worauf sonst?«

»Es ist unschicklich, dich zu belästigen.«

»*Belästigen* ist zu viel gesagt. Nur die Art, wie sie die Dinge aussprach ...«

»Ich verstehe.« Der Satz soll weniger eine Beruhigung sein als das Ende unseres Gesprächs. »Ich werde mit ihr reden.«

»Du weißt also, wer es war?«

»Via dei Vespri?« Er macht einen Schritt zur Tür. »Ich glaube, ich weiß es.«

»Wer, Tancredi? Was will diese Frau von euch?«

»Danke, dass du mich gleich informiert hast.«

»Reden wir später darüber?«

»Morgen.«

»Warum nicht heute?«

»Ich muss nach Agrigento.«

»Davon hast du nichts gesagt.«

»Ja.«

»Entschuldige.« Ich versuche ihn an der Tür aufzuhalten, aber er geht weiter. »Beunruhigt dich das, was ich dir erzählt habe?«

»Nein«, antwortet er über die Schulter.

Ich bleibe stehen. Wir sind bereits auf dem Flur, wo uns jeder hören kann. Die Tür zum Büro schließt sich hinter ihm.

18

Tancredi erwähnt den Vorfall weder nach seiner Rückkehr aus Agrigento noch am Tag darauf noch einen Tag später. Danach verreist er erneut, diesmal nach Messina, Gespräche mit der Provinzregierung. Rosalìa begleitet ihn. Als er zurückkommt, ist bereits eine Woche vergangen. Im Grunde beruhigt es mich, dass er der Sache kaum Bedeutung beimisst. Wahrscheinlich gibt es einige Leute in der Gegend, die es aufregend finden, einer einflussreichen Familie irgendwelche Sachen anzudichten. Das Gerücht kennt viele Spielformen; eine davon besteht darin, dass man nichts Konkretes sagt, aber viel vermuten lässt.

Ich könnte mir einreden, dass es Zufall ist, als ich einige Tage darauf wieder durch die Via dei Vespri komme; ich weiß es besser. Später Nachmittag, die Siesta ist noch nicht lange vorbei, schwerfällig beginnt sich das Leben wieder zu regen. Ich schlendere die Gasse entlang und entdecke das bewusste Haus von Weitem. Sämtliche Fensterläden sind geschlossen, in der Hitze nichts Ungewöhnliches. Ich bleibe stehen, schaue mich um, ob ich beobachtet werde, fasse mir ein Herz und klopfe. Keine Schritte nähern sich von drinnen, kein Fenster geht auf. Ich bin fast erleichtert, will weitergehen, doch die Stille ist merkwürdig. In diesen alten Häusern leben meist viele Menschen beisammen, die Familien sind groß. Es ist unwahrscheinlich, dass kurz nach der Siesta niemand daheim ist. Ich klopfe vehementer.

»Signora!«, rufe ich. »Kann ich Sie kurz sprechen?« Wieder nichts.

Im Haus gegenüber knarrt eine Tür. Ich bin die Frau von Tancredi di Lorenzo und sollte hier kein Aufsehen erregen. Also gehe ich weiter Richtung Lungomare.

»Die sind verreist«, ertönt eine Stimme hinter geschlossenem Fensterladen.

»Hallo?« Ich sehe hoch. »Die Familie gegenüber ist verreist? Wohin?«

»Zur Verwandtschaft gefahren.« Der Laden öffnet sich einen Spaltbreit.

»Wie lange sind sie schon fort?«

»Eine Woche.«

»Wann kommen sie zurück?«

»Schwer zu sagen.«

Ich trete unter das Fenster, sehe eine schmale Nase und die faltigen Augen eines Mannes. »Kümmern Sie sich währenddessen um das Haus?«

»Nein«, erwidert er rasch. »Ich habe damit nichts zu tun.«

»Womit?«

»Ich weiß nicht, wie lange sie fort sein werden.« Hastig wird der Laden zugezogen.

»Signore – können Sie mir noch sagen ...?«

Ohne zu antworten, schließt er auch das Fenster. Nachdenklich setze ich Schritt vor Schritt und verlasse die Via dei Vespri. Während ich ins heiße Nachmittagslicht trete, überlege ich, wen von der Familie ich in dieser Angelegenheit fragen könnte. Felicia fällt mir ein. Es ist einige Zeit her, dass wir in Ruhe miteinander gesprochen haben. Ein Grund dafür ist mein wiedererwachtes Glück mit Tancredi, auch Felicias Arbeit trägt dazu bei, dass wir uns seltener sehen. Wegen eines großen Prozesses muss sie häufig nach Cosenza. Heute Abend soll sie zur Cena kommen, eine gute Gelegenheit, ungestört mit ihr zu reden. Felicia hat ein Lieblingsdessert – *pesche ripiene*, gefüllte Pfirsiche.

Ich bin in der Küche mittlerweile ein geduldeter Gast, und doch habe ich den Eindruck, die Frauen verlieren etwas von ihrer Ungezwungenheit, wenn ich zu ihnen nach unten komme. Als ich an diesem Nachmittag meine Einkäufe abstelle und alle begrüße, wird auf den Feuerstellen bereits gekocht und gebraten. Antonia zerteilt drei Hühner auf dem Hackblock und legt die Fleischstücke in einen großen Bräter. Das junge Mädchen, das häufig hier arbeitet, ist Chíchis Schwester Mira. Ich suche mir einen freien Platz, wo ich das Dessert zubereiten kann. Es ist keine Pfirsichzeit, also nehme ich eingemachte vom Vorjahr, die bereits geschält und entkernt sind. Ich tränke Amaretti, ein süßes Mandelgebäck, in Marsala und Zitronensaft, zerquetsche sie mit der Gabel und mische Zimt und Eigelb darunter. Der große Backofen ist besetzt, für solche Fälle benutzen die Frauen den alten Küchenherd, der noch mit Holz beheizt wird. Antonia schlägt vor, dass jemand für mich Feuer macht.

»Lass nur, das schaffe ich schon. In England wissen wir, wie man ein gutes Feuer zustande bringt.«

»Das Brennholz finden Sie draußen.«

Vor der Küche liegt ein wintergartenähnlicher Raum, in der kühlen Jahreszeit werden hier Speisen kalt gestellt. Das Holz, das ich finde, ist grob gespalten und ziemlich groß. Ich versuche mein Glück mit Papier und kleinen Scheiten. Es flackert, es qualmt und geht wieder aus. Für ein englisches Kaminfeuer nimmt man Birke oder Kiefer, mit Olivenholz habe ich keine Erfahrung. Nach dem nächsten gescheiterten Versuch erbarmt sich Antonia meiner und schneidet mit einem scharfen Messer Späne von einem Scheit. Diesmal züngeln die Flämmchen hoch, es knistert, ich eile hinaus und hole Holz zum Nachlegen. Als ich zurückkomme, schlüpft Mira gerade durch die Tür, die in den unbenutzten Keller führt. Es geht so schnell, dass ich nicht sicher bin, ob ich richtig gesehen habe, doch wenn mich nicht alles täuscht, trug sie einen Teller mit gebratener Polenta und etwas Auberginenbrei. Ich finde keine Erklärung dafür; die Arbeit in der Küche geht reibungslos weiter. Vor dem Ofen hockend, beobachte ich die Kellertür. Die Flammen fressen sich in die trockenen Scheite, eine gute Glut entsteht. Während das Backrohr heiß wird, fülle ich die Amarettimasse in die Pfirsiche und drücke je eine Mandel obendrauf. Ich streiche eine Form mit Butter aus und setze die Pfirsiche hinein. Mira ist bestimmt schon zehn Minuten im Keller.

Das Feuer ist heruntergebrannt, ich muss noch einmal Nachschub holen. Mit ein paar Scheiten komme ich zurück, Mira steht an der Spüle und putzt Gemüse. Ich kann den Teller, den sie in den Keller brachte, nirgends entdecken. Die Frauen drehen mir den Rücken zu. Für das Abendessen wird keine Polenta vorbereitet, auch kein Auberginenbrei. Ich lege Holz nach, trete neben Mira und wasche mir die Hände. Konzentriert schrubbt sie Karotten. Es wäre völlig harmlos, sie zu fragen, was sie dort unten gemacht hat, aber ich will sie nicht in Verlegenheit bringen. Vielleicht ergibt sich eine Gelegenheit unter vier Augen, denke ich und schiebe mein Dessert in den Ofen.

Kalt gestellt und mit Puderzucker bestreut, kommt es eine halbe Stunde später in die Kühlkammer. Ich will noch auf mein Zimmer und bis zum Essen zeichnen, als das Telefon in der Halle läutet. Ich bin gerade an der Treppe, überlege nicht lange und nehme ab. Ein Mann möchte Rosalìa sprechen, ich sage, dass sie außer Haus ist.

»Ich bin Doktor Siragusa. Bitte richten Sie Signora di Lorenzo aus, ihre Tochter hatte einen Reitunfall.«

»Felicia?«, frage ich erschrocken und erkläre, dass ich Tancredis Frau bin. Er berichtet, Felicia sei vom Pferd gestürzt, sie habe Brüche und Quetschungen, leider gebe es auch den Verdacht auf eine Schädelverletzung. Ich verspreche, dass ich alle verständigen werde.

Wie gelähmt stehe in der Halle. Von draußen weht der warme Hauch des Abends herein. Tancredi hält sich noch in Messina auf, Rosalìa ist auf der Plantage unterwegs; sie zu suchen, wäre sinnlos. Auch wenn ich sofort ins Ospedale möchte, muss ich im Haus bleiben, um die Familie zu informieren. Ich gehe in den ersten Stock und betrete Calogeros Studierzimmer.

19

»WAS MIR SORGE BEREITET, IST das Blut in der Augenhöhle. Es könnte bedeuten, dass die dahinter liegende Arterie gerissen ist. Das wäre ein Hinweis auf eine Fraktur der Schädelbasis.«

Dottore Siragusa, ein gedrungener Mann mit ungesunder Gesichtsfarbe, ist der Chef der kleinen Klinik von Monteleone. Ein Dutzend di Lorenzos sind sofort gekommen. Felicias weinende Schwestern werden von ihren Ehemännern getröstet und beruhigen dabei selbst die schreienden Kinder. Felicias Tante führt den Reigen der alten Frauen an, die mit gefalteten Händen betend zur Decke starren, Tränen laufen ihre Wangen hinunter. Lautstark wird diskutiert, wie es zu dem Unglück kommen konnte – hätte Calogero Felicia das wilde Pferd nicht überlassen dürfen? Doch nein, sie gilt als schneidige Reiterin, vielleicht hat eine Schlange das Pferd erschreckt. Was für eine Tragödie!

Felicia liegt auf der Intensivstation, wir dürfen noch nicht zu ihr.

»Hier im Krankenhaus kann ich nur ein einfaches Schädelröntgen machen«, erklärt Dr. Siragusa. »Für eine genaue Diagnose wäre eine Aufnahme in drei Schichten nötig.«

»Wo ist das möglich?«, fragt Rosalìa. Sie war in den Mandelplantagen. Als sie zurückkam, nahm sie sich nicht die Zeit, die Gummistiefel auszuziehen. Sie trägt eine alte Bluse, ihr Haar ist zerzaust.

»In Catania. Aber Ihre Tochter ist nicht transportfähig.«

»Was kann man sofort tun?«

»Es wird alles getan, Signora. Ihre Tochter befindet sich in einem stabilen Zustand, es besteht keine akute Lebensgefahr.«

»Was heißt *akut*?«

»Wir haben die Frakturen behandelt. Einige Rippen sind gebrochen, aber keine hat die Lunge verletzt. Sie bekam eine Bluttransfusion.«

Während Siragusa spricht, legt Calogero den Arm um Rosalìas Schulter.

»Wir müssen abwarten, wann sie aus der Ohnmacht erwacht. Das Wichtigste ist, dass sie die Nacht gut übersteht.«

»Könnte man dieses ... diesen Röntgenapparat hierherschaffen, mit einem Flugzeug vielleicht?« Rosalìas Lippen zittern.

»Das ist leider unmöglich, Signora di Lorenzo.«

»Und wenn Felicia die Nacht *nicht* gut übersteht?« Sie will weitere Fragen stellen, eine freundliche Geste Calogeros bedeutet ihr, es steht im Augenblick nicht in ihrer Macht, etwas zu erwirken.

Die Familie besetzt den großen Warteraum fast vollständig. Andere Besucher haben sich dazugesellt, aufgeregt wird das Ereignis besprochen. Mittlerweile ist es zehn Uhr nachts, von den di Lorenzos hat noch keiner etwas gegessen. Ich weiß nicht, was mich dazu bringt, doch ich bitte Chíchí, mich nach Hause zu fahren. Dort packe ich ein, was ich finde, und kehre ins Krankenhaus zurück. Wir essen kalte gerollte Pfannkuchen mit Hackfleisch und eingelegtes Gemüse aus dem Glas. Felicias Tante schneidet Schinken und Salami auf. Alle sind eingeladen, auch die, die nicht zur Familie gehören. Ich habe nicht an Wein gedacht, Minuten später sind mehrere Flaschen da. Pappbecher werden verteilt, wir trinken auf Felicias Genesung. Was hier stattfindet, ist kein pietätloses Gelage im Krankenhaus, sondern ein Mahl zu ihren Ehren. Indem wir uns stärken, geben wir ihr Kraft. Ich habe auch meine gefüllten Pfirsiche mitgebracht und verteile sie auf Servietten. Sie werden allseits gelobt. Als es Mitternacht schlägt, stoßen wir mit solcher Inbrunst auf Felicia an, dass kein Zweifel besteht, dass sie bald wieder gesund wird.

Doktor Siragusa kommt und erklärt, dass es wenig Sinn habe, hier zu warten, solange Felicia im Koma liegt. Zwei der Töchter werden heimgefahren, um die Kinder ins Bett zu bringen, die Übrigen bleiben. Der Chefarzt lässt sich zu einem Becher Wein überreden.

Gegen drei Uhr früh trifft Tancredi ein. Er sieht blass und müde aus; ich freue mich unbändig, ihn zu sehen. Er umarmt zuerst seine Mutter, dann mich. Mit Tancredi ist das Familienoberhaupt eingetroffen, Siragusa schildert ihm den ganzen Krankheitsfall noch einmal und gibt die Erlaubnis, dass der innere Kern der Familie zu Felicia darf.

»Mama, Papa«, sagte Tancredi. Auch mich sieht er an. »Wir gehen hinein.«

»Nur ein paar Minuten«, schränkt der Arzt ein.

Wir machen uns auf den Weg. Der Korridor endet in einer geräuschlosen Abteilung, wir betreten Felicias Zimmer.

Nicht die Verbände und das geschwollene Gesicht erschrecken mich, sondern Felicias Ausdruck. Ihre Ohnmacht ähnelt keinem befreienden Schlaf, sondern einem ausweglosen Albtraum. Die Züge sind angespannt, schmerzverzerrt, als ob sie erwachen wollte, der Traum sie aber gefangen hält. Wortlos stehen wir vor dem schmalen Körper, der hinter Schläuchen, Dioden und Instrumenten fast verborgen ist. Schließlich setzt sich Rosalìa an den Bettrand und nimmt vorsichtig die Hand ihrer Tochter. »Wir sind da. Wir sind alle bei dir. Wir sind da.«

Calogero wirkt beherrscht, nur seine aufeinandergepressten Kiefer bezeugen, dass er Angst um sein Kind hat. Schließlich bittet uns der Chefarzt wieder hinaus. Er hat mit dem Spezialisten in Catania telefoniert, der mit einem Rettungswagen bereits nach Monteleone unterwegs ist. Mit seiner Hilfe könne man morgen eine präzise Diagnose erwarten. Rosalìa besteht darauf, im Krankenhaus zu bleiben, Calogero lässt sie nicht allein. Beide bedeuten Tancredi und mir, heimzufahren; er braucht wirklich Schlaf.

Unterwegs legt er den Arm um mich, ich schmiege mich an ihn und genieße die frische Nachtluft. Wir erreichen die Villa. Er muss todmüde sein, trotzdem küsst er mich vor dem Eingang zärtlich. Ohne Hast steigen wir die Treppe hoch, er sagt, er möchte duschen, fällt aber in Kleidern aufs Bett. Ich lege mich zu ihm, nach und nach verstricken wir uns in eine leidenschaftliche Umarmung. Aufgeregt und wild, dabei voll romantischer Melancholie, liebt Tancredi mich mit solcher Hingabe, dass ich die Wonne fast nicht ertrage. Ich halte seinen Körper fest und will, dass er so lange wie möglich bei mir bleibt – bis ich merke, dass er eingeschlafen ist. Sein Körper liegt auf mir, er atmet in mein Ohr. Ich löse mich, bedecke ihn mit Küssen und ziehe ihn aus. Tancredi murmelt im Schlaf. Als ich ihn zudecke, muss ich vor Glück weinen. Ich öffne das Fenster, lasse das Moskitonetz über uns herunter und lausche auf die Geräusche der Nacht.

Langsam taucht ein Gedanke auf. Ich will ihn jetzt nicht denken, die Stunden sind zu schön, aber er lässt sich nicht verdrängen. Mein Glück und dieser Gedanke haben miteinander zu tun. Dieser Ort, mein Mann und die Fragen, die ich zu stellen habe, sind nicht zu trennen. Im Geist wandere ich zu Felicia, die daliegt, eingespannt in ein Netz lebenserhaltender Apparate. Ich denke an den stummen Familienvater, an Rosalìa, die heute Nacht nicht wie gewohnt die Fäden zieht, sondern sich in Gottes Hand geben muss. Ich sehe diese Familie wie einen weit verzweigten Baum; Wurzeln, Stamm und Äste sind untrennbar miteinander verbunden. Selbst die Vögel, die darin nisten, die Borkenkäfer unter seiner Rinde, gehören zu dem Organismus, der sich di Lorenzo nennt. Auch ich habe mich unter der Krone dieses Baumes eingefunden und werde allmählich vom Grün umsponnen, von seinen Blättern beschattet, seine Früchte nähren mich. Dachte ich nicht immer, mein eigener Baum zu sein, aus mir selbst heraus zu existieren? Durch Tancredis Umarmung fühle ich mich eins mit diesem Familienbaum, ich kann ihn nicht mehr aus der Distanz betrachten. Die Zufriedenheit, dazuzugehören, stellt sich ein. Die Engländerin, die ihre Maßstäbe an etwas legen wollte, das seit Langem gewachsen ist, verschwindet: Ich werde zu einer di Lorenzo.

Deshalb, nicht aus Misstrauen oder Neugier, stehe ich auf, ziehe den Morgenmantel über und verlasse das Zimmer. Wie ein Hausgespenst wehe ich die dunkle Treppe hinunter, in die Halle, die Küche. Wenn hier gesotten und gebraten wird, ist es ein heimeliger Ort, die kalten Gerüche lassen den Raum nüchtern wirken. Ich trinke ein Glas Wasser, setze mich und betrachte die Gegenstände, die allesamt der Zubereitung von Essen dienen. Ich habe nicht den Eindruck, etwas Verbotenes zu tun, als ich die Küche durchquere und die Klinke zur Kellertür drücke. Sie ist nicht verschlossen. Meine Hand tastet nach einem Lichtschalter, ich erwarte eine Treppe und stehe überrascht in einem schwach beleuchteten Korridor. Eine Kerze flackert unter dem Bild des Erlösers mit blutendem Herzen. Die Kerze brennt in einem roten Glas, als wäre sie ein Ewiges Licht. Hier geht es nicht nach unten, sondern in einen geheimen Teil des Hauses, der mir von außen nie aufgefallen ist. Nach kurzem Zögern schließe ich die Tür hinter mir. Die Steinfliesen sind alt und abgetreten. Die Kerze beleuchtet meinen Weg noch ein Stück, dann wird es dunkel. Ich reiße die Augen auf, als ob ich so besser sehen könnte. Ein winziges Licht wird erkennbar, ein Schlüsselloch, dort vorn ist eine Tür. Ich erreiche sie, halte den Atem an und lausche. Die Stille ist vollkommen, und doch spüre ich, hinter dieser Tür lebt etwas. Ich krümme den Finger und klopfe so leise, dass ich es selbst kaum höre.

»Permesso?«

Keine Antwort. Ich raffe meinen Morgenmantel, als fürchte ich, beim Eintreten könnte ein Tier mich anspringen. Ich öffne die Tür, sie gibt den Blick auf ein Zimmer frei, das in diesem reichen Haus ärmlich wirkt. Ein schmales Metallbett, ein Tisch, ein Schemel. An der Wand ein Christusbild, gegenüber die Madonna in einer sizilianischen Landschaft. Ein offener Schrank mit Wäsche. Der Ausblick des Fensters lässt sich bei Nacht nicht erkennen. Eine niedrige Tür an der Rückwand. Das Zimmer ist nur etwa drei mal zwei Meter groß und scheint doch ein kompletter Lebensraum zu sein. Auf dem Bett sitzt angezogen eine alte Frau. Sie sieht nicht alt aus, doch ihre Haltung drückt die Langsamkeit und schwindende Lebenskraft eines alten Menschen aus. Die Frau trägt ein schwarzes Kleid, ein Schultertuch, ihr Haar ist dünn und nach hinten gebürstet. Ihre Beine stecken in schwarzen Strümpfen und Schuhen. Sie sitzt bewegungslos, der Blick geht zum

Fenster, aber sie schaut nicht hinaus, schaut nirgendwohin. Sie hält die Hände im Schoß gefaltet. Ich sage nichts, rühre mich nicht, sie hat mein Eintreten gespürt und wendet den Kopf. Helle, klare und kindliche Augen sehen mich an.

»Guten Abend, Signora. Ich hoffe, ich störe nicht.«

Ihr Blick zeigt Interesse, zugleich Abwesenheit, als würde ich sie bei einer wichtigen Überlegung stören.

»Ich bin Diane. Tancredis Frau. Wir haben uns noch nicht kennengelernt.« Vorsichtig trete ich einen Schritt näher, falls sie mir die Hand geben möchte.

Sie legt den Kopf schief, plötzlich fliegt ein strahlendes Lächeln über ihre Züge. Ich bemerke, dass sie keine Zähne hat.

»Wie heißen Sie? Ich bin Diane«, wiederhole ich.

Kaum merklich bewegt sie bei meinen Worten den Mund, als würde sie mitsprechen. Ein leiser Ton entringt sich ihr, kein Wort, kein Satz, eher das freundliche Raunen eines Säuglings. Sie hebt die Hände, ein Rosenkranz befindet sich darin, die Perlen gleiten durch ihre Finger.

»Habe ich Sie beim Beten gestört? Verzeihen Sie.«

Ein Lächeln, ein herzliches Krächzen aus diesem aufgerissenen, zahnlosen Mund. Die Zunge wirkt darin wie ein kleiner Teller.

Ich will nachsehen, ob es durch die nächste Tür nach draußen geht. »Gestatten Sie?« Ich öffne und mache Licht, ein Badezimmer, fast so groß wie die Kammer der alten Frau. Handtuch, Klopapier, Seife. Als ich mich umdrehe, entdecke ich den Teller, der vergangenen Abend hierhergebracht wurde.

»Hat Ihnen die Polenta geschmeckt? Wie ist Ihr Name?« Ich setze mich neben sie aufs Bett. »Gehören Sie zur Familie oder haben Sie früher in der Küche gearbeitet?«

Es hat keinen Sinn. Egal, was ich sage, sie lächelt, scheint mich nicht zu verstehen. Ihre Finger spielen mit dem Rosenkranz.

»Wollen Sie sich nicht schlafen legen?« Ich berühre ihre Hand. Das scheint ihr zu gefallen, sie schaut mich ernst und intensiv an und erwidert den Druck. Kaum lasse ich los, erlischt ihr Interesse, der Blick wandert zum Fenster – als ob sie mich schon vergessen hätte.

Ich stehe nicht gleich auf. Warum hat keiner aus der Familie, auch Tancredi nicht, mich über die Existenz dieser Frau aufgeklärt? Es bedurfte einigen Geschicks, ihre Betreuung vor mir geheim zu halten. Jemand muss sich um ihre Mahlzeiten kümmern, das Zimmer sauber machen; wieso ist mir nichts davon aufgefallen? Wenn ich wirklich zum inneren Kreis gehöre, warum schließt man mich aus? Was wäre so schlimm daran, von einer altersschwachen Verwandten zu erfahren, die hier ihre letzten Jahre verbringt? Die Familie hat zahllose Tanten und Großtanten, worin unterscheidet sich diese Frau von ihnen? Selbst dass sie zahnlos ist, erscheint mir nicht ungewöhnlich. Ich habe in der Umgebung Frauen und Männer gesehen, die nur noch einen einzigen Zahn im Mund hatten; Pasta und weiche Speisen lassen sich damit bewältigen. Die Polenta hat man speziell für die kleine Frau gekocht.

Mit einem Seufzer stehe ich auf, sie nimmt kaum Notiz davon.

»Gute Nacht. Ich komme Sie bald wieder besuchen, Signora. Dann werde ich erfahren haben, wer Sie sind und warum Sie hier leben.«

Sie schaut nicht auf. Ich gehe und schließe die Tür behutsam. Die Kerze vor dem Christusbild ist kaum heruntergebrannt. Jemand muss sie kurz vor dem Zubettgehen angezündet haben.

Als ich vor dem schlafenden Tancredi stehe, habe ich den Impuls, ihn zu wecken, um alles sofort zu erfahren. Stattdessen schlüpfe ich zu ihm unters Moskitonetz und streichle seine schweißglänzende Brust. Von seinen entspannten Atemzügen werde ich ruhiger, schlafe aber noch lange nicht ein.

20

Am Morgen ist Tancredis Bettseite kalt, auch im Bad finde ich ihn nicht. Während ich mich anziehe, ist ein Unbehagen in mir, das ich erst bei völliger Wachheit als Nachgeschmack des nächtlichen Erlebnisses begreife.

Felicias Schicksal beschäftigt das Haus – ich hatte es über meiner Entdeckung fast vergessen. Rosalìa ist wieder daheim, im Salon wird geredet, man hat bereits gefrühstückt. Viele sind gekommen, nicht nur Schwestern, Tanten und Kinder, auch die Ehemänner. Heute wird nicht gearbeitet, das Familienunglück lässt alles andere zurückstehen.

Rosalìa erzählt; ich setze mich einfach dazu. Felicia ist noch nicht erwacht, aber der Spezialist aus Catania ist eingetroffen, der Beste in Sizilien – wenn einer helfen kann, dann er. Verletzungen an der Schädelbasis lässt man häufig von selbst heilen, erklärt Rosalìa in die Runde, als sei sie selbst der behandelnde Arzt, operiert wird nur im äußersten Notfall. Der Spezialist sagt, dass Hoffnung bestehe, da die Blutung im Auge zurückgegangen sei. Er hat einen Test gemacht, dessen Wirkungsweise laut Rosalìa auf einer fluoreszierenden Flüssigkeit beruht. Die Tanten und Töchter nicken, als sei damit alles sonnenklar.

»Wir dürfen sie besuchen, aber nicht mehr als drei Personen auf einmal«, schließt Rosalìa ihren Bericht und beginnt eine Reihenfolge zu erstellen. Auch wenn es nur um einen Krankenbesuch geht, ist die Familienhierarchie streng.

»Tancredi möchte mit dir vor dem Pranzo in die Klinik«, sagt Rosalìa zu mir. »Er holt dich ab.«

Ich nicke und bedanke mich bei Antonia, die mir einen Kaffee bringt. Ich überlege, ihr in die Küche zu folgen und die alte Frau zu besuchen. Wen hier im Raum könnte ich nach meiner nächtlichen Entdeckung fragen? Ich lasse es bleiben, es wäre der falsche Zeitpunkt.

Kurz vor Mittag bin ich bereit zum Aufbruch, fange keine Arbeit mehr an und schaue aus dem Fenster, ob Tancredis Wagen kommt. Eine Stunde vergeht, ich will Rosalìa fragen, wo er bleibt, doch sie ist mit Calogero bereits wieder im Ospedale. Im Erdgeschoss begegne ich dem Verwalter und erkundige mich.

»Tancredi kommt vor dem Abend nicht heim«, antwortet er überrascht. »Hat er Ihnen nicht Bescheid gesagt?«

Ich erfahre, dass Tancredi nach Gela musste, eines der großen Fangschiffe hat einen Motorschaden. Die Fische sollen auf offener See umgeladen werden, damit sie nicht verderben.

Zum ersten Mal sitze ich allein beim Mittagessen. Keine Tante, keine Schwester mit Säuglingen, niemand außer mir und den Angestellten ist im Haus. Als Einzige warte ich an dem riesigen Tisch, bis Antonia mit der Pastaschüssel kommt. Sie tut mir auf und geht wieder. Ich nehme ein paar Bissen, betrachte die dunklen Möbel, die Gemälde längst verstorbener Verwandter. Wie die letzte Überlebende in einem verwunschen Schloss komme ich mir vor, werfe die Gabel hin und schiebe den Teller von mir. Als Antonia fragt, ob sie das Fleisch bringen soll, stehe ich auf.

»Danke, ich möchte nichts mehr.« Ich gehe auf mein Zimmer und verfluche zum hundertsten Mal den Zustand, kein eigenes Auto zu haben. Es widerstrebt mir, Chíchí zu rufen, damit er mich fährt. Meine Jacke in der Hand, laufe ich wieder nach unten.

»Wo sind die Schlüssel für den Ape?«, frage ich in der Küche.

Antonia und Mira starren mich an. »Wozu, Signora?«

»Ich fahre aus.«

»Ich rufe Chíchí.«

»Ohne Chíchí.« Ich hindere sie daran, zum Telefon zu greifen. »Tancredi hat mir gezeigt, wie der Ape funktioniert. Wo sind die Schlüssel?«

Antonia führt mich zögernd zu einem Schlüsselbord, sie weiß nicht, ob sie das darf.

»Welcher ist es – der?« Ihr Blick verrät sie. »Danke.« Ich nehme ihn und verlasse das Haus.

»Was soll ich Signora Rosalìa sagen, wenn sie ...?«

»Ich fahre ins Krankenhaus. Ich sage es ihr selbst!«

Der Ape ist das verrückteste aller italienischen Fahrzeuge, ein Moped auf drei Rädern mit einer winzigen Führerkabine und einer Ladefläche, das unerlässliche Transportmittel für die Kleinbauern, mit dem sie ihre Produkte vom Feld auf den Markt bringen. Selbstverständlich hatte Tancredi weder Zeit noch Grund, mir zu zeigen, wie das Ding funktioniert, aber so schwierig kann das nicht sein. Das Vehikel steht unverschlossen unter der Pergola. Ich steige ein und drehe den Zündschlüssel, es springt sofort an. Der Schalthebel ist unbeschriftet, ich erwische den Rückwärtsgang, der Ape stirbt ab. Drei Versuche brauche ich, dann habe ich den Bogen raus. Das Ding macht einen Heidenlärm, zu guter Letzt verlasse ich damit ruckelnd den Parkplatz und biege in die Allee.

Es ist ein unerwarteter Moment der Freiheit, als ich mich mit fünfzehn Stundenkilometern von der Villa fortbewege. Habe ich wirklich ein halbes Jahr gebraucht, bis ich mir diesen Aufbruch erlaube? Ich beschließe, Tancredi um ein Auto zu bitten. Ich, die in ihrem Leben alles sich selbst verdankt, muss meinen Mann bitten, mir ein Fortbewegungsmittel zu besorgen. Im dritten Gang mit der atemberaubenden Geschwindigkeit von 40 km/h knattere ich auf die Hauptstraße hinaus, erreiche die Stadt und wenig später die Klinik. Als ob ich einer Luxuskarosse entsteige, sperre ich den Ape ab, lasse den Schlüsselring am Finger kreisen und betrete das Krankenhaus.

»Sie haben Signora di Lorenzo um ein paar Minuten verpasst«, sagt die Schwester auf der Intensivstation.

Mein Blick fällt auf die Wanduhr – zwei Uhr mittags. Selbst an einem Tag wie diesem ist die Familie nach Hause gefahren, um Siesta zu halten. Ich erkundige mich nach Felicias Zustand, er sei unverändert.

»Ist sonst jemand bei ihr?« Die Schwester verneint. »Darf ich zu ihr?«

»Bitte hier entlang.«

Zum zweiten Mal bin ich in dem Zimmer, das von Apparaten beherrscht wird. Ich setze mich auf den Besucherstuhl, die Schwester geht. Unvorbereitet umfängt mich die Stille. Die Schwellungen in Felicias Gesicht sind zurückgegangen und haben sich violett verfärbt. Ich höre meinen eigenen Atem, sehe die Hände auf meinem Schoß, draußen brütet die Hitze über der Stadt. Ohne Ziel schweifen meine Gedanken fort, Bilder der Vergangenheit tauchen auf, Patrick und ich in der Knopffabrik, mein winziges Bedsit in London, ich sehe die alte betende Frau in ihrer Kammer. Die Augen werden mir schwer, ich seufze, ich schlafe ein.

Als ich erwache, sieht Felicia mich an. Ihr rechtes Auge ist blutunterlaufen, die Pupille darin kaum erkennbar. Ihr Mund bewegt sich, als würde sie etwas kauen. Mit der freien Hand betastet sie die Kanüle, die aus ihrem Handrücken ragt. Langsam wandert ihr Blick umher, sie macht sich begreiflich, wo sie sich befindet. Sie erkennt mich, versucht zu lächeln, ihr Gesicht schmerzt.

»Da bist du ja wieder.« Ich beuge mich zu ihr. »Du hattest noch einmal Glück. Alle kümmern sich bestens um dich. Rosalìa ist gerade erst gegangen.«

Sie will etwas sagen, seufzt bloß, es gelingt ihr nicht, den Kopf zu heben.

»Ich weiß nicht, ob du sprechen solltest.« Beruhigend streichle ich ihre Hand.

»Wie ... lange?«, verstehe ich.

»Dein Unfall war gestern. Erinnerst du dich daran?« Sie sieht mich nur an. »Du bist vom Pferd gestürzt.«

»Guido«, flüstert sie den Namen ihres Pferdes.

»Ja, Guido hat dich abgeworfen.«

Mein erster Impuls ist, den Arzt zu rufen. Ich richte mich auf, kann die Schwester hinter der Glasscheibe jedoch nicht entdecken. Es herrscht die Lautlosigkeit der italienischen Mittagsruhe. Ich bleibe sitzen, Felicias Hand in meiner.

»Wie heißt eigentlich die alte Frau, die das Zimmer neben der Küche bewohnt?« Es ist nicht ganz fair, was ich tue. Ich bin mir meiner Finte bewusst. Aufmerksam behalte ich die Kranke im Blick.

»Benedetta«, antwortet sie, als sei es das Selbstverständlichste von der Welt.

»Sie ist ... lebt sie schon lange dort?«

Felicia leckt sich über die Lippen. »Ihr ganzes Leben.« Sie zeigt auf die Thermoskanne mit kaltem Wasser. Ich gieße ihr ein Glas ein und halte es vorsichtig an ihre Lippen. Sie nippt, es erquickt sie augenblicklich. Um einiges wacher sieht sie mich an.

»Irgendwann wird Benedetta den kleinen Raum doch verlassen haben?« Felicia überlegt und nickt vorsichtig. »Also doch. Wann war das?«

»Neunzehnhundertzweiundfünfzig. Da wurde ihre Wohnung ausgemalt.«

»Und sonst ist sie Tag und Nacht ... da drin?«

»Es gefällt ihr. Sie betet viel.«

»Wer ist Benedetta? Eine alte Angestellte?«

Felicia will noch einmal trinken. Nachdem ich das Wasser abgesetzt habe, sagt sie: »Meine Tante.«

Ich bin so überrascht, dass ich das Glas beinahe neben den Nachttisch stelle. »Deine Tante ... Rosalìas Schwester? – Nein ...« Im selben Moment schießt mir die Familienähnlichkeit durch den Kopf. Die Nase, die liebevollen Augen: Benedetta ist Calogeros Schwester, die nächste Verwandte des alten Padrone. Sie müsste eine hochgeachtete Position im Haus einnehmen, stattdessen wird sie in einer Kammer hinter der Küche versteckt.

»Warum tun deine Eltern das?«, frage ich impulsiv. »Ist Benedetta krank?«

»Was ist mit meinem Kopf?«, will Felicia wissen.

»Es gab eine Blutung, die Ärzte ...« Ich muss endlich den Doktor rufen, statt sie auszufragen. »Sag mir nur noch: Was ist mit Benedetta los?«

»Sie ist ... ein Kind geblieben.« Felicia verschluckt sich, das Husten tut weh. Ich drücke die Klingel, springe auf und laufe hinaus. Um die Ecke finde ich die Schwester, Sekunden später ist der Stationsarzt da. Man ruft den Spezialisten aus Catania.

»Ich fürchte, Sie müssen jetzt gehen, Signora.« Freundlich verhindert die Schwester, dass ich mich von Felicia verabschiede. Durch die Glasscheibe beobachte ich, wie sie die Männer in den weißen Mänteln neugierig mustert.

Gedankenverloren verlasse ich den Krankenhausbau, bemerke kaum, wie mir die Nachmittagshitze entgegenschlägt, erreiche den Ape und bleibe mit gesenktem Kopf davor stehen. Nicht dass die Familie ihre kranke Verwandte so behandelt, beschäftigt mich, sondern dass man es vor mir geheim hielt. Benedetta ist geistig zurückgeblieben. Man gab sie nicht in fremde Pflege oder in eine Anstalt, wie man es in England wahrscheinlich getan hätte, man behielt sie daheim. Ihr ganzes Leben fand dort statt, wo ich sie aufgespürt habe. Ein Dasein in engen Grenzen, zugleich behütet durch die Familie und die Religion – vielleicht von Gott. Ich hatte den Eindruck, einem friedlichen Menschen zu begegnen, und doch ist etwas Geheimnisvolles um diese Existenz, das ich nicht verstehe.

Kleine verstreute Hinweise aus der jüngsten Vergangenheit fallen mir ein. Was sagte Felicia? »Tancredi hat sich sein Glück am Ende wirklich verdient.« Die Anschuldigungen der Frau in der Via dei Vespri: »Die Krankheit sitzt an der Wurzel. Die Wurzel ist faul.« Warum weiht mich niemand ein, was wäre so schlimm daran, wenn ich Bescheid wüsste?

Ich spüre den Schlüssel in meiner Hand. Durch den Raub des Ape hat sich mein Zustand grundsätzlich geändert, ich bin nicht mehr bewegungsunfähig. Ich steige ein, dieses Fahrzeug soll mich zu meinem nächsten Ziel bringen.

Minuten später fahre ich durch die Gassen der Altstadt und halte in der Via dei Vespri. Ich erwarte nicht, die alte Frau sprechen zu können, will diesmal aber nicht von hier weggehen, ohne mehr über sie erfahren zu haben. Umso überraschter bin ich, als ich die Tür weit offen stehen sehe. Stühle, Lampen, Hausrat stapeln sich davor, zwei Männer schleppen eine Küchenkommode ins Freie. An der nächsten Ecke entdecke ich einen klapperigen Laster.

»Guten Tag. Ich suche die Signora«, begrüße ich die Träger, die ihre Last unterhalb der Eingangstreppe abstellen. Der eine dreht sich zu seinem Kumpel, der wortlos ins Innere des Hauses weist. Während sie die Kommode weitertragen, reden sie in einem mir unverständlichen Dialekt miteinander. Ich trete ein, der kleine Flur mündet in die Küche, die zugleich der Wohnraum ist. Was nicht zum festen Bestandteil des Hauses gehört, wurde bereits fortgeschafft. Hier unten ist niemand, ich steige in den ersten Stock.

»Hallo? Signora?«

Das Schlafzimmer ist nur noch an einem Bild mit Engeln in einer idyllischen Landschaft zu erkennen, das vermutlich über dem Bett hing. Ein junger Mann dreht sich um, er hat gerade eine Fotografie von der Wand genommen. Er ist etwa in Tancredis Alter, schlank, mit vollem Haar. Auffällig sind seine Augen, die Wimpern so dicht, dass man denken könnte, er habe sie geschminkt. Wir stehen einander stumm gegenüber, jeder erwartet, dass der andere etwas sagt.

»Sie sind die Engländerin.« Die Stimme des Mannes hallt in dem leeren Raum.

»Woher wissen Sie das?«

»Meine Mutter hat es mir erzählt.«

»Die Signora ... ist sie da?« Wozu frage ich, sehe ich doch, dass ihre Einrichtung fortgeschafft wird.

»Sie durfte nicht bleiben«, antwortet er. »Bloß weil sie mit Ihnen gesprochen hat.«

»Was?« Sein aggressiver Ton überrumpelt mich. »Das ist nicht wahr.«

Er zeigt in den kahlen Raum. »Sie hat vierzig Jahre lang hier gelebt.«

»Wo ist sie jetzt?«

»Das geht Sie nichts an.« Auch wenn es grob klingen soll, höre ich seine Sorge heraus. »Sie will nicht noch einmal vertrieben werden.«

»Wer hat sie vertrieben?« Ohne zu antworten, legt er die Fotografie in eine Pappschachtel. »Woher wissen Sie, dass ich Engländerin bin?«

»Jeder weiß das.« Er kommt mir so nahe, dass er seine Worte bloß zu flüstern braucht. »In jeder Straße, jedem Haus. Jeden interessiert, was oben im Palazzo geschieht. Weil von dort alles bestimmt wird. Der neue Padrone ist da. Neue Zeiten brechen an. Er hat eine Engländerin geheiratet. Sie hat ihm die Worte meiner Mutter berichtet.« Plötzlich wird sein Blick schmal und spöttisch. »Ich bin nicht so naiv wie sie. Meine Mutter glaubte, dass es richtig ist, die Wahrheit auszusprechen. Zur Strafe muss sie nun fort.« Er drängt an mir vorbei, bleibt aber auf halber Treppe stehen.

»Ihr Gewissen scheint Sie immer wieder in die Via dei Vespri zu treiben, Signora di Lorenzo. Das ist doch kein Zufall.« Er kommt zwei Stufen zurück. »Sollten Sie, obwohl Sie die Frau des Padrone sind, Recht von Unrecht unterscheiden können?«

»Welches Unrecht?«, frage ich schroff. »Hören Sie mit Ihren Andeutungen auf und sagen Sie mir, was Sie wissen.«

»Was würde das ändern? Kein Gericht wird den Fall je wieder aufrollen. Nicht, solange die di Lorenzos hier etwas zu sagen haben.«

»Was hat das Gericht damit zu tun?«

An seinem Ausdruck erkenne ich, er wägt ab, ob die Antwort ihm Nutzen oder Schaden bringt.

»Ihre Mutter hat von *Erbsünde* gesprochen.« Ich stehe knapp über ihm. »Nennen Sie mir Ihre Anschuldigungen, und ich werde mich dafür einsetzen, dass …«

Was kommt mir denn in den Sinn? Ich spreche mit jemandem, den ich erst vor einer Minute kennengelernt habe. Woher will ich wissen, dass er nicht lügt? Wäre es nicht meine Pflicht, als Erstes meinen Mann zu fragen?

»Man braucht nicht gleich die *Erbsünde* zu bemühen.« Sein Gesicht wird offener. »Das sind bloß die Worte einer enttäuschten alten Frau. In Wirklichkeit …« Er stockt und schaut aus dem Treppenhausfenster. Unten bleibt ein Auto stehen, der große dunkle Wagen der di Lorenzos.

»Ach, Sie haben Ihren Chauffeur herbestellt?« Sein Ton wird wieder spöttisch. »Ich hätte es wissen müssen.«

»Unsinn«, antworte ich heftig, weil mich das Auftauchen des Wagens genauso irritiert.

Die Gehilfen des Mannes kommen von draußen herein. Sie sind nervös und wissen nicht, wie sie sich verhalten sollen. In knappen Worten weist er sie an, beim Laster zu warten. »Vertraue nie jemandem, der di Lorenzo heißt«, sagt er.

Ich will noch weiter mit ihm reden, da höre ich draußen den Ape starten. Was hat das zu bedeuten? Während der junge Mann bereits auf der Straße ist, erreiche ich die Tür. Chíchí ist dabei, den Ape in eine Einfahrt zu manövrieren, damit der große Wagen daran vorbeikommt. Sie haben Chíchí geschickt! Sie wussten, wo ich bin, sie lassen mich bespitzeln, sie holen mich ab! In diesem Moment bin ich so wütend, dass ich Chíchí anschreie.

»Lass das! Was tust du da?«

Er antwortet nicht, fährt den Ape so lange vor und zurück, bis der Weg frei ist.

»Hörst du nicht! Ich parke hier!«

Ohne Hast steigt er aus und weist auf den Kombiwagen. »Bitte kommen Sie mit, Signora.« Chíchí ist der gleiche kriecherische Kerl wie immer, aber sein Ton lässt keinen Zweifel offen, er handelt im Auftrag. »Sie werden erwartet«, setzt er hinzu.

»Ich kann allein nach Hause fahren.«

»Bitte, Signora.« Seine Geste ist unmissverständlich.

Mit einem Mal begreife ich, dass nicht Chíchí sich unangemessen benimmt, sondern ich – so muss es zumindest nach außen wirken. Ich bin die Fremde, die in Monteleone eine Szene provoziert. Ich habe Kontakt zu jemandem gesucht, der im Zwist mit meiner Familie liegt. Was immer ich auch in dieser Angelegenheit unternehme, es darf nicht in der Öffentlichkeit geschehen. Man kann die Sache nicht mehr vom Tisch wischen. Ich habe etwas ins Rollen gebracht, das nicht rückgängig zu machen ist. Es wird eine Aussprache mit Tancredi, es muss Erklärungen geben.

»Auf Wiedersehen«, rufe ich dem jungen Mann mit seiner Pappschachtel zu. Wortlos steht er beim Laster. Ohne Chíchí eines Blickes zu würdigen, steige ich ein. Er schließt die Tür hinter mir.

»Was geschieht mit dem Ape?«

»Er wird abgeholt.«

Während wir losfahren, während Chíchí wegen der engen Gasse den Außenspiegel einklappt und sich Zentimeter für Zentimeter an dem Lastwagen vorbeischiebt, sehe ich Menschen an den Fenstern, Silhouetten, die sich wieder zurückziehen. Der junge Mann hatte recht: Jeder ist neugierig, was die Frau des Padrone hier will. Jetzt setzen sie sich in den abgedunkelten Wohnzimmern zusammen und reden darüber. Der böse Tratsch hat durch mich neue, giftige Nahrung erhalten.

21

»Woher kennst du ihn?«

Die Aussprache findet nicht in unserem Trakt statt, sondern im Büro Tancredis. Obwohl ich mich umziehen und frisch machen wollte, brachte Chíchí mich auf direktem Weg hierher.

»Ich habe ihn zufällig getroffen.« Ich stehe vor dem Schreibtisch, als wäre ich ein Pächter, der eine Zahlungsstundung will.

»Zufällig?« Äußerlich ruhig sieht Tancredi mich an. »Nachdem du direkt zu seiner Adresse gefahren bist?«

»Ich wusste nicht, dass er dort sein würde. Ich wollte seine Mutter ...«

Mit einer Handbewegung schneidet er mir das Wort ab. »Warum ihn?« Tancredi trägt ein frisch gebügeltes Hemd, sein Schläfenhaar ist nass; offenbar hat er sich gerade das Gesicht gewaschen. »Warum hast du ausgerechnet ihn getroffen?«

»Das wollte ich dich fragen. Wer ist dieser Mann, was hat er gegen euch?«

»Euch?«

Ich sehe eine Veränderung im Gesicht meines Mannes, die mir Angst macht. Es ist, als ob sich seine Augen in die Höhlen zurückziehen, der Unterkiefer schiebt sich nach vorn. »Euch?«, wiederholt er. »So sprichst du von deiner Familie?«

Als führten wir ein normales Gespräch, gehe ich zum Fauteuil und setze mich. »Irgendetwas ist vorgefallen zwischen den di Lorenzos und der Familie dieses Mannes. Wie soll ich das wissen?«

»Du bist aber nicht in der Position, zwischen deiner Familie und diesen Leuten *abzuwägen*, Diane!« Seine Stimme bekommt den hellen Trompetenton, diesmal ist es der Ton der Anklage.

»Egal, was geschehen ist, egal, was dir dieser Mann oder sonst jemand erzählt, du hast zu deiner Familie zu stehen! Du bist Teil von ihr, sie beschützt dich! Sie erwartet deine Loyalität. Was du auch hörst oder vermutest: Die Familie kommt vor allem anderen! Dich gegen die Familie zu stellen, ist das Schlimmste, was du tun kannst, das Übelste, das du mir antun konntest! Es ist offener Verrat!«

»Tancredi, um Himmels willen ...«

Er springt so vehement auf, dass das Bild seiner Mutter auf dem Schreibtisch umfällt. »Diese Leute sind Gesetzesbrecher! Sie verleumden und hintergehen andere, wie es am besten in ihre Interessen passt. Sie sind eine Schande für Monteleone!«

»Hast du sie deshalb gezwungen, die Stadt zu verlassen?«

Er schiebt den Sessel heftig zurück, er kracht gegen die Wand. »Das habe ich! Die Randazzos sind Tagediebe und Unruhestifter. Ich habe sie die längste Zeit hier geduldet.«

»Du entscheidest, wer hier leben darf?« Auch mit meiner Ruhe ist es vorbei. »Du bestimmst über andere Leute, zwingst ihnen deinen Willen auf?«

Als hätte ich die Frage gar nicht gestellt, schießt er auf mich zu. »Du hast dich mit Andrea Randazzo in seinem Haus getroffen! Vor aller Augen bist du dorthin gefahren! Jeder weiß jetzt: Meine Frau macht gemeinsame Sache mit den Randazzos!«

»Wovon redest du!« Ich lehne mich zurück, weil sein Gesicht so dicht vor meinem ist. »Das sind Begriffe aus einer anderen Zeit, einer anderen Welt! Ich habe kurz mit einem Mann gesprochen, weil ich wissen wollte ..., weil mich die Frage beschäftigt ...«

Diesmal lässt Tancredi mich ausreden und wartet ab. Ich versuche die Frage, die mir so klar erschien, in einen Satz zu formen. – *Die Krankheit sitzt an der Wurzel – die Sünde der dunklen Erbschaft – kein Gericht würde den Fall wieder aufrollen* – Es ist alles verschwommen. Ich weiß nicht, auf welcher Spur ich eigentlich bin, komme mir vor wie jemand, der einem Verdacht hinterherjagt und plötzlich fürchtet, es könnte nur ein Hirngespinst sein.

»Warum hast du mir nie von Benedetta erzählt?«, sage ich unvermittelt.

»Detta?« Verblüfft sieht er mich an. »Was hat Detta damit zu tun?«

»Ich lebe seit vielen Monaten unter deinem Dach, aber keiner hält es für nötig, mir zu sagen, wer sie ist und warum sie unter diesen Umständen lebt.«

»Detta ist eine liebe gute Seele ...« Er sucht nach Worten. »Aber wer sie zum ersten Mal sieht ... Ich dachte, du würdest vor ihr erschrecken.«

»So schreckhaft bin ich nicht.« Ich spüre, dass er bereit ist, mir Antworten zu geben. »Warum muss sie in dem winzigen Zimmer vegetieren?«

»Sie hat dort alles, was sie braucht.« Auf meinen zweifelnden Blick setzt er hinzu: »Sie will es so.«

»Das glaube ich nicht.«

»Warum fragst du sie nicht selbst?«

»Benedetta kann sprechen?«, erwidere ich überrascht.

»Natürlich.« Seine Miene entspannt sich. »Ob und mit wem sie spricht, bestimmt sie allerdings selbst.« Tancredi scheint fast erleichtert zu sein. »Das ist es, was dir Sorgen bereitet? Meine alte Tante?« Kopfschüttelnd sieht er mich an. »Wir können sie jederzeit besuchen.«

Ich lasse mich nur zu gern auf den sanfteren Ton ein. »Seit wann hat sie dieses ... seit wann ist sie so?«

»Ich kenne sie nicht anders.« Er setzt sich zu mir aufs Sofa. »Sie ist jünger als mein Vater. Von ihm weiß ich, Detta soll ein normales, lustiges Kind gewesen sein. Bis ... ich glaube, bis sie dreizehn oder vierzehn war. Auf alten Fotos erkennt man, wie hübsch sie gewesen sein muss.«

Ich versuche mir Benedettas Gesicht als junges Mädchen vorzustellen. »Was ist passiert?«

Bevor Tancredi antwortet, mustert er mich. Wir sind inmitten eines grundsätzlichen Streites, es geht um die Prinzipien der di Lorenzos. Muss nicht erst reiner Tisch gemacht werden? Offenbar besinnt er sich anders.

»Es geschah während einer Party. Meine Großmutter Marianna wollte Detta in die Gesellschaft einführen und lud auch einige heiratsfähige junge Männer aus guten Familien dazu ein. Das Picknick fand unten bei den Eukalyptusbäumen statt. Man lagerte im Gras, vor dem Essen wurden Spiele gespielt.« Tancredi lehnt sich zurück und verschränkt die Arme hinter dem Kopf. »Marianna wollte, dass Benedetta besonders hübsch aussieht, und schmückte sie mit einer Smaragdkette. Während eines Versteckspiels war Detta mit einem Mal verschwunden. Man fand sie den ganzen Nachmittag nicht. Abends kam sie aus einer Höhle neben dem ausgetrockneten Flusslauf gekrochen, schmutzig und verwirrt. Die Kette war verschwunden. Obwohl sie intensiv befragt wurde, konnte sie nicht sagen, was geschehen war. Von diesem Tag an sprach sie immer weniger und zog sich häufig zurück.«

»In dieser Höhle, kann es sein, dass ihr da ... etwas angetan wurde?«

»Nicht, was du denkst. Der Doktor hat sie untersucht, sie war *intakt.*«

Es ist eine traurige Vorstellung, dass das Leben eines fröhlichen Mädchens eine solche Wendung nimmt. »Und sie hat danach nie einen Mann kennengelernt, der sie heiraten wollte?«

»Der Familienrat beschloss, dass es besser wäre ...«

»Ach so, die Familie bestimmte wieder einmal, was mit einem Menschen zu geschehen hat?« Sofort ist mein Kampfgeist wieder da.

»Beruhige dich. Dettas Umnachtung trat immer deutlicher zutage. Kein Mann wäre das Risiko eingegangen, mit dieser Frau Kinder zu haben.«

»Wie alt ist sie heute?«

»Papa wird nächstes Jahr sechzig, also müsste Detta sieben- oder achtundfünfzig sein.«

»Vierzig Jahre in dieser Kammer?« Ohne es zu merken, lehne ich mich an Tancredis Schulter.

»Sie hat früher gern in der Küche geholfen und begann deshalb, im Zimmer daneben zu übernachten. Bis sie es eines Tages nicht mehr verlassen hat.«

Mein Blick schweift durch das nüchtern eingerichtete Büro, draußen hat die Sonne ihre ärgste Kraft verloren. Ich senke den Kopf. Was ist aus meiner Anklage geworden, dem Verdacht, bei den di Lorenzos gebe es ein fürchterliches Geheimnis? In keiner Familie ist alles in Ordnung, es kommt immer auf den Blickwinkel an. Was der junge Mann in der Via dei Vespri sagte, waren bloß Andeutungen. Es ist leicht, mit dem Gericht zu drohen, wenn man den Beweis dafür nicht antreten muss. Wenn die Randazzos wirklich Feinde der di Lorenzos sind, wusste Andrea Randazzo seine Karten gut auszuspielen. So hochgestochen Tancredis Worte über meine Familienpflichten auch sind, im Kern bedeuten sie: Wenn ich Zweifel habe, soll ich mich zuallererst mit ihm beraten. Mich überkommt die Gewissheit, einen Fehler begangen zu haben. Ich nehme Tancredis Hand.

»Entschuldige. Ich war unbesonnen. Ich wollte niemandem schaden. In letzter Zeit ist es so schwer, dich zu sprechen, dann kam das Unglück mit Felicia ... und diese merkwürdige Frau in der Via dei Vespri. Kannst du mir verzeihen, Tancredi?«

Meine Entschuldigung kommt von Herzen. Zugleich weiß ich, es sind die richtigen Worte für meinen Mann. Seit er die Geschicke der di Lorenzos lenkt, hat sich sein Leben grundlegend geändert; das muss auch den Menschen Tancredi ändern. Wenn seine Frau aus der Reihe tanzt, ist eine Entschuldigung das Mindeste, was er von ihr erwarten kann.

Er nimmt mich in die Arme. »Ich habe geahnt, was ich mir ins Nest hole, als ich dich geheiratet habe. Aber dass du so ein Kuckucksei sein würdest ...« Er lächelt.

So ist mir Tancredi am liebsten, wenn er trotz aller sizilianischen Strenge die Fähigkeit hat, sich und die Seinen ironisch zu betrachten. Da die Siesta gerade zu Ende geht, beschließen wir, mit den Eltern Kaffee zu trinken.

Drei Tage später kommt Tancredi kurz vor Mittag in unseren Trakt. Ich sitze über Zeichnungen und blicke überrascht auf – selten begegnen wir uns zwischen dem Aufstehen und dem späten Abendessen.

»Ein schöner Tag, nicht wahr?« Er trägt die Weste in der Hand.

»Sehr schön.« Ich greife zur Ölkreide.

»Heute kommt es mir irgendwie noch schöner vor, die Luft, die Farben. Schau mal aus dem Fenster.«

Tancredi würde sich nicht so viel Zeit nehmen, über das

Wetter zu reden, wenn draußen nicht etwas Besonderes wäre. »Lässt du mich das noch fertig machen?«

Sanft nimmt er mir die Kreide aus der Hand. »Die Farben sind wirklich außergewöhnlich – rot, blau, violett, und sogar ... mintgrün.«

Während mein Blick über die Bougainvillea, den Oleander, die Pomelias und Mandelbäume schweift, öffnet er das Fenster, damit ich auf den Hof sehe.

Da steht er. Nicht schnittig, nicht groß, aber das entzückendste Auto, das ich je gesehen habe. Ein Fiat Topolino in leuchtendem Mint.

»Für mich?«

Tancredi hat mir den Diebstahl des Ape also nicht übel genommen, im Gegenteil, die Sache hat etwas in ihm bewegt. Still und heimlich traf er Anordnungen und überraschte mich.

»Man kann sogar das Verdeck öffnen«, sagt er, als ich vor Verblüffung nicht gleich reagiere.

»Das Verdeck ... Oh ja, ja, das ist ein unglaublich schönes Auto.« Ich falle ihm um den Hals. Er bemerkt meine Freudentränen und bekommt den Gesichtsausdruck eines zufriedenen Bären. Er hat es richtig gemacht, seine Engländerin ist ganz aus dem Häuschen.

»Wir wär's mit einer Probefahrt?« An der Hand zieht er mich aus dem Zimmer. Die Zeichnungen sind vergessen. Wir laufen die breite Treppe hinunter, draußen knirschen unsere Schritte im Kies. Tancredi gibt mir die Autoschlüssel, als würde er mir ein Zepter überreichen.

»Willst du nicht lieber zuerst ...?« Ich habe Ehrfurcht vor dem funkelnagelneuen Gefährt.

»Du hast das störrischste Vehikel unseres Fuhrparks bezwungen.« Ein Blick zum Ape. »Da wird dir der Topolino wie ein Kinderspiel vorkommen.«

Wenig später brausen wir über Land, das Land der di Lorenzos. Das Verdeck lässt sich mit wenigen Griffen öffnen, der Wind fährt uns ins Haar. Tancredi will, dass ich mehr aus dem Motor heraushole. Ich trete aufs Gas, schlittere um die Kurven, lasse auf Schotterstraßen eine mächtige Staubwolke hinter mir. Ich beginne laut zu lachen und fahre in unerklärlicher Fröhlichkeit durch die Olivenhaine. In großem Bogen kommen wir ans Meer und machen einen Giro entlang des Lungomare. Auf der Promenade drehen die Leute die Köpfe, es muss ein besonderes Bild sein – Tancredi di Lorenzo und seine Frau in einem giftgrünen Auto; sie chauffiert und kann sich vor Lachen kaum halten.

In ausgelassener Stimmung kehren wir nach Hause zurück. Der Wagen hat einen staubigen Film, unser Haar ist zerzaust, glücklich umarmt betreten wir die Villa, wo Rosalìa wissen will, ob mir mein Geschenk gefällt. Durch manche Andeutung kriege ich später mit, dass sie ihren Sohn auf die Idee brachte, mir diese Art von Freiraum zu schenken. Die Leine ist länger geworden, aber sie ist immer noch da. Nichts davon denke ich an diesem wunderbaren Tag, als wir uns zum Pranzo setzen und ich der anwesenden Familie haarklein erzählen muss, wie es sich in dem Flitzer fährt.

Am gleichen Abend bekomme ich eine Kolik. Mein Magen war immer mein Schwachpunkt, deshalb schenke ich dem Zustand nicht allzu viel Bedeutung. Ich liege mit Schmerzen im Bett, will aber niemanden damit belästigen. Ich mache mir eine Wärmflasche und warte, dass es besser wird. Der Schmerz klingt ab, doch nun wird mir hundeübel. Ich übergebe mich und lasse unten ausrichten, ich käme nicht zum Abendessen.

»Nur eine Magenverstimmung«, erkläre ich Rosalìa, die

nach mir sieht. Sie befühlt meine Stirn, nickt und sagt nichts weiter.

Am nächsten Morgen scheint alles ausgestanden, ich fahre mit der *menta*, wie wir das grüne Auto von nun an nennen, in die Stadt. In dem Laden, wo es Schokolade mit Pfeffer gibt, wirft mich ein unvermittelter Stich in der Bauchgegend zu Boden. Die Verkäuferin erschrickt und ruft, bevor ich es verhindern kann, die Ambulanz. Mit Blaulicht und Sirene werde ich ins Ospedale gefahren. Ein freundlicher Arzt beugt sich über mich, in seinem Schnurrbart hängt der Schaum des eben genossenen Cappuccino. Ich erkläre, der Magen würde bei mir häufig verrückt spielen, er stellt Fragen zu meinen Essgewohnheiten. Dabei untersucht er mich. Schließlich stellt er die Frage, auf die ich in diesem Zusammenhang zuletzt gekommen wäre: »Wann war Ihre letzte Periode?«

Wenig später eile ich in den dritten Stock. Dorthin wurde Felicia gebracht, nachdem ihr Zustand sich gebessert hatte. Ich betrete das Zimmer mit Blick aufs Meer, erreiche ihr Bett, nehme Felicias Hand. Man hat ihr einen Kopfverband angelegt, sie sieht noch arg mitgenommen aus. Felicia erfährt als Erste, dass ich schwanger bin.

22

Seit ich Tancredis Frau bin, hege ich den Wunsch, dazuzugehören. Manchmal glaubte ich, dem Ziel näher zu kommen, dann gab es Verunsicherungen – Tancredis grundlose Eifersucht, mein Verdacht, mit der Familie könnte etwas nicht stimmen. Die bloße Vorausschau auf das freudige Ereignis verändert etwas in mir, ich spüre eine neue Verbundenheit zu allem, was mich umgibt. Das gute alte Haus, die Heiterkeit der Gegend, und die Menschen. Das Gefühl ist gegenseitig. Allein die Ankündigung, dass ein Kind unterwegs ist, schwemmt mir so viel Zuneigung entgegen, dass sie unter normalen Umständen schwer zu verkraften gewesen wäre. Aber ich bin eben in *anderen Umständen*, ich akzeptiere, genieße, dass die Familie mir einen Ehrenplatz zuweist: Ich werde den di Lorenzos einen Erben oder eine Erbin schenken. Durch mich pflanzt sich die Familie fort.

Ich habe nicht die Geduld, einen romantischen Moment abzuwarten, um es Tancredi zu sagen. Gleich nachdem ich aus dem Ospedale entlassen werde, fahre ich heim, halte mit quietschenden Reifen auf dem Parkplatz – mein Mann taucht aus der Staubwolke auf, und ich sage es ihm. Er reagiert nicht, wie ich erwarte und wie es seinem Temperament entspricht, sondern mit absolutem Schweigen. Eine Ehrfurcht überkommt ihn, die ich noch nie an ihm sah. Der junge Padrone setzt sich auf einen Mauervorsprung, nimmt die Mütze ab und faltet die Hände im Schoß. Er schüttelt den Kopf, beschirmt die Augen, endlich springt er auf und lässt einen solchen Glücksschrei los, dass ich zusammenfahre. So schreit ein Junge, wenn er sich freut, kein Mann. Ich ahne, wie viel es ihm bedeutet. Er umfasst mich und führt mich ins Haus zu seinen Eltern.

Der Freudentaumel setzt sich fort. Zuerst wird im engen Kreis Marsala getrunken, dann süßer Sekt, darauf wird die Verwandtschaft verständigt. Wie weit der Weg jedes Einzelnen auch sein mag, sie kommen alle. An diesem Abend findet ein spontanes Fest statt, bei dem das Beste, was Küche und Keller zu bieten haben, gerade gut genug ist. Reden werden gehalten: Dieses Haus ist gesegnet, diese Familie setzt sich fort, und ich, die magere Engländerin, bin die Quelle, der dieses Glück entspringt. Waren bis jetzt die Aufforderungen der weiblichen Familienmitglieder, ich solle mehr essen, dezent, werden sie von nun an massiv. Bei diesem Fest, das die Frucht meines Leibes willkommen heißt, muss ich derart viel in mich hineinschaufeln, dass ich erneut um den Zustand meines Magens bange. Aber das Glück macht mich widerstandsfähig, es schadet mir nicht.

Alle Pläne, die geschmiedet werden, weisen in die Zukunft. Ein Zimmer muss sofort eingerichtet werden, es soll hell sein, aber nicht zu heiß, nahe bei der Mutter soll es liegen, aber natürlich auch in der Nähe der Großmama. Rosalìa ist an diesem Abend häufig den Tränen nahe, wie ausgetauscht die Signora, die sonst alles im Griff hat. Calogero wirkt gelöst und heiter; die letzte Bürde wird von seinen Schultern genommen, der Stammbaum setzt sich fort.

Von allen Seiten kommen Vorschläge, welchen Namen das neue Wesen tragen soll. Nach meiner Meinung wird dabei kaum gefragt. Ist es ein Junge, soll er Tancredi heißen oder Calogero, vielleicht auch wie der Urgroßvater: Michele. Ein alter Großonkel plädiert für Fabrizio, so hieß ein Urahn, der allgemein *Prinz Fabrizio* genannt wurde. Den Mädchennamen schenkt man weniger Aufmerksamkeit – Domenica, Ninetta, Marianna.

»Auguri! Auguri!«, rufen sie, »wollen wir hoffen, dass es ein Junge wird!«

Während des Trubels, der mit der Vorfreude auf mein Kind einhergeht, fallen mir die Worte ein, die ich vor einiger Zeit hörte: *die Sünde der dunklen Erbschaft*. Ich hege keinerlei konkrete Befürchtung, und doch sucht etwas in mir nach dem Sinn.

»Wir sollten uns untersuchen lassen«, sage ich zu Tancredi.

»Gewiss, du musst auf dich achtgeben. Ich verständige unseren Hausarzt.«

»Ein Mann?« Ich lege die Hand auf den Rand meines Glases, man soll mir nicht mehr nachschenken. »Ich dachte eher …«

»Du hast recht.« Er trinkt. »Wir erkundigen uns nach der besten Hebamme von Monteleone. Sie soll täglich kommen.«

»Vielleicht wäre es gut, wenn auch du …« Ich zögere, fürchte, mein Hintergedanke wird zu deutlich. »Wenn auch du dich untersuchen lässt.«

»Richtig.« Er nickt ernsthaft. »Die Blutbestimmung und … alles, was dazugehört. Machen wir. Gleich morgen in der Klinik.«

Bin ich erleichtert? Glaube ich etwa, mit Tancredi sei etwas nicht in Ordnung? Wen könnte ich fragen, wer würde meine Zweifel zerstreuen? Mein Blick fällt auf Rosalìa, soll ich sie um ein Gespräch bitten? Gerade schneuzt sie sich in ihr nasses Taschentuch.

»Tancredi?« Ich fasse seinen Arm.

»Was ist, meine Liebe?«

»Lass uns zu Benedetta gehen.«

Er zieht die Augenbrauen hoch. »Wozu?«

»Ich will ihr sagen, dass sie Großtante wird.«

»Sie wird dich nicht verstehen, fürchte ich.«

»In ihrem Herzen versteht sie mich.«

Tancredi macht eine Geste, als wolle er seine Eltern auffordern mitzukommen.

»Nein, nur wir beide.«

Er lächelt in der Art, wie man Geduld mit einem Kind zeigt. »Wie du willst.«

Wir ziehen uns von der Tafel zurück, durchqueren die Küche, wo neue Köstlichkeiten vorbereitet werden. Tancredi macht Antonia ein beruhigendes Zeichen, als wir uns der geheimen Tür nähern.

»Schläft sie?«

»Ich weiß nicht. Ich hatte keine Zeit ...« Sie zeigt auf die Kessel und Pfannen.

Ich trete in den Korridor, erwarte Tancredi im Halbdunkel und lasse ihm den Vortritt.

Als hätte sie sich seit damals nicht bewegt, sitzt die alte Frau auf dem Bett. Diesmal trägt sie eine Spange im Haar, einziges Anzeichen, dass Tage verstrichen sind, seit ich sie zuletzt sah.

»Guten Abend, Tante Benedetta.« Ich gehe vor ihr in die Hocke. »Darf ich Tante zu Ihnen sagen?« Langsam wendet sie mir den Blick zu. »Hier ist Ihr Neffe, sehen Sie. Wir bringen Ihnen eine wunderbare Neuigkeit.«

Tancredi schmunzelt über meinen Versuch, ihr eine Reaktion zu entlocken, und lehnt sich ans Fenster. Ich erzähle Benedetta, dass ich ein Kind erwarte. Da sie mich ausdruckslos ansieht, wiederhole ich den Satz. Plötzlich verdunkelt sich ihr Blick, die schmale Hand hebt sich aus dem Schoß, ihr Finger zeigt auf Tancredi. »Mit dem?«

»Ja«, antworte ich, erfreut, zu ihr durchzudringen.

Benedetta betrachtet ihren Neffen, ihr Blick wandert wieder ins Weite. »Dann hört es nie auf.«

»Was hört nie auf?« Ich ergreife ihre Hände. »Benedetta, was meinen Sie?« Doch die alte Frau will offenbar nicht berührt werden. Düsternis überzieht ihr Gesicht.

»Tante Benedetta«, versuche ich es noch einmal.

»Sie hört dich nicht mehr.« Tancredi hilft mir auf.

»Sie scheint sich gar nicht zu freuen.«

»Ich habe es dir vorhergesagt: Sie begreift es nicht.« Er geht zur Tür, ich folge ihm nach draußen.

Während ich den Korridor und die Küche durchquere, während wir ins Speisezimmer zurückkehren, überkommt mich das unangenehme Gefühl, dass der Besuch bei Benedetta das Gegenteil von dem bewirkt hat, was ich erhofft hatte. Ich spreche Tancredi nicht darauf an. Vielleicht habe ich Angst vor der Antwort, vielleicht will ich nur die Feierstimmung nicht stören.

23

Es ist schwer, in Befürchtungen zu leben, wenn die Realität so anders aussieht. Ich liebe und werde geliebt. In der Fröhlichkeit dieser Monate, während der Wein reift und die Oliven geerntet werden, während es in meiner alten Heimat bereits nass und nebelig wird, sieht die Familie der Kindsgeburt freudig entgegen. Monteleone erlebt einen wunderbaren Herbst, die Sonne bleibt Sizilien bis in den Dezember treu. Rund um mich finden die Vorbereitungen statt, die sämtlich dazu dienen, das neue Familienmitglied willkommen zu heißen. Meine Schwiegereltern legen eine rührende Heiterkeit an den Tag, sie umhegen und umsorgen mich. Der Arzt, die Hebamme kommen ins Haus, außerdem konsultiere ich eine Frauenärztin in der Klinik.

Ich benutze die Untersuchungen, um Felicia zu besuchen. Ihre Knochenbrüche verheilen ohne Komplikationen, und die Hoffnung, dass kein Schädeltrauma zurückbleibt, ist begründet. Sie hat manchmal Kopfschmerzen, einige Bewegungen fallen ihr schwer, aber im Vergleich zu der ersten Diagnose ist das ein himmelweiter Unterschied. Felicia freut sich mit mir, gibt sogar zu, dass sie mich beneidet. Auch wenn sie nach außen zufrieden ist, wünscht sie sich Kinder und eine glückliche Beziehung. Ich bekenne, dass ich mit Tancredi noch nie so glücklich war. Unsere Gespräche sind auf die Zukunft gerichtet. Ich erkundige mich nach den Schulen von Monteleone, erzähle, dass ich selbst eine schreckliche Schülerin war und erst durch meinen Traum, in der Modewelt zu arbeiten, etwas Vernünftiges gelernt habe.

Ich bin während dieser Wochen so bequem, wie mir zumute ist, und so mobil, wie die Ärzte mir raten. Ich mache Spaziergänge und zwar, wie mir vorkommt, ohne bespitzelt zu werden. Seit ich das Band mit Tancredi durch die Schwangerschaft gefestigt habe, scheint sein Argwohn verschwunden zu sein.

Bei einem dieser ausgedehnten Gänge komme ich am Rand von Monteleone an einem alten Turm vorbei. Er gehörte früher zur Festungsanlage des Städtchens, ähnlich wie der *Torre del Leone*, der die Stadt zum Meer hin beschirmt und die größte Touristenattraktion darstellt. Dieser kleinere Turm ist nur noch eine Ruine, und obwohl der Eingang dürftig mit Brettern vernagelt wurde, schlüpfe ich hinein und sehe mich um. Zu ebener Erde ein runder Raum, die Zwischendecke ist eingebrochen, oben muss man ein wunderbares Licht haben, denn der Turm wird von einer riesigen Eiche beschattet. Ein schmaler Ausstieg lässt erkennen, dass es von dort zur Aussichtsplattform weitergeht.

Ich gebe mich der Träumerei hin, in diesem Turm ein Atelier einzurichten, zu zeichnen und meine Entwürfe an die Wand zu hängen, was ich daheim nicht tue, weil ich Tancredis Kritik und Bemerkungen der Verwandten fürchte. In diesem stillen Turm wird mir klar, dass ich in der Villa genau genommen keinen Ort für mich habe. Mein Zimmer ist zugleich unser Schlafzimmer; und der einzige Raum, der noch zur Verfügung stand, wird gerade zum Kinderzimmer umgebaut. Ich weiß, dass ich in den kommenden Jahren wenig Zeit haben dürfte zu arbeiten. Cinecittà, die Welt des Films und der Mode rücken damit noch weiter von mir fort. Ich verlasse den Turm, und doch hat der kurze Besuch einen Wunsch in mir ausgelöst, den ich in der folgenden Zeit nicht vergesse.

Unerwartet nehmen meine gesellschaftlichen Verpflichtungen zu. Nun, da ich ein voll integriertes Familienmitglied bin, werden Tancredi und ich mit Einladungen überschüttet. Die meisten sind familiär, aber auch zur Hochzeit eines wichtigen Gemeindemitglieds werden wir gebeten, zu Geburtstagen und Weihefesten. In einem einzigen Monat sind es allein zweiundzwanzig Essenseinladungen. Mich wundert, dass Tancredi neben seiner Arbeit all das pflichtschuldig absolviert, und ich begreife, dass es zu seinen Aufgaben gehört. Seinem Schutz sind viele Menschen anbefohlen, es würde sie verletzen, wenn er sich nicht von Zeit zu Zeit bei ihnen zeigte. An solchen Einladungstagen nehme ich zum Frühstück nur Kaffee, weil ich weiß, was mich zu Mittag erwartet. Vormittags fahre ich mit Tancredis Schwestern an den Strand, kümmere mich um die Kinder und gehe schwimmen. Danach ziehe ich mich um und hole Tancredi aus dem Büro ab. Es folgt der Pranzo bei einer Familie Albanese oder Sant'Agata oder Siragusa, zwanzig Leute und mehr drängen sich um den Tisch, die Gratulationen reißen nicht ab. Zu diesen Anlässen hat Tancredi eine kleine Reisetasche dabei, das erleichtert den Abtransport der Geschenke.

Ein Mittagessen von drei Stunden Länge ist anstrengend, und obwohl ich schwanger bin, gelingt es mir selten, mein Nein zum Alkohol durchzusetzen. Die Sizilianer stehen auf dem Standpunkt, was mir schmeckt, bekommt auch meinem Kind, und von der Bekömmlichkeit ihres selbst gekelterten Weines, ihres hausgemachten Grappas oder des liebevoll angesetzten Likörs sind sie überzeugt. Nur ein paar Mal werden mir die Hitze, die schweren Speisen, die lärmenden Gespräche zu viel, dann bitte ich Tancredi, früher aufzubrechen. Besorgte Gesichter und Genesungswünsche begleiten uns nach draußen, man fragt sich, wie die schmale Engländerin die Strapazen einer Geburt durchstehen will, wenn sie ein kleines Mittagessen bereits umhaut. Nach Hause zurückgekehrt, genieße ich die Siesta, die einzige Zeit des Tages, die Stille verspricht. Stille und Schweigen bekommen einen besonderen Stellenwert für mich. Beim Essen gewöhne ich mir an, meine Gedanken auf Wanderschaft zu schicken, während mir ein gesprächiger Dorfbürgermeister in endlosen Variationen versichert, das Glück, ein Kind zu kriegen, sei mit nichts im Leben zu vergleichen.

Nach der Siesta warten unten bereits die Kaffeegäste. In Anwesenheit der Schwiegereltern sitzen wir auf der Veranda und fächeln uns Kühlung zu, oder aber wir versammeln uns, wenn es draußen feucht wird, um ein arabisch anmutendes Kohlebecken, das Wärme spendet. Gäbe es Rosalìa nicht, deren unerschöpflicher Schatz von Familiengeschichten die Konversation überstrahlt, wären die Spätnachmittage ziemlich eintönig. Oft wünsche ich mir, nach ein paar Minuten nach oben zu verschwinden und mich meinen Zeichnungen zu widmen. Das ist unmöglich, denn während sich die einen Gäste verabschieden, rücken bereits die Albaneses, Sant'Agatas oder Siragusas zum Gegenbesuch an. Das Abendessen wird zum Hindernisrennen zwischen abgelehnten Köstlichkeiten, genippten Likören, halb aufgegessenen Nachspeisen. Ich kann mich an keinen Abend erinnern, an dem ich nicht mit überfülltem Magen am Fenster stand und das Völlegefühl durch frische Luft zu vertreiben versuchte.

Tancredi scheint dagegen geeicht zu sein. Er isst und trinkt, was ihm schmeckt, legt sich gegen Mitternacht ins Bett, schläft sofort ein und erwacht erfrischt ohne den geringsten Kater. Allerdings stelle ich fest, dass mein Liebling allmählich die Figur eines römischen Gottes ablegt und ein rundlicher, nicht besonders großer, typischer Sizilianer wird. Das Glück, das über diese Zeit gebreitet ist, lässt mich alles in mildem Licht sehen. Ich bin Sizilianerin geworden, begreife und genieße den Rhythmus, den das Leben hier hat, den Frieden, den die Landschaft spendet, die Geborgenheit der Familie.

Hin und wieder wird das Gleichmaß des Lebens durch einen Skandal erfrischt. So zum Beispiel, als die wohlbehüteten Geschwister Atanasio, drei Mädchen im heiratsfähigen Alter, eines Nachmittags aus ihrem Elternhaus in Monteleone stürzen, sich auf offener Straße die Kleider vom Leib reißen und vulgäre sexuelle Wünsche hinausschreien. Außer zur Heiligen Messe wurden die Atanasios praktisch nie außer Haus gesehen und selbstverständlich niemals ohne Begleitung. Jetzt werden sie aufgegriffen, heimgebracht und vom Arzt untersucht. Pilzvergiftung, lautet die Diagnose. Im Herbst machen sich viele in die Wälder auf, wo es schmackhafte Pilze gibt. Die Pilze, die die Atanasio-Mädchen gegessen haben, dürften eine halluzinogene Wirkung gehabt haben. Für die Töchter bedeutet ihr verrückter Striptease eine Katastrophe: Sie können nicht mehr damit rechnen, jemals einen Ehemann zu finden. Bald darauf stirbt ihr Vater an gebrochenem Herzen.

Mitte Dezember, in einer einzigen Nacht, verändert sich alles für mich. Tancredi ist geschäftlich unterwegs, die Gäste verabschieden sich früher an diesem Abend, kurz vor zehn bin ich bereits auf meinem Zimmer. Ich will ein Bad nehmen und anschließend lesen. Während das Wasser einläuft, höre ich draußen ein Geräusch, das ich mir nicht erklären kann. Es klingt wie ein geflüsterter Ruf, doch das ist unmöglich; niemand könnte bis zur Höhe meines Fensters heraufkommen. Bereits im Bademantel, lehne ich mich hinaus und versuche in der Dunkelheit etwas zu erkennen. Dort kauert jemand, eine schmale männliche Gestalt. Er muss vom Pfirsichbaum auf das Gesims im Stockwerk unter mir geklettert sein und von dort auf den kleinen Balkon.

»Signora«, zischt er.

Ich kann sein Gesicht nicht sehen, erkenne auch die Stimme nicht. Das einzig Richtige, das Natürliche wäre, um Hilfe zu rufen. Ein Fremder bricht bei den di Lorenzos ein, erklimmt die Hausfassade und nähert sich der Frau des Padrone. Doch gerade weil ich mir der Folgen für den Eindringling bewusst bin, zögere ich, jemanden zu alarmieren.

»Wer sind Sie?«, flüstere ich.

Er lehnt sich zurück, damit ich ihn ansehen kann. »Wir sind uns schon begegnet.«

»Sagen Sie mir Ihren Namen.«

»Randazzo.«

Ich brauche einen Moment, den Namen mit meiner Erinnerung in Verbindung zu bringen. »Andrea Randazzo?«

»Ja, ja!«

Es ist der junge Mann aus der Via dei Vespri, den ich seit dem Zusammentreffen in dem leeren Haus nicht wiedergesehen habe.

»Sind Sie wahnsinnig, was wollen Sie hier?«

»Ich muss Ihnen etwas sagen!«

»Nicht so! Gehen Sie, bevor jemand Sie entdeckt.«

»Das kann ich nicht. Mit mir ist es vorbei, wenn Sie mir nicht helfen, Signora!«

»Unsinn.« Ich weiß mittlerweile, dass die Sizilianer gern

übertreiben und hinter Ereignissen häufig das Wirken übergeordneter Mächte vermuten.

»Ich will Ihnen sagen, dass Ihr Mann mich und meine Familie ruiniert!«

Ich schweige, vielleicht eine Sekunde zu lang.

»Bitte hören Sie mich an!«

»Wenn Sie Anschuldigungen gegen meinen Mann haben, besprechen Sie es mit ihm. Ich rufe jetzt unsere Leute.«

»Damit laden Sie einen weiteren Mord auf Ihr Gewissen!« Flehentlich streckt er den Arm nach oben.

»Einen *weiteren* Mord?«

»Die di Lorenzos schrecken vor keinem Verbrechen zurück, wenn sie ihre Interessen und ihr verfluchtes Geld in Gefahr sehen! Bitte lassen Sie mich nach oben kommen. Sie werden erkennen, dass ich die Wahrheit sage.«

Auch wenn ich keinen Moment daran denke, seinen Wunsch zu erfüllen, hat er meine Neugier geweckt. Ich überlege, ob ich ihm ein Treffen anbieten soll, weiß zugleich, dass es Wahnsinn wäre.

»Gehen Sie!«, flüstere ich.

Ein Lichtstrahl lässt mich erstarren. Leute laufen aus dem Haus, sie haben Taschenlampen. Hunde bellen, wahrscheinlich werden sie gerade aus dem Zwinger gelassen. Die Lichter tanzen rund um die Villa. Im Bruchteil einer Sekunde erwäge ich, Randazzo ans Messer zu liefern; ich muss verhindern, dass Tancredi einen falschen Verdacht schöpft. Mein Gerechtigkeitssinn spricht dagegen. Der junge Mann hat nichts anderes verbrochen, als dieses Grundstück zu betreten. Tancredi aber würde ihn wie einen gefährlichen Einbrecher behandeln.

»Verschwinden Sie endlich!«

Geschickt lässt er sich auf das Gesims unter dem Balkon sinken, springt auf den Ast des Pfirsichbaumes und klettert abwärts. Ein Knacken verrät ihn. Die Lichter zucken in seine Richtung, erfassen ihn. Er springt zu Boden. Sie schreien, er soll stehen bleiben. Währenddessen kommt einer an die Fassade und sieht zu mir hoch.

»Signora?«

Ich gebe eine deutliche Silhouette vor dem erleuchteten Zimmer ab.

»Ist alles in Ordnung?«

Ich erkenne Chíchí. »Ja, keine Sorge«, beeile ich mich zu rufen.

»Mit wem haben Sie gesprochen?«

»Mit niemandem. Ich habe nur ... ein Geräusch gehört.«

Er bemerkt mein Zögern. Ein Schuss fällt, zwischen den Bäumen sehe ich eine Gestalt davonflitzen. Weitere Schüsse, das Mündungsfeuer leuchtet im Dunkeln, Einschläge in den Bäumen. Die Lichter entfernen sich, dorthin, wo Randazzo verschwunden ist. Chíchí bleibt stehen und sieht unverwandt zu meinem Fenster hoch.

24

Als ob eine Tür zugeschlagen wird. Alles Vertrauen, das sich zwischen Tancredi und mir aufgebaut hat und mir mein Leben in Sizilien lebenswert machte, ist wie fortgeblasen. Ich spüre die tiefe Enttäuschung meines Mannes. Zum zweiten Mal wurde ich dabei überrascht, wie ich mit Andrea Randazzo sprach, diesmal war es sogar nachts, er hatte sich unter mein Fenster geschlichen. Ich weiß nicht, wie Chíchí die Sache dargestellt hat: Er sah einen Mann unter meinem Schlafzimmerfenster. Vielleicht war der Eindringling gar nicht im Begriff hochzuklettern, sondern kam von einem Stelldichein mit mir zurück. Welche Mutmaßungen Chíchí angestellt hat, ist nebensächlich, meine Verfehlung entsteht in Tancredis Kopf. Seine Frau und sein Feind treffen einander in einer Nacht, als Tancredi außer Haus ist. Jedem Verdacht ist da Tür und Tor geöffnet.

Nachdem er mich zur Rede gestellt hat, nach einem Streit, der den Charakter eines Verhörs hatte, ist die erste Konsequenz, dass er unser gemeinsames Bett verlässt und im Bürotrakt schläft. Die Familie erwägt, wegen des Einbruchs die Polizei einzuschalten; der flüchtende Randazzo wurde nicht gefasst, aber erkannt. Während einer Unterredung, bei der ich nicht dabei bin, entscheidet man jedoch, die Angelegenheit nicht den Behörden zu überlassen, sondern selbst zu handeln.

Randazzo hat sich durch eigene Schuld in diese Lage gebracht, dennoch mache ich mir Vorwürfe: Hätte ich ihn anhören sollen? Hätte ich die Polizei verständigen müssen? Bei all den hochkochenden Emotionen ist es unmöglich, Tancredi zu Randazzos Anschuldigungen zu befragen. Von einem Mord war die Rede und davon, dass die di Lorenzos vor keinem Verbrechen zurückschrecken. So etwas ist schnell gesagt. Vielleicht wollte der Eindringling nur Unfrieden in der Ehe des Mannes stiften, der alles besitzt, dem die Macht gehört, während den Randazzos alles genommen wurde. Wieder bin ich in dem Dilemma, dass ich meine Familie liebe, trotzdem aber nicht alles gutheißen kann, was sie tut oder in der Vergangenheit getan hat. Die Bedingungslosigkeit, die Tancredi in Bezug auf die Familie fordert, vermag ich ihm nicht zu geben. In diesem Sinn hat Andrea Randazzo sein Ziel erreicht: Er säte Zweifel. Ich kann das Wort *Mord* nicht so einfach vergessen.

Tancredis Wut ist nicht von der Art, dass sie einmal lospoltert und danach verraucht. Der Vulkan ruht nur, bevor er das nächste Mal ausbricht. Zwei Tage sind seit dem *Einbruch* vergangen. Verdüstert von meinen Gedanken und Befürchtungen, habe ich mich in den kleinen Salon zurückgezogen. Laute Schritte, Tancredi ist da und verriegelt die Tür, bevor auch nur ein Wort zwischen uns fällt.

»Was wollte Randazzo hier?« Tancredi keucht und legt auf mich an.

»Er wollte mit mir reden! Er hat Anklagen gegen dich vorgebracht.«

»Wenn er mich anklagen will, weshalb klettert er dann zum Fenster meiner Frau hoch?«

»Ich weiß es nicht!« Ich schlage die Hände vors Gesicht. »Was kann ich dafür, dass ihr Sizilianer alle verrückt seid!«

»Du liebst ihn! Weißt du, wie man hierzulande mit einer

untreuen Frau verfährt!« Er stürzt zu dem Glasschrank, wo er die Jagdgewehre verwahrt. Im nächsten Moment hält er eine doppelläufige Flinte in der Hand.

Ich drücke mich mit dem Rücken an die Wand. »Ich bin nicht untreu, war es nie«, stammle ich. Die Situation ist so unwirklich, dass mir die Worte versagen. Als wären wir Darsteller eines Melodramas, stehen wir einander gegenüber. Die unschuldige Frau und ihr Mann, getrieben vom Hirngespinst einer eingebildeten Schuld.

Tancredi legt auf mich an. Er ist so nahe, dass mich der Gewehrlauf fast berührt. »Du hast ein Verhältnis mit ihm! Gestehe oder ich bringe dich um!«

Es ist ihm ernst, ich sehe es in seinen Augen.

»Dann schieß doch!«, schreie ich in höchster Verzweiflung. »Töte mich! Mord scheint ja der Familiensport der di Lorenzos zu sein! Töte mich, du Mörder! Töte deine Frau und dein ungeborenes Kind!«

Tancredis Wahn hat mich so weit gebracht hat, das Eifersuchtsdrama mitzuspielen. Ich schreie, ich übertreibe, ich reagiere wie eine Sizilianerin. So weit hat mein Mann mich getrieben. Auch er scheint von meinem Ausbruch überrascht, das Gewehr sinkt herab, Tancredi starrt mich an. Ich nütze den Augenblick, springe zur Tür, reiße den Riegel zurück und renne aus dem Salon. Im Schlafzimmer schließe ich mich ein und weine haltlos, ich weiß nicht, wie lange – bis keine Träne mehr in mir ist. Allmählich kehren die Gedanken zurück, Vernunft, Vorstellungskraft. Ich kann in diesem Haus nicht bleiben, nicht eine Nacht länger. Tancredis Worte waren im Affekt gesprochen, doch seine Wut, die Eifersucht, die ihn zum Maniak werden lässt, hätten nicht echter sein können. Dieser Mann ist im grässlichsten Sinn des Wortes zu allem fähig. Nur fort, ist mein Wunsch, fort aus Sizilien, aus Italien, zurück nach

England, in die Zivilisation! Fort, heute noch, fort aus diesem Haus, diesem Land des Irrsinns!

Ich packe einen Koffer mit dem Nötigsten, suche meinen Pass hervor und ziehe mich fahrig an. Vorsichtig spähe ich aus unserem Trakt, es ist Nacht geworden, das Haus liegt schlafend da, nein, es liegt da wie in einer Ohnmacht. Jeder in diesen Mauern spürt, es ist etwas Schlimmes passiert und es könnte noch Schlimmeres geschehen. Als wäre ich ein Einbrecher, schleiche ich mit dem Koffer die Treppe hinunter und schlüpfe ins Freie. Ich steige in meinen Wagen und rolle, ohne den Motor zu starten oder Licht anzumachen, die Auffahrt hinunter bis zur Landstraße. Dort bleibe ich stehen. Wohin denn, mitten in der Nacht, wohin soll ich, die flüchtige Frau des Padrone, wohin? Das nächste Flugzeug nach London hebt erst morgen von Palermo ab. Wo übernachte ich? Wenn ich ein Hotelzimmer nehme, glaubt Tancredi, ich teile es mit Andrea Randazzo. Wenn Tancredi nicht weiß, wo ich bin, könnte er annehmen, ich sei mit Randazzo durchgebrannt. Neue, noch größere Komplikationen sehe ich auftauchen, wohin also? Tancredi muss Gewissheit haben, dass ich heute Nacht nichts Verbotenes tue; als einzige Ausflucht fällt mir Felicia ein. Blind vor Tränen steuere ich den Wagen zu ihrem Haus.

Felicia hat das Krankenhaus mittlerweile verlassen, ist aber noch rekonvaleszent. Es tut mir leid, sie mitten in der Nacht herauszuklingeln, doch es ist die einzige Lösung.

»Verzeih, Felicia, verzeih mir«, bettle ich an der Tür. In ihrem geblümten Morgenmantel hat sie geöffnet, steht blass und schlaftrunken da. »Kann ich hereinkommen? Ich bin so verzweifelt.«

Sie lässt mich eintreten, ich folge ihr durch das dunkle Haus. Im Wohnzimmer sinke ich auf den Boden und weine. Es dauert einige Zeit, das Geschehene zu schildern, denn meine Sätze sind so verworren wie meine Gedanken. Nachdem Felicia in groben Umrissen verstanden hat, reagiert sie ruhig und hilfreich. Sie holt Schlaftabletten, die sonst ihre Tante nimmt, kocht Kamillentee, mit dem ich die Pillen hinunterspüle. Felicia bringt mich zu Bett.

»Schlaf dich aus, Diane. Morgen kannst du wieder klar denken, dann besprechen wir alles.«

In einem Nebel unnennbarer Gefühle schlafe ich ein. Als ich tags darauf in großer Niedergeschlagenheit erwache, höre ich Felicia telefonieren.

»Ja, sie ist hier. – Sie war schrecklich aufgeregt. Sie sagte, sie will nach England. – Kommt besser nicht her, keiner von euch, lasst sie jetzt allein. Ich werde mit ihr reden, ich versuche ... ja ja, ich versuche es. – Wen kümmert's, was die Leute denken? Sagt den Angestellten ... ach, sagt ihnen, was ihr wollt. Es gibt jetzt Wichtigeres als den Tratsch der Leute.«

Obwohl ich Angst vor der Aussprache habe, erscheine ich am Frühstückstisch. Felicia kennt Tancredis Ausbrüche, seinen Jähzorn seit Langem, doch dass er seine eigene Frau mit der Waffe bedroht, schockiert sie.

»Er hätte es nicht getan«, beruhigt sie mich und vielleicht auch sich selbst. »Er hätte nicht abgedrückt, so etwas könnte er nicht.« Sie hat Kuchen aufgeschnitten und sieht zu, wie ich ein Stück dick mit Butter bestreiche.

»So kann es nicht weitergehen«, flüstere ich und beiße ab.

»Nein, so kann es nicht weitergehen«, nickt sie. »Ich habe Tancredi gewarnt, auch Mamma hat ihn gewarnt, wenn er seine Eifersucht nicht in Zaum hält, verliert er dich.«

Ich sehe sie an und bin überrascht. Der letzte Satz Felicias erschreckt mich – Trennung? So weit hatte ich trotz allem noch nicht gedacht. Ich will Tancredi aufrütteln, ihm die Wahrheit ins Gesicht schleudern, aber ihn verlassen? Felicia spricht etwas aus, was an diesem Morgen, im ersten Jahr unserer Ehe, noch nicht am Horizont meiner Vorstellungskraft auftaucht. Ich wollte fort, natürlich, weg von dem gefährlichen Mann, doch wenn ich ehrlich bin, will ich ihm entfliehen, damit er mich zurückholt, damit er seinen Fehler einsieht und sich eines Besseren besinnt. Damit wir, Tancredi und Diane, von vorn anfangen können.

»Lauf jetzt nicht weg, Diane«, sagt Felicia, als sei aus meinem gestrigen Verhalten nur dieser Schluss zu ziehen. »Du weißt, ich arbeite in einer Anwaltskanzlei: Wir haben häufig mit sizilianischen Ehefrauen zu tun, die ihren Männern davonlaufen. Das Recht wäre gegen dich, das Recht steht auf Tancredis Seite. In den Augen des Gesetzes würdest du euer gemeinsames *tetto coniugale*, euer eheliches Dach, verlassen und dich damit ins Unrecht setzen.«

»Und die Sache mit dem Gewehr?«, entgegne ich laut. Die Ungleichheit zwischen Mann und Frau in Sizilien macht mich schlagartig wieder wütend.

»Dein Wort würde gegen seines stehen. Er ist der Padrone, du bist in den Augen der Allgemeinheit eine liberale Engländerin, die unsere Regeln nicht respektiert. Vergiss nicht, auch der Richter wäre Sizilianer. Vor allem, Diane: Denk an die Zukunft deines Kindes.«

War ich vor diesem Gespräch in einer Stimmung, in der Versöhnung möglich gewesen wäre, überschwemmt mich nun der Trotz. Zurückgehen soll ich zu dem Tyrannen? Zu Kreuze kriechen, klein beigeben, nur weil ich gegen die mächtige Familie nichts ausrichte? Das kann ich nicht, das bin ich nicht!

»Ich betrete das Haus auf dem Hügel nie wieder!«

»Nicht heute, nicht morgen«, beschwichtigt Felicia. »Du

kannst bei mir bleiben, so lange du willst. Es darf nur ...« Sie stockt. »Es darf nach außen nicht so aussehen, als wärst du Tancredi davongelaufen. Er würde sein Gesicht verlieren. Wir müssen eine Erklärung erfinden, an die alle sich halten.«

Ich erstarre vor Zorn: *Si dice* – man sagt! Man hört, man erzählt sich – die junge, ungehorsame Engländerin! Der Padrone, geschlagen mit einer Frau wie ihr, Gott im Himmel, was soll der arme Mann noch ertragen!

Ich kann das Gewisper, das Gezischel, die Worte hinter vorgehaltener Hand hören, noch bevor sie gesprochen sind. Ich kann Monteleone sehen, die Einwohner der Stadt, die sich das Maul zerreißen, ich sehe Tancredis bewölkte Stirn, spüre seine Wut, spüre die Stimmung in der verfluchten Villa. Ich, ausgerechnet ich soll schuld an allem sein? Ein Gewehr wurde auf mich gerichtet, ich wurde unschuldig der Untreue beschuldigt und jetzt trage auch noch selbst die Schuld? Es ist grotesk, widernatürlich, wie bin ich in diesen Albtraum geraten, warum zerhaue ich nicht das Band, das mich auf der Insel der Rückständigen festhält, warum, warum nicht?

Weil ich immer noch liebe. Ich liebe meinen Mann, der von etwas gepeinigt wird, das ich offenbar in ihm auslöse, mein verdammter, armer, mein schrecklicher, geliebter Tancredi. Ich erwarte ein Kind von ihm, ich will unser Kind, will es mit ihm gemeinsam! Ich kann nicht fortlaufen, nicht aus den Gründen, die Felicia anführt oder weil ich irgendeine Erwartung erfüllen will – ich muss bei Tancredi bleiben, weil ich ihn liebe. Er ist mein Mann, wir haben es uns geschworen, ich will unserem Gelübde treu bleiben. Diese Ehe bedeutet mir noch zu viel.

Nicht an diesem Tag, auch nicht am nächsten, kehre ich in die Villa di Lorenzo zurück: Wie Felicia vorschlug, bleibe ich erst einmal bei ihr. Aber eines Tages, vielleicht eine Woche später, ist mein kleiner Koffer wieder gepackt, ich steige in die *menta*, verlasse das Haus an den Klippen und fahre die Hügel hinauf zu der Villa, die vor allem Gefühle der Angst in mir auslöst. Ich erreiche die Einfahrt mit den uralten Steinplatten, auf denen jeder Ankömmling durchgerüttelt wird. Durchgerüttelt bin ich, in jedem Sinn des Wortes, aber nicht fahnenflüchtig, nicht abtrünnig. Ich stehe zu meinem Wort, koste es, was es wolle.

25

MEIN LEBEN ÄNDERT SICH. Nicht so sehr äußerlich, die gewohnten Rituale strukturieren weiterhin die Tage. Morgens Erledigungen, später Pranzo, Siesta, Kaffee und Plaudereien, schließlich das Abendessen. Aber die Leichtigkeit, die ich bei dieser Art von Leben empfand, ist verschwunden. Die Familie ist dankbar, dass ich wieder daheim bin, das Schlimmste konnte noch einmal abgewendet werden; der Schein bleibt gewahrt. Tancredi und ich sind einander in diesem Winter zutiefst entfremdet. Die Jahreszeit trägt dazu bei, die Stimmung kühl zu halten. Dazu mein besonderer Zustand – ich bin im vierten Monat, eine Phase, die als die heiterste einer Schwangerschaft angesehen wird. Doch in mir keimt das Gefühl, dass das Wesen, das da heranwächst, die Spannung und die Ablehnung, der ich ausgesetzt bin, spüren muss. Wir feiern Weihnachten, doch während ich die Festtage im Kreis der Familie verbringe, komme ich mir vor wie auf einem unwirtlichen Stern. Für mich gibt es keine Weihnachtsamnestie. Zum ersten Mal empfinde ich echtes Heimweh; ich bin oft allein, viele Stunden des Tages und die ganze Nacht. Kein Wunder, dass ich trübsinnig werde, mit mir selbst und dem Ungeborenen spreche. Ich starre in die Landschaft, die sich ihrer Blütenpracht entledigt hat, die satten Farben sind dem Winterbraun gewichen.

Tancredi taucht grußlos zu den Mahlzeiten auf, sitzt bei Tisch nun häufig neben seinem Vater. Er plaudert mit den

Eltern und Gästen, nicht mit mir. Wenn abserviert wird, kehrt er ins Büro zurück. Weder zur Siesta noch abends kommt er in unseren Trakt. Aber ich habe den Eindruck, er sucht ihn auf, wenn ich ausgefahren bin.

Mehr aus Verzweiflung denn aus Kreativität stürze ich mich in die zeichnerische Arbeit. Nicht nur Kostümentwürfe, ich male Landschaften, Gesichter aus der Erinnerung, manchmal sogar abstrakte Motive. Wenn ich nach einem Meeresspaziergang zurückkomme, finde ich meine Entwürfe und Blätter in anderer Anordnung vor. Jemand hat darin geblättert. Sucht Tancredi verräterische Motive, die seine Verdächtigungen bestätigen? Heute, so viele Jahre danach, kann ich fast nicht glauben, dass es mir damals nicht gelang, ein einziges befreiendes Gespräch zu führen, vor ihn hinzutreten und zu sagen: Lass uns ausräumen, was uns bedrückt, und offen miteinander reden. Obwohl meine Flucht aus der Villa, mein Exil bei Felicia, für Tancredi wie ein Warnschuss vor den Bug gewesen sein muss, sind die Versteinerung und das Misstrauen so groß, dass neue Brücken nicht mehr zu schlagen sind. Ich weiß, dass ich wieder beobachtet werde, das Bespitzelungssystem erwacht zu neuem Leben. Es ist nicht nur Chíchí, Tancredi muss Informanten in der ganzen Stadt haben. Er weiß immer, wo ich war, was ich getan, mit wem ich geredet habe.

Obwohl ich unter Beobachtung stehe, suche ich oft den Weg ins Freie. Dann quetsche ich meinen bereits beachtlichen Bauch unter die gefütterte Jacke, steige in meinen Flitzer und fahre aufs Geratewohl los. Bei einem dieser Ausflüge in die Einsamkeit komme ich an einen Ort, den ich seit Wochen nicht mehr aufgesucht habe – zu dem alten Turm. Da steht er noch, verwittert, verwildert, und erscheint mir in diesem Moment wie eine echte Zuflucht.

Kaum bin ich durch den Bretterverschlag geklettert, fühle ich mich geborgener. Weil ich mich für den Moment unbeobachtet glaube, erlaube ich mir, die Fassung zu verlieren. Ich breche in lautes Weinen aus, laufe in dem runden Gebäude schluchzend im Kreis. Ich erhebe die Hände zu einer höheren Instanz, die mir helfen soll, und habe zugleich kaum Hoffnung, dass irgendjemand in der Lage ist, mir einen Weg aus dem Albtraum zu zeigen.

»Warum ich?«, höre ich mich rufen. »Ich habe nichts Böses getan. Wieso bin ich immer noch hier?«

Nachdem ich meine Verzweiflung herausgeschrien habe, beruhige ich mich etwas. Mit melodramatischen Ausbrüchen ist an meiner Situation nichts zu ändern. Ich bin im Begriff, mich mit einem Taschentuch so weit wieder herzustellen, dass ich nach draußen kann, als plötzlich ein Gesicht zwischen den Brettern auftaucht. Ich erschrecke stärker als angebracht, denn ich vermute einen Spion Tancredis, der mich selbst hier, am abgelegensten Fleck Monteleones, aufgespürt hat.

»Ist etwas passiert?«, fragt eine angenehme Stimme.

Sprachlos starre ich in die Richtung und schlucke an meinen Tränen.

»Signora, bitte sagen Sie mir, ist Ihnen etwas geschehen?« Der Mann versucht während dieser Worte, ins Innere zu klettern, ist aber nicht so gelenkig wie ich. Schließlich schafft er es und hebt den Kopf.

Es ist der Bucklige. Ich erkenne ihn, ohne ihn gleich in den richtigen Zusammenhang zu bringen.

»Ach, Sie sind das?« Er lächelt.

»Ja, ich. Guten Tag.«

»Guten Tag, guten Tag.« Er klopft seine Hose ab. »So eine Überraschung. Was machen Sie an diesem verwunschenen Ort?«

Der Ausdruck *verwunschen* setzt eine Erinnerung in mir frei. Ich sehe mich, wie ich vor einiger Zeit auf einer Piazza stehe und über einem Portal das Wort *CINEMA* lese. Ein buckliger Mann wechselt Buchstaben aus. Es ist der Kinobesitzer.

»Signore!«, rufe ich erleichtert. »Wie geht es Ihrem Kino?«

»Recht und schlecht, wie immer.« Er schiebt seine Brille, die gefährlich auf der Nasenspitze baumelt, nach oben. »Und Sie, meine verehrte Kostümbildnerin? Sind Sie hier, um Inspirationen zu sammeln? Arbeiten Sie an Ihrem nächsten Film?«

»Mein ... Film?«

»Was macht Rom? Was wird in Cinecittà aktuell gedreht?«

»Ich weiß es, ehrlich gestanden, nicht. Ich habe schon lange nicht mehr gearbeitet.« Ich spüre, dass die Tränen wieder hochdrängen.

»Aber natürlich.« Er legt den Kopf zur Seite. »Bitte verzeihen Sie, ich sehe ja, dass sich eine ganz andere Sensation bei Ihnen ankündigt.«

Hilflos umfasse ich meinen Bauch, der sich, weil ich zierlich bin, schon mächtig abzeichnet.

»Da kommt Filmarbeit natürlich nicht infrage. Wann ist es denn so weit?«, fragt er in harmlosem Plauderton, als wären wir nicht an diesem seltsamen Ort, als wüsste er nichts von dem, was als Gerücht bestimmt längst durch die Stadt geistert.

»Im Sommer«, antworte ich.

»Oh, in der Sommerhitze kann eine Geburt eine anstrengende Sache sein. Ich wünsche Ihnen jetzt schon viel Glück und Gottes Segen für das Kind.«

»Vielen Dank.« Weil ich das harmlose Gespräch so

wohltuend finde, frage ich: »Welcher Film läuft gerade bei Ihnen?«

»Im Winter ist das Kino geschlossen. Aber bald beginnt die Saison, dann hoffe ich, Sie wieder einmal bei mir begrüßen zu dürfen.«

»Oh ja, gern. Was machen Sie hier, bei dem alten Gemäuer ... ähm ... Renato, nicht wahr, Ihr Name ist Renato?«

»Sie haben ein erstaunliches Gedächtnis, Signora. Ich komme täglich her. Der Turm liegt auf meiner Spazierroute. Kennen Sie übrigens seine Geschichte?«

»Nein, bitte erzählen Sie sie mir.« Als wären wir in einem Lokal, zeige ich auf einen Mauervorsprung und nehme Platz, obwohl es schmutzig ist.

»In der Antike war unser Hafen ein wichtiger Anlegeplatz für die Schiffe der Elymer. Während der arabischen Herrschaft wurde das Kastell erbaut, eine Anlage mit trapezförmigem Grundriss, die nur über eine Holzbrücke erreichbar war, die man einziehen konnte.« Renato zieht ein gefaltetes Taschentuch hervor. »Im 14. Jahrhundert wurde das Kastell durch Friedrich II. zerstört, danach mit neuen Wehrtürmen wieder aufgebaut. Damals entstand dieser *torre* hier. Er wurde berühmt wegen des Fluches, der darauf liegt.« Er benutzt das Taschentuch als Unterlage und setzt sich darauf.

»Ein Fluch? Etwa eine grausige Familienfehde, die von hier ihren Ausgang nahm?« Ich frage im Scherz und bemerke zugleich, welche Art von Geschichte durch meinen Kopf geistert.

»Familienfehde? Ja, in gewissem Sinn. Der Sage zufolge soll im 16. Jahrhundert der Herzog der Stadt seinen eigenen Bruder in diesen Turm gesperrt haben, weil dieser die Herrschaft für sich beanspruchte. Der Herzog ließ seinen Bruder jahrelang wie ein Tier vegetieren, bis dieser tatsächlich zu einer Bestie degenerierte. Irgendwann wurde eine schöne junge Magd in den Turm geworfen, die sich dem Herzog nicht freiwillig hingeben wollte.« Renato macht eine galante Geste. »Auch wenn es unwahrscheinlich ist, dass die Magd und die Bestie in derselben Zelle saßen, gelang es dem mittlerweile wahnsinnig gewordenen Bruder, sich an ihr zu vergehen. Daraus muss sich eine gruselige Liebesgeschichte entsponnen haben, denn als die Magd wieder freigelassen wird und der Herzog sie zum Liebesspiel in sein Gemach holt, ersticht sie ihren Herrn und flieht in die Wälder. Dort versteckt sie sich monatelang, bis sie ein Kind zur Welt bringt, den Sohn des verrückten Bruders. Er soll später die Macht an sich gerissen haben und der neue Fürst von Monteleone geworden sein.« Lächelnd beendet der Kinobesitzer seine Erzählung.

»Das hört sich wie ein blutrünstiges B-Movie an.«

»Mich wundert selbst, warum die Geschichte nie verfilmt wurde, zum Beispiel mit Vittorio Gassman als Herzog.«

»Und Anita Ekberg als Magd!«, lache ich.

»Ausgezeichnet, oder Claudia Cardinale!«

Wir lachen, wir verstummen und sehen uns schweigend an. Gerade die Stille ist es, die mich den Kopf heben lässt. Waren da nicht Schritte zu hören, ist draußen jemand, der alles belauscht, was ich mit dem Kinobesitzer bespreche? Ich bin durch die Geister, die Tancredi hinter mir herschickt, so traumatisiert, dass ich seine Spione schon überall vermute. Habe ich nicht Grund? Mein Wagen steht vor der Turmruine, es ist gewiss zwanzig Minuten her, dass ich hineingeschlüpft bin, ein Mann folgte mir kurz darauf – sind den bösen Vermutungen da nicht Tür und Tor geöffnet?

»Ich sollte nun besser gehen.« Ich will aufstehen, doch eine Frage muss ich noch stellen; eine Gelegenheit wie diese wird es so schnell nicht wieder geben. »Haben Sie vielleicht von einer ähnlichen Geschichte in Zusammenhang mit einer ... berühmten Familie dieser Stadt gehört, Renato?«

»Ähnliche Geschichte – was meinen Sie?«

»Eine Fehde, ein Streit, der diese Familie in Bedrängnis brachte?«

»Wann soll das gewesen sein?«

»Vor nicht allzu langer Zeit.«

Er betrachtet mich und wird ernst. »Ich nehme an, wir sprechen von einer ganz bestimmten Familie.«

»Sie wissen, mit wem ich verheiratet bin?«

Er nimmt die Brille ab und legt sie auf seinen Schoß. »Es gibt immer *Geschichten*, wenn eine Familie so einflussreich ist.«

»Ich bin auch keineswegs an schlüpfrigen Histörchen interessiert, sondern an einer Sache, die an den Grundfesten der di Lorenzos gerüttelt haben muss.«

Er blinzelt aus kurzsichtigen Augen. »Ich muss Sie fragen, wieso Sie das von mir, einem im Grunde Fremden, erfahren wollen.«

»Nein. Ich bin die Fremde hier«, schüttle ich den Kopf. »Man hat mich in ein Paradies geholt, ich genieße großen Luxus und sitze zugleich im goldenen Käfig.« Ich hebe abwehrend die Hand. »Entschuldigen Sie das dumme Klischee. Es ist nur so, dass man mir wenig sagt, was die Familienangelegenheiten betrifft.«

»Sie spielen auf die Sache mit dem Testament an?« Er reibt sich die Nasenhöcker.

»Richtig. Das Testament«, antworte ich und habe nicht die geringste Ahnung, was er meint.

»Die Affäre wurde nie vollständig aufgeklärt, das wissen Sie.«

»Sicher, ich weiß.« Aufrecht sitze ich da und rühre mich nicht, als wollte ich den Vogel, der mir vielleicht etwas singen wird, nicht verscheuchen. »Welche Variante der Geschichte kennen Sie?«

Ohne Brille blickt er ins Zwielicht des verfallenen Gemäuers. »Ich sehe das Szenario wie ein düsteres sizilianisches Gemälde. Es ist heiß. Die Familie sitzt im abgedunkelten Salon, alle tragen Trauerkleidung. Über ihnen hängen die Gemälde ihrer Ahnen. Der Notar ist anwesend. Er räuspert sich und beginnt mit der Verlesung des Testaments. Und dann bricht der Tumult los.«

Renato lächelt bei diesen Worten. In ihm erwacht der Cineast, der das wahre Leben in Filmbilder auflöst.

»Don Michele ist gestorben, der oberste Hüter des Familienvermögens und Bürgermeister unserer Stadt.«

Augenblicklich sehe ich das Porträt in der Ahnengalerie vor mir, es muss aus den Zwanzigerjahren stammen. Ein stämmiger Mann mit gepflegtem Haar und einem Schnurrbart ist darauf abgebildet. Komme ich daran vorbei, habe ich immer das Gefühl, er und der Bischof, dessen Bild gegenüber hängt, zwinkern sich zu.

»Ich könnte mir vorstellen«, fährt Renato fort, »dass den Familienmitgliedern seltsam zumute war, denn die Erben sind ungewöhnlich.« Er nimmt seine Unterlippe zwischen die Finger und zieht daran, während er überlegt. »Da sitzen ein schlanker, gut aussehender junger Mann, der leider taubstumm geboren wurde, und seine reizende Schwester, die seit einiger Zeit unübersehbar ihren Verstand verliert.«

Gebannt behalte ich den Kinobesitzer im Auge, der zu vergessen scheint, dass er von meinem Schwiegervater und dessen Schwester spricht.

»Das sind die beiden Menschen, die das größte Vermögen, die größte Ballung von Reichtum und Macht übertragen bekommen werden, die neuen Fürsten von Monteleone. Doch dann …« Renato steht auf, die Geschichte treibt ihn förmlich hoch. »Dann verliest der Notar einen dritten Namen im Testament. Was für eine Aufregung! Ein dritter Erbe? Der Taubstumme verlangt das Dokument zu sehen. Wirklich, da steht es: *Andrea*, ein unscheinbarer Jüngling, der sich in den vergangenen Monaten ins Herz des alten Padrone geschlichen hat und sogar dessen Sekretär wurde! Dieser Andrea soll einen Anteil am Vermögen bekommen? Mit äußerster Anstrengung formt der Taubstumme das Wort: *Falso!* Immer wieder grölt und krächzt er es: *Falso! Falso!* Das Testament ist eine Fälschung.«

Renato wirft mir einen Seitenblick zu, ob ich seine farbige Darstellung auch zu schätzen weiß. »Die Damen fächeln sich empört Kühlung zu, zur allgemeinen Beruhigung wird Likör gereicht. Man ist betroffen, man tuschelt, munkelt, man spricht aufgeregt und lauter, als es dem Anlass entspricht. Andrea, der ebenfalls anwesend ist, protestiert: Er wusste nichts von diesem Testament. Von einer Fälschung ist ihm ebenfalls nichts bekannt. Dies, ruft er aus, ist der wahre, beglaubigte letzte Wille Don Micheles.« Renato schmunzelt. »Er hat nicht die Wahrheit gesagt. Als kurz darauf Abgesandte der Familie in Don Micheles Privaträume eindringen, finden sie im Kamin die Überreste eines verbrannten Dokuments. Es erweist sich als das echte Testament. Das verlesene Papier ist eine Fälschung, angefertigt wahrscheinlich von dem erbschleicherischen Sekretär. Der schlaue Andrea war leider nicht schlau genug, seine Spuren zu verwischen.«

»Aber das ist …« Ich stehe ebenfalls auf. »Das ist ja eine Räuberpistole!«

»Und trotzdem ist es die Wahrheit. Es gibt genügend Leute, die dabei waren.« Renato beginnt im Turm im Kreis zu gehen. »Das Problem, das durch die Fälschung auftaucht, betrifft nicht nur Andrea und die wirklichen Erben. Don Michele starb ohne gültigen letzten Willen, daher kann praktisch jedermann aus der Familie einen Anteil am Vermögen fordern. Die alte Macht, jahrhundertelang in den Händen einiger Weniger gebündelt, droht zu bröckeln. Man kann Andrea die Fälschung nicht nachweisen und juristisch daher nicht gegen ihn vorgehen.« Der kleine Mann setzt die Brille wieder auf. »Da passiert ungefähr zwei Monate später der wahre Skandal. Andrea ist nicht der, als der er sich ausgab. Er ist in Wirklichkeit ein Randazzo.«

»Randazzo?« Ich zucke zusammen, kann meine Bestürzung kaum verbergen.

»So ist es. Ein entfernter Cousin aus einer Nebenlinie, der sich unter einem falschen Namen in Don Micheles Haus einschleichen konnte. Doch nun, da der Fälscher mit Schimpf und Schande aus dem Di-Lorenzo-Haus geworfen wurde, kehrt er zu seiner wahren Familie zurück. Er wohnt sogar im Palazzo der Randazzos im Herzen der Stadt. Eines Nachts kommt er spät nach Hause. Da fällt aus der Dunkelheit ein Schuss. Tödlich getroffen bricht Andrea auf der Schwelle des Randazzo-Hauses zusammen. Schreiend werfen sich seine Angehörigen über ihn, Lichter gehen an, Fenster öffnen sich. Der verhasste Erbschleicher wurde ausgeschaltet, und die Familienfehde zwischen den di Lorenzos und den Randazzos ist geboren.«

Während Renato mich erwartungsvoll ansieht und für die Darbietung so etwas wie Applaus erwartet, geht mir ein Wort durch den Kopf: Mord. Es wurde ein Mord verübt, genau wie der nächtliche Besucher es mir unter dem Fenster anvertraut hat. Auch sein Name ist Andrea, möglicherweise ein naher Verwandter des Ermordeten.

»Wer war der Mörder?«, frage ich rundheraus.

»Ich sagte Ihnen schon, der Fall wurde nie vollständig aufgeklärt.«

»Aber es muss Verdächtige gegeben haben?«

»Natürlich. Unsere Polizei hat ziemlich effektiv gearbeitet. Die Kriminalisten nahmen Rache als Motiv an, Rache an Andrea wegen der Fälschung des Testaments.« Er macht eine kleine Pause. »Und wer war durch die Vernichtung von Don Micheles letztem Willen der Hauptgeschädigte?«

Da ich die Antwort nicht recht glauben kann, schweige ich.

»Am Morgen nach der Tat verhaftete man den taubstummen Padrone der di Lorenzos.«

»Calogero?« Der milde, sanftäugige Mann, der sich am liebsten zwischen seinen Büchern versteckt, soll jemanden aus dem Hinterhalt erschossen haben?

»Da die Verhöre nicht in Monteleone, sondern auf der Präfektur in Catania stattfanden, ist man wohl nicht gerade zimperlich mit Don Calogero umgesprungen. Überflüssig zu erwähnen, dass der Taubstumme nicht viel sagte.«

»Und dann?« Ich bin so gebannt von der Kriminalgeschichte, dass ich fast vergesse, dass es die wahre Geschichte meiner Familie ist.

»Dann? Tja ...« Renato wird anscheinend jetzt erst klar, was hier gerade abläuft. In einem verfallenen Gemäuer plaudert er so mir nichts, dir nichts das Familiengeheimnis der di Lorenzos aus. »Signora, ich gebe nur wieder, was allgemein erzählt wird. Es erscheint mir doch richtiger, wenn Sie mit Ihrer Familie darüber sprechen.«

»Sie haben recht.« Ich stehe auf und trete vor ihn. »Sagen Sie mir nur noch: Kam es zu einer Verurteilung? Wer wurde für den Mord zur Verantwortung gezogen?«

»Jedenfalls nicht Don Calogero.«

»Wieso nicht?«

»Er hatte inzwischen geheiratet, die schöne und streitbare Rosalìa Nicolosi.«

»Ihre Familie war nicht gerade glücklich über die Verbindung.«

»Mag sein.« Er legt den Kopf schief. »Aber raten Sie mal, mit wem die Nicolosis im Streit lagen?«

»Etwa den … Randazzos?«

Er nickt vielsagend. »Rosalìa kämpfte für ihren jungen stummen Ehemann. Monatelang fuhr sie zwischen Monteleone und Messina hin und her, wo der Prozess stattfand. Schließlich hatte sie es geschafft: Der Verdacht gegen Don Calogero wurde fallen gelassen. Glück für die di Lorenzos, Unglück für die Nicolosis.«

»Wieso?«

»Signora, das Ganze ist … kompliziert.« Er faltet die Hände und überlegt, wie er mir die Zusammenhänge klarmachen soll. »Die di Lorenzos waren immer die reichste Familie der Gegend. Die Nicolosis waren angesehen, aber verarmt. Daher nahm man an, Rosalìa habe den behinderten Calogero wegen seines Geldes geheiratet. Durch Andreas Fälschung war die Aussicht auf Calogeros reiche Erbschaft gefährdet worden. Also zog man die Schlussfolgerung …«

»Dass Rosalìa den Mord begangen hat?«, bricht es aus mir hervor.

»Nein, wo denken Sie hin? Rache ist in Sizilien immer noch Männersache.« Renato schaut auf die Uhr. »Signora, verzeihen Sie, aber ich muss in meinen Laden zurück.« Er strebt zum Ausgang.

»Warten Sie …« Ich will hinterher, dabei verheddert sich mein Kleid an einem Metallteil. Da ich den Stoff nicht zerreißen möchte, bleibe ich stehen. »Wer wurde für den Mord bestraft?«

Gebückt zwischen den Brettern, hält Renato noch einmal an. »Rosalìas Vater. Er wurde verurteilt und kam ins Gefängnis. Aber bedenken Sie, das ist über dreißig Jahre her. Guten Tag, Signora di Lorenzo.« Der kleine Mann verschwindet nach draußen.

»Dreißig Jahre«, murmle ich und mache vorsichtig mein Kleid los. Ich verlasse den Turm, höre Schritte von irgendwo, kann aber niemanden sehen. In einer der Gassen läuft jemand davon – eilt er zum nächsten Telefon oder vielleicht in die Villa hoch, um das, was er sah, zu berichten? All das geschieht nur in meiner Vorstellung, doch genau das bewirkt die Macht des bösen Gerüchts: Sie schürt unsere Vorstellungskraft, bis selbst das Undenkbare reale Konturen gewinnt.

26

NACH HAUSE ZURÜCKGEKEHRT, erlebe ich eine merkwürdige Ernüchterung. Es fühlt sich an, als ob ich einem mysteriösen Geheimnis hinterhergejagt wäre und nun enttäuscht bin, weil des Rätsels Lösung so banal ist – Geld, Macht und die Bewahrung der Macht. Das scheint das Kräftespiel zu sein, das alle Handlungen der Familie antreibt, der Kern ihrer Anstrengungen, das Ziel, dem jedes andere untergeordnet wird. Die Macht muss erhalten, das Geld vermehrt werden, die Familie muss die einflussreichste im Umkreis bleiben. Dafür ist der Mord an Andrea Randazzo ein Sinnbild. Ob Rosalìas Vater zu Recht verurteilt wurde oder die Strafe bloß auf sich nahm, ist nur eine Variante in dem größeren Spiel. Vielleicht hat er seine Tochter gedeckt, vielleicht seinen Schwiegersohn, vielleicht läuft der wahre Mörder immer noch frei herum.

In meinem Zimmer in der Villa frage ich mich, was mir die Aufdeckung dieser Geschichte nützt, die sich abspielte, lange bevor Tancredi auf die Welt kam. Viel später erfahre ich, Rosalìas Vater starb kaum drei Jahre, nachdem er in die Gefangenenfestung von Messina gebracht wurde. Bei seiner Verurteilung war er bereits ein gezeichneter Mann, vielleicht hatte er sich deshalb geopfert.

Wer ist der wahre Mörder? Lebt er noch, ging er straffrei aus, bis heute? Viele Morde bleiben unaufgeklärt, viele Menschen sterben friedlich in ihrem Bett und nehmen eine schwere Schuld mit ins Grab. Was würde es bedeuten, wenn Calogero der Mörder sein sollte, mein eigener Schwiegervater? Oder Rosalìa, die die Tat für die Liebe ihres Lebens beging und den eigenen Vater dafür opferte?

Als ich an diesem Punkt meiner Spekulationen anlange, muss ich über mich selbst lachen. Nicht so hastig, sage ich mir: Du kommst vom Film und bist mittlerweile daran gewöhnt, in solchen Zusammenhängen zu denken, reißerisch, spannungsgeladen und möglichst dramatisch. So funktioniert Film, so holt man die Leute ins Kino. Aber nur im Kintopp wird der Schuldige immer gefasst und das Böse am Ende verlässlich bestraft. Meine Suche, dieses lächerliche Detektivspielen, hat mit der Wirklichkeit wenig zu tun. Welchen Sinn hätte es, mich einzumischen, könnte ich auch nur das Geringste ändern? Soll ich Einsicht in die Gerichtsakten von vor dreißig Jahren nehmen, heimlich das Studierzimmer Calogeros durchsuchen? Soll ich in Rosalìas Sachen wühlen, bis ich auf einen verräterischen Brief stoße, ein blutgetränktes Kleidungsstück, die Mordwaffe?

»Was für ein Unsinn!«

Ich beschließe, erst einmal über die Angelegenheit zu schlafen. Kein blutrünstiger Albtraum bedrängt meinen Schlaf.

Ich erwache an einem heiteren Morgen, es ist ein klarer Februartag. Mit ausgeruhtem Kopf erkenne ich, dass ich mich ziemlich verrannt habe. Die Feindschaft zwischen den rivalisierenden Familien mag existieren, es mag Mord und Totschlag gegeben haben, und die Fehde dauert bis heute an. Aber will ich darin verwickelt werden? Will ich mich in etwas hineinziehen lassen, das weder meinem Charakter noch meiner Weltsicht entspricht? *Aug um Auge, Vendetta, unversöhnlicher Hass* – das sind Relikte einer versunkenen Welt, das hat mit unserer Zeit nichts zu tun.

An diesem Morgen führe ich mir nach Langem wieder vor Augen, woher ich stamme. Ich habe den Duft der Freiheit gerochen, war dabei, als das *Swinging London* die Welt mit seinen Songs und seiner Philosophie überschwemmte. Ich habe im Bannkreis von Leuten wie Antonioni und Fellini gearbeitet, die dem Leben selbst im verkrusteten Italien neue, aufregende Seiten abgewinnen und die Kunst revolutionieren. Dort wollte ich dabei sei, in diesem Geist will ich mein Leben führen – aber was habe ich stattdessen getan? Wo befinde ich mich heute? Ich sehe mich zurückgeworfen in eine Gesellschaft, die mittelalterlich anmutet, sich archaischen Traditionen unterwirft, und nicht der kleinste Windhauch deutet eine Veränderung an. Die Schönheit dieser Insel, ihr Überfluss, ihre Strenge können darüber nicht hinwegtäuschen: Das ist ein altes Land, ein versunkener Kontinent, der mit den späten Sechzigerjahren des zwanzigsten Jahrhunderts nichts zu tun hat. Ich habe mich den Verlockungen des Elfenbeinturmes, vielleicht auch der Bequemlichkeit des Reichtums hingegeben. Damit muss jetzt Schluss sein.

Im Bewusstsein meines inneren Kassensturzes sehe ich sogar ein, gefehlt zu haben. Ich brachte meine Familie in Bedrängnis, weil ich mich in Dinge einmische, die nicht meine Sache sind. Aus Überdruss, vielleicht aus Müßiggang, habe ich Detektiv gespielt und Schaden dabei angerichtet. Ich habe die Fehde zwischen den di Lorenzos und Randazzos nicht entschärft, sondern neuen Zündstoff geliefert. Andererseits habe ich versäumt, meiner sizilianischen Familie, die aus einem anderen Geist heraus lebt, meine grundsätzlichen Bedürfnisse klarzumachen: Freiheit des Geistes, die Lust und das Recht zu arbeiten, das

Recht, mich frei zu bewegen. Für meine Fehler will ich mich entschuldigen, zugleich aber meine Forderungen klar auf den Tisch legen.

Es ist lächerlich, dass ich mein Auto als großzügige Schenkung Tancredis betrachte: Würde ich arbeiten, könnte ich mir ein eigenes Auto leisten. Dass ich bespitzelt werde, ist ein unhaltbarer Zustand. Ich werde Tancredi auffordern, seine Bluthunde zurückzupfeifen. Ich will reisen, wie es mir gefällt. Ich will nach Rom fahren, so bald wie möglich, denn in wenigen Wochen wird mein Zustand es mir nicht mehr erlauben. Ich werde mein Kind zur Welt bringen, nach England reisen und das Baby meiner Familie, meinen Freunden zeigen. Ich will Patrick wiedersehen. Ich werde wieder arbeiten! Nicht in der Villa – die Umgebung lähmt mich und bringt meine Fantasie zum Stillstand. Auch nicht in dem alten Turm, das wäre zu melodramatisch. Aber es kann nicht schwer sein, in Monteleone ein helles, neutrales Apartment zu finden, wo ich meine Staffelei aufbauen, meine Zeichnungen an die Wand hängen kann, wo niemand Zutritt hat, den ich nicht mag. Wo ich Leute einlade, die mich beflügeln, den Kinobesitzer zum Beispiel oder Felicia oder ...

Ich stocke, denn ich begreife, wie wenige Freunde ich in Monteleone habe, im Grunde keinen einzigen. Es fällt mir wie Schuppen von den Augen: Ich bin einsam. Ich lebe im Zwist mit meinem Mann und habe niemanden, dem ich mich wirklich anvertrauen kann. Auch das muss sich ändern. Ich will mich öffnen, will die Fenster aufstoßen und meine Welt vergrößern, sie so groß machen, wie sie einmal war – als ich jung gewesen bin.

Wie aber beginnen? Was ist der erste Schritt? Tancredi, denke ich. Von ihm hängt alles ab. Ich brauche sein Einverständnis, mehr noch, sein Verständnis. Es gibt den *an-*

deren Tancredi noch, es muss ihn geben, ich habe ihn geliebt, den Tancredi aus Rom, den frechen, lebenslustigen Burschen, der kein schlechter Grafiker war und das Leben zu genießen verstand. Wir müssen miteinander reden, ehrlich und rückhaltlos.

Was wäre dafür die beste Gelegenheit? Ich will ihn nicht im Büro aufsuchen, wo er umgeben ist von Zwängen und Notwendigkeiten. Ich wähle einen unkonventionellen Weg und rufe ihn im eigenen Haus an. Die Überraschung in seiner Stimme ist unüberhörbar. Ich lade ihn zu einem Stelldichein, an einen Ort, den wir beide mögen, aber noch nie wirklich genutzt haben – in den kleinen Pavillon. Meine Überrumpelung gelingt; neugierig sagt Tancredi zu.

Es ist der romantischste Ort auf dem Villengrundstück und der abgelegenste. Ein teils gemauerter, teils aus Schnitzwerk errichteter kleiner Tempel, antik anmutend, auf einer Anhöhe gelegen, mit Blick auf die Stadt und das Meer. Dort wollen wir zusammen Mittag essen, nur wir beide. Kaum habe ich Tancredis Zusage, fahre ich los, um die nötigen Vorbereitungen zu treffen. In der Stadt kaufe ich Leckereien, die Tancredi am liebsten mag. Wieder daheim, lasse ich mir von Antonia den Schlüssel zum Weinkeller geben, verweigere jede Erklärung und nehme Tancredis Lieblingstropfen aus dem Regal. Ohne mich durch die neugierigen Blicke der Angestellten stören zu lassen, richte ich alles an und trage es zum Pavillon. Ich erlaube niemandem, mir zu helfen, verbiete sogar, dass mich jemand begleitet. Als die einfältige Mira das nicht versteht und mir folgt, fahre ich sie an, sie soll sich ins Haus scheren. Niemand außer meinem Mann und mir hat hier etwas zu suchen, am allerwenigsten Mira, die Schwester des Spitzels Chíchí.

Zur verabredeten Stunde habe ich in dem Tempelchen ein hübsches Mahl vorbereitet. Ich eile auf mein Zimmer, dusche, ziehe mein blaues Kleid an und werfe trotz der frischen Luft nur eine leichte Jacke über. Schließlich erwarte ich Tancredi zu unserem ersten Rendezvous nach langer Zeit. Er kommt pünktlich, Neugier steht ihm ins Gesicht geschrieben. Er trägt nicht das Hemd vom Morgen, auch er hat sich für die Verabredung mit seiner Frau umgezogen.

»Bisschen kühl für ein Picknick«, lautet seine Begrüßung.

Die Einleitung macht mir Mut. Wenn Tancredi sarkastisch ist, sind seine Antennen auf Empfang gestellt, in diesem Zustand hat der verbiesterte Sizilianer in ihm keine Chance.

»Wie wär's mit einem Averna zum Aufwärmen?«

»Warum nicht.«

Ich gieße uns von dem bitteren Kräuterschnaps ein, wir stoßen an. Es schüttelt mich beim Trinken. »Setz dich.«

Er überlässt mir den Platz mit der schöneren Aussicht. Das Meer ist grau, aber die Wolken werden bald aufreißen.

»Hast du das alles selbst gezaubert?« Sein Blick schweift über die üppige Platte mit Warmem und Kaltem.

»Einiges habe ich mit einem Dosenöffner gezaubert, aber er wurde mit Liebe gehandhabt.« Ich lege ihm vor. Die Zubereitung all dieser Antipasti – eingelegte Zucchiniröllchen, Artischocken-Carpaccio, Champignons mit Käsefüllung – beherrscht Rosalìa vollendet. Meine sind nur gekauft, doch darauf kommt es nicht an. Nachdem er probiert hat, legt Tancredi abwartend den Kopf zur Seite.

»Ich möchte mich in aller Form bei dir entschuldigen«, sage ich.

In dieser Direktheit kommt das für ihn so überraschend, dass er vergisst, die Gabel aus dem Mund zu nehmen. Langsam, als würde er prüfen, ob der Bissen vergiftet ist, beginnt er zu kauen.

»Für mich ist das Wichtigste unsere Liebe«, sage ich. »Was ich auch getan habe, um sie zu gefährden, bedaure ich zutiefst und bitte um deine Verzeihung.«

Gegenüber einem englischen Mann hätte ich zu einem ähnlichen Anlass nicht diese Worte gewählt, für einen Sizilianer ist es das Rechte.

»Und wieso ... wie kommst du auf einmal auf diese Idee?« Mein bedingungsloses Friedensangebot verwirrt den Padrone.

»Ich wünsche mir, dich glücklich zu machen und mit dir glücklich zu sein.«

»Das will ich auch.«

Der Satz ist heraus, so schlicht und unumstößlich, als ob ihn ein anderer gesprochen hätte. Tancredi scheint selbst über seine Worte zu staunen, prüft sie noch einmal und wiederholt: »Ja, das will ich auch.«

Ich gehe einen Schritt weiter. »Ich habe mich im Umgang mit den Randazzos unmöglich benommen.«

»Wir müssen das nicht ... nicht über sie reden«, versucht er abzuwiegeln.

»Ich fürchte doch. Es muss alles zwischen uns klar sein, Tancredi. Alles, verstehst du? Sonst bleibt der sizilianische Himmel für mich grau, selbst wenn die Sonne scheint.«

Wie auf Stichwort kündigt sich unter dem lockeren Wolkenband die Sonne an. Hügel und Pavillon werden golden überstrahlt, im nächsten Augenblick auch das Meer. Das Wasser spiegelt endlich wieder den Himmel.

»Die Anschuldigungen der Mutter Andrea Randazzos

waren drastisch. Ich habe dir davon berichtet, aber du wolltest es nicht hören. Kurz darauf wurde ihre Wohnung in der Via dei Vespri geräumt. Durch Zufall habe ich dabei ihren Sohn kennengelernt.«

»Wir sollten die Geschichte nicht wieder aufwärmen.«

»Der Vorfall unter meinem Fenster hat sich genau so abgespielt, wie ich dir sagte. Ich weiß nicht, was die Verzweiflung dieses Mannes ausgelöst hat, auf das Grundstück einzubrechen.«

Tancredi wischt die Marinade mit Brot vom Teller und macht eine beschwichtigende Geste, als wolle er beim Essen nicht darüber reden. »Es ist vorbei, es ist geschehen, wir sollten nicht ...«

»Doch, Tancredi. Unser Tisch muss wieder sauber werden. Ich will, dass du alles weißt. Randazzo sagte in dieser Nacht: *Helfen Sie mir, Ihr Mann ist dabei, meine Familie zu ruinieren.* Und er sagte: *Die di Lorenzos schrecken vor keinem Verbrechen zurück, wenn sie ihr verfluchtes Geld in Gefahr sehen.* Das war alles. Danach tauchten deine Männer auf, und er ist geflohen.«

»Was möchtest du wissen?« Tancredi spießt einen Champignon auf und betrachtet ihn, als sei die Lösung des Problem darin verborgen.

»Wo sind die Randazzos hin? Was ist mit ihnen geschehen?«

»Ich habe die Räumung der Wohnung veranlasst.«

»Warum?«

»Das Haus in der Via dei Vespri gehört mir.«

»Das beantwortet die Frage nicht.«

Er kaut und schluckt. »Du wirst mir nicht glauben.«

»Wieso nicht? Wenn es die Wahrheit ist ...«

»Früher besaßen die Randazzos viel Land in der ganzen Gegend. Gutes Land. An einigen Stellen grenzten unsere

Ländereien aneinander. Aber die Familie hat schlecht gewirtschaftet und musste das Land schließlich verkaufen.«

»An dich?«

»An meinen Vater. Das liegt Jahre zurück. Papa ließ sie auf ihrem Besitz bleiben und gab ihnen einen Pachtvertrag. Zu den üblichen Konditionen.« Auf meinen zweifelnden Blick setzt er hinzu: »Sehr anständige Konditionen; mein Vater ist ein großzügigerer Mensch als ich.« Ein Schluck Wein. »Nachdem ich die Leitung der Geschäfte übernommen habe, zahlten die Randazzos von einem Tag auf den anderen plötzlich keine Pacht mehr. Andrea ist ...« Er macht eine wolkige Geste vor seiner Stirn. »Er hat so seine verrückten Vorstellungen, was die beiden Familien betrifft.«

»War Andreas Vater derjenige, der damals wegen des Testaments ...?«

Sein Blick zuckt hoch, er starrt mich an. In diesem Moment erscheint der dunkle, engstirnige Tancredi wieder. Doch mit einem Mal lösen sich seine Züge, er lächelt erleichtert. »Ich dachte mir schon, dass dir die alte Schauergeschichte irgendwann zu Ohren kommt.« Er seufzt lächelnd. Tatsächlich, Tancredi kann über die Zusammenhänge, die mir so viel Kopfzerbrechen bereiteten, lächeln.

»Ein Vertrag ist ein Vertrag«, fährt er fort. »Mit alten Familiengeschichten hat das nichts zu tun. Ich habe Andrea monatelang Zeit gelassen zu bezahlen, habe ihm einen günstigen Kredit angeboten. Ich habe ihn in aller Form gemahnt. Danach übergab ich die Sache der Behörde. Die Zwangsräumung wurde angeordnet und mittlerweile vollzogen.«

Das wäre der Augenblick, ihn zu dem Mord und der Verstrickung seiner Eltern zu befragen. Warum tue ich es nicht? Weil ich das Gerücht aus tiefstem Herzen verabscheue. Ich will mit dem düsteren Klatsch, der mit solchen Geschichten einhergeht, nichts zu tun haben. Tancredis klare Antworten, sein freier Blick, die gute Luft und das türkisblaue Meer lösen eine wahre Hochstimmung in mir aus.

»Ich habe Lust, mit dir auf Reisen zu gehen«, sage ich aus diesem Impuls heraus.

»Auf Reisen?« Sein Blick auf meinen Bauch sagt alles.

»Nicht jetzt, später, wenn das Kind ...« Was ich meine, ist mir selbst nicht klar, doch mein Glück lässt mich weiterreden. »Lass uns die Welt erkunden, lass uns sehen, was draußen vor sich geht, damit wir immer wieder zufrieden in unser wunderbares Heim zurückkehren können.«

Er schiebt zögernd den Teller von sich. »Du bist nicht zufrieden, nicht wahr? Hast du dir etwas anderes von unserer Ehe gewünscht?«

Die ehrliche Antwort wäre ja gewesen. Aber ich liebe diesen Mann, ich bin ihm zugetan, das bedeutet, ich will auch sein Glück.

»Ich wünsche mir dein Glück, Tancredi. Aber vielleicht könntest du ein wenig mehr darauf achten, wie ich wirklich bin – ich, Tancredi, du kennst mich, kennst mich genau. Du hast mich in Rom erlebt, du weißt ...« Die Worte verhaspeln sich.

»Mein kleiner Feuervogel.« Er sagt es so zärtlich, dass ich nasse Augen kriege. »Wer hat dir die Flügel gestutzt, doch nicht etwa ich?«

»Wenn ich nicht fliegen darf, werde ich ... sehr betrübt«, flüstere ich.

»Du sollst fliegen, mein Leben, flieg wieder, ich bitte dich darum.«

Er nimmt meine Hand. Über den Tisch beuge ich mich zu ihm, die Vase mit der Rose fällt um, ich küsse ihn.

»Ist das dein Ernst? Lässt du mir ein wenig mehr ...« Ich stocke. Nein, ich will nicht *mehr*, nur das, was ich eigentlich bin, in unser Leben einbringen. »Ich werde wieder arbeiten, Tancredi.«

Seinem Einwand, dass die Schwangerschaft dagegen spricht, komme ich zuvor. »Ich freue mich unendlich auf unser Kind, deshalb will ich aber trotzdem wieder entwerfen und zeichnen. Vielleicht fahren wir vor der Geburt noch einmal nach Rom, nach Cinecittà, was hältst du davon? All die verrückten Leute wiedersehen, in den Studios zuschauen, vielleicht ergibt sich sogar eine Filmaufgabe für mich, wer weiß? Ich habe überlegt, unten in Monteleone ein kleines Studio zu eröffnen. Ich möchte Mode entwerfen, jemand könnte für mich schneidern. Das würde mir Spaß machen, mich befriedigen. Ich will nichts daran verdienen, nur kreativ sein, etwas erfinden, das anderen Freude bereitet. Ich würde ...«

Tancredi hat während meines kleinen euphorischen Vortrags geschwiegen. Mir kommen Bedenken, ich könnte übers Ziel hinausgeschossen sein. Er und ich führen unser erstes harmonisches Gespräch seit Langem, schon stelle ich wieder Forderungen.

»Natürlich nur in dem Maß, wie es dem Kind zuträglich ist«, lenke ich ein.

Er zieht mich um den Tisch und auf seinen Schoß. »Das ist eine erstklassige Idee.«

»Was ist eine erstklassige Idee?«

»Dein eigenes Studio.«

»Ehrlich, du würdest erlauben ...?«

»Bin ich wirklich so ein Tyrann, als den du mich darstellst?«

»Ein Tyrann nicht, ein ... jemand mit einer sehr schwierigen Aufgabe.« Ich schaue in diese faszinierend hellen

Augen. »Ich könnte also in der Stadt ein kleines Atelier mieten?«

»Das ist leider unmöglich.« Er schmunzelt.

»Wieso?«

»Ich fürchte, uns gehören in Monteleone so viele Häuser, dass meine Eltern es nicht verstehen würden, wenn du ein Atelier *mietest.*«

Lachend sinke ich an seine Brust. »Das ist der Fluch, einen reichen Mann geheiratet zu haben.«

»Lass mich dir dabei behilflich sein, willst du?«

Ich sehe ihn verliebt an, ich küsse ihn. »Gern.« Ich bin überwältigt. Unser Rendezvous verläuft um so vieles schöner, als ich es mir gewünscht habe. »Du hast noch nicht von den Paprika probiert«, sage ich, um von all dem Gefühl nicht fortgeschwemmt zu werden.

»Ich hasse Paprika.«

»Das hast du mir nie gesagt.« Ich lehne mich zurück.

»Anscheinend haben wir einander vieles noch nie gesagt.«

Die Zärtlichkeit in seinem Blick – vielleicht der offenste Moment, den wir je miteinander erleben. Wie schade, wie unendlich schade, dass dieser wache, gute, reine Tancredi, wie ich ihn an jenem Februartag erlebe, eines Tages wieder verschwinden wird. Als ob er erwürgt würde von dem Dämon, der überall eine Bedrohung sieht, der niemandem vertrauen kann, am allerwenigsten seiner Frau. Wir sind von dieser Veränderung nicht mehr weit entfernt. Gottlob ahne ich in unserem Liebestempel auf dem Gipfel des Hügels nichts davon.

27

Fast ihr ganzes Leben lang saß Benedetta auf dem schmalen Bett in der Kammer hinter der Küche. Von einem Tag auf den anderen legt sie sich nieder und steht nicht wieder auf. Zuerst tut sie es in ihren Kleidern, dann zieht sie sich morgens nicht mehr an. Der Arzt kommt mehrmals, er kann keine Erkrankung feststellen. Benedetta ist nicht alt, jünger als Calogero, Hinfälligkeit kann ihre Veränderung nicht erklären. Der Zustand verschlechtert sich, von Tag zu Tag wird sie apathischer. So unergründlich Benedettas Innenleben all die Jahre blieb, so unerklärlich erscheint diese Schwäche. Bis eines Tages nur noch der Schluss übrig bleibt: Die Schwester Calogeros liegt im Sterben.

Als Bewohner desselben Hauses bekomme ich die Vorgänge zwar unmittelbar mit, errichte mir aber in diesen Wochen, eingesponnen in all meine Pläne und Hoffnungen, ein Wolkenkuckucksheim im zweiten Stock. Rosalìa ist bemüht, ihre schwangere Schwiegertochter die Präsenz des Todes nicht spüren zu lassen.

Der Tod spielt eine wichtige Rolle im sizilianischen Leben. Der Abschied vom Dasein wird nicht zügig exekutiert wie in England, wo die Menschen rasch wieder zur Tagesordnung zurückkehren wollen; in Sizilien wird dem Tod Platz eingeräumt und viel Zeit. Eines Tages im Frühling findet die tiefgreifende Veränderung statt, die das Sterberitual fordert. Der Salon, Herzstück des Hauses, wird umarrangiert. Die Sitzgarnitur und sämtliche Möbel werden an die Seiten gerückt, in der Mitte stellen die Männer ein großes Bett auf, das Gestell und die erhöhten Bettpfosten sind schwarz. Ihr eigener Bruder hebt Benedetta auf seine Arme und trägt sie hinaus aus der Kammer, nach langer Zeit zum ersten Mal, zugleich zum letzten Mal. Er durchquert die Küche mit ihr, die Halle, das Treppenhaus; Calogero trägt seine Schwester in den Salon. Er legt sie in das mächtige Bett, in dem sie winzig wirkt. Als sie zugedeckt wird, wellt ihr zerbrechlicher Körper kaum das Laken. Hier liegt die Schwester des alten Padrone, und man kommt, um von ihr Abschied zu nehmen.

Die vorhandenen Sitzgelegenheiten reichen nicht annähernd; aus dem Haus werden Bänke und Stühle gebracht. Benedettas Sterben wird zum Zentrum des Familienlebens, der umnachteten kleinen Frau wird von ganz Monteleone Respekt gezollt. Ich habe einiges über die sizilianischen Totenrituale gehört. Aus antiker griechischer Zeit stammt der Ritus, Klageweiber zu bestellen, die im Namen der Familie das Weinen und Stöhnen, die Nachtwachen übernehmen. Daher nehme ich zuerst an, die vielen schwarz gekleideten Frauen sind professionelle Klagefrauen, die hier einen Stundenlohn beziehen. Ich täusche mich. Die Schwester Calogeros ist im Bewusstsein der Stadt verwurzelt. Auch wenn kaum jemand sie zu Lebzeiten zu Gesicht bekam, erfährt sie in den Tagen vor ihrem Tod große Aufmerksamkeit. Vielleicht erinnern sich einige auch noch an das lebenslustige Mädchen, das beim Spielen in einer Höhle verschwand, ihre Halskette verlor und, als sie zurückkam, nicht mehr dieselbe war. Ein merkwürdiges, trauriges, zugleich außergewöhnliches Leben geht hier zu Ende.

Im Salon brennen Tag und Nacht Kerzen, es wird nur mit gesenkter Stimme gesprochen. Die Besucher wechseln sich ab. Für mich geht etwas Beruhigendes von diesen

Vorgängen aus. Wie zärtlich, wie freundlich ist der Tod, wenn man ihn nicht aussperrt. Hier sind wir, sagt das Ritual, wir dürfen noch ein wenig leben, wir werden noch einiges in Angriff nehmen, schließlich aber genauso sterben wie du, Benedetta. Du gehst uns voraus, zeigst uns, dass der Abschied keinen Schrecken hat.

Weil auch ich mich bei der Sterbenden geborgen fühle, bleibe ich eines Abends zur Nachtwache. Mit jeder Stunde nehmen die Trauergäste ab, schließlich bin ich mit ihr allein. Sie hat tagsüber viel geschlafen, nun ist sie wach. Die Frühlingswärme dringt ins Haus, sie liegt unter dem leichten Laken und sieht mich an. Ich lege mein Buch beiseite und nehme ihre Hand.

»Bist du zufrieden?«, frage ich. »Siehst du das Ziel vor dir, kennst du den Weg?«

Sie schweigt.

»Tancredi und ich haben uns versöhnt. Ich habe meine Fehler eingesehen und ich glaube, ihm geht es genauso. Wir wollen das Beste aus unserer Ehe machen.« Ich suche in ihren Augen. »Glaubst du, dass wir glücklich sein werden? Dass alles wieder so sein kann wie zu Beginn?« Ich senke den Blick auf meinen Bauch. »Natürlich wird es anders, aber wir wollen uns bemühen.«

Der innige Moment bewegt mich, ich spreche eine seltsame Bitte aus. »Segne mich, Benedetta. Ich glaube daran, dass alles gut werden kann.« Ich hebe ihre Hand auf meine Stirn, hoffe auf eine Geste, ein Zeichen, das mir zeigt, sie hat mich verstanden und gibt mir den Segen. Leblos bleibt die Hand auf mir liegen, bis ich sie wieder wegnehme. Ihre Augen sind woandershin gerichtet. Sie hat meine kleine sentimentale Zeremonie nicht mitgespielt.

»Verstehst du überhaupt, was ich sage?«, frage ich etwas enttäuscht und will zum Buch greifen.

»Und ob«, sagt Benedetta, klar und deutlich.

Elektrisiert fahre ich hoch. »Du verstehst, du weißt, was um dich her vorgeht?«

Sie antwortet nicht. Als ob die beiden kleinen Worte nicht gefallen wären, starrt Benedetta ins Nirgendwo. Auch auf heftiges Nachfragen lässt sie sich zu keiner weiteren Äußerung verleiten. Ich bin verwirrt. Hat sie mir ihren Segen absichtlich verwehrt? Ich wollte, Tancredi wäre hier.

Ich muss wohl eingenickt sein, denn als ich erwache, sitzt Rosalìa neben mir. Sie trägt ihren Morgenmantel, das Haar fließt aufgelöst über ihre Schultern.

»Überanstrengst du dich nicht?«, fragt sie flüsternd.

»Ich bin gern hier.«

»Geh lieber zu Bett. Jetzt bin ich ja da.«

»Lass mich noch ein bisschen.« Ich wende den Blick zu Benedetta. »Wie viel versteht sie von alledem?«

»Sie versteht und versteht nicht. Ihre Welt ist friedlich.« Rosalìa schüttelt den Kopf. »Wenn ich nur wüsste ...«

Ich spüre, um mich zu schonen, will sie von einer bestimmten Sache nicht anfangen. Ich erkundige mich nach ihrer Sorge.

»Der Brauch verlangt, dass eine Frau, die ihr Leben lang nicht verheiratet war, im Tod zur Braut wird.«

»Welcher Brauch verlangt das?« Auch ich flüstere.

»Die alten Frauen sagen es so. Auch der Priester meint, ich müsste ...« Sie zieht den Mantel enger über ihre Beine. »Jedenfalls brauche ich für Detta ein Hochzeitskleid.«

»Ein Brautkleid?«, erwidere ich ungläubig.

»Sie soll in Weiß aufgebahrt werden.«

»Rosalìa, das ist lächerlich.« Der Satz rutscht mir heraus, mit einer Geste entschuldige ich mich. »Es sollte doch möglich sein, deine Schwägerin mit dem gleichen Respekt zu bestatten, der ihr in diesen Tagen entgegengebracht wird.«

Ich senke die Stimme noch mehr, schließlich sprechen wir in Anwesenheit einer Lebenden über ihr Totenkleid.

»Man erwartet es aber von mir.«

»Stell dir das einmal vor: Das zerbrechliche alte Fräulein in einem spitzenbesetzten Brautkleid – womöglich mit Jungfernschleier! Das ist ... nein, das ist doch ...«

Rosalìa schweigt, wie immer, wenn sie jemanden nicht umstimmen mag, ihren Entschluss aber bereits gefasst hat. Das weckt meinen Widerspruchsgeist.

»Was hältst du davon, wenn ich ein Kleid für sie entwerfe? Es kann hell sein, auch feierlich, ohne aus Benedetta gleich eine Braut zu machen. Was meinst du?«

Wir sehen uns an. Unsere Blicke wandern zum Bett, die Frage ist, wie viel Zeit uns noch bleibt. Entwerfen, Maß nehmen, den Stoff besorgen, zuschneiden, nähen – ich veranschlage wenigstens eine Woche dafür. So viel Zeit haben wir wahrscheinlich nicht mehr. Ich muss an London denken. In meinem Keller in der Lecky Street hätte ich so einen Auftrag in zwei Tagen erledigt.

»Das ist lieb von dir«, wiegelt Rosalìa ab. »Aber in deinem Zustand ...«

Damit erreicht sie das Gegenteil. »Es ist immerhin mein Beruf«, sage ich und stehe auf. »Lass es mich versuchen. Schlimmstenfalls habe ich eben ein Kleid umsonst angefertigt. Kennst du eine gute Schneiderin in Monteleone?«

»Das schon, aber ...«

»Ruf sie an, sag ihr, ich komme morgen mit einem Entwurf zu ihr.«

»Diane, ich weiß nicht ...« Rosalìa ist eine kluge Diplomatin. Sie spürt, eine Ablehnung würde mich beleidigen, spürt vielleicht auch, wie sehr ich darauf brenne, wieder zu arbeiten.

»Ich rufe sie an.« Sie lächelt zweifelnd.

»Ich zeige dir vorher, was ich gezeichnet habe. Du suchst es aus, einverstanden?«

»Wann willst du es zeichnen?«

»Jetzt.«

»Um diese Zeit?«

»Nachts bin ich am besten!« Ich werfe einen Blick auf Benedetta und präge mir ihre ungefähren Maße ein. »Bis morgen früh, Mamma. Ich werde dich überraschen.«

Wir küssen uns auf die Wange, ich laufe nach oben, wo ich Tancredi in tiefem Schlaf finde. Ich schleiche ins Nebenzimmer, schlage meinen Block auf und beginne.

Um zehn Uhr morgens trete ich bei Ninetta ein. Ihr Haus liegt nahe beim Hafen und entspricht genau meiner Vorstellung eines Fischerhäuschens. Klein, niedrig, dunkel und urgemütlich. Ninetta hat Rosalìas Anruf vor kaum einer halben Stunde erhalten. Die Voraussetzung dafür war, dass ich meine Schwiegermutter bereits um sieben Uhr morgens in ihrem Zimmer überfiel und ihr drei Vorschläge zur Auswahl vorlegte. Sie ließ Kaffee kommen und begutachtete meine Zeichnungen schlaftrunken. Sie war überrascht – weil ihr meine Arbeiten gefielen. »Das ist ... tatsächlich besser«, sagte sie schließlich.

»Besser als was?«

»Du hast recht.« Sie sah mich aus ihren warmen Augen an. »Wir sollten Benedetta kein Brautkleid anziehen. Es wäre ...«

»Unzeitgemäß?«

Ihr Finger schwebte über den Blättern und senkte sich schließlich auf den Entwurf eines pfirsichfarbenen Kleides, dem Schnitt nach fast ein Cocktailkleid.

»Ich dachte an Seide, aber nicht glänzend«, erklärte ich, froh über ihre Zustimmung.

»Gut«, nickte Rosalìa. Antonia trat mit dem Kaffee ein.

Seitdem hatte ich keine ruhige Minute. Monteleone verfügt über kein Stoffgeschäft. Die nächste gut sortierte Firma hat ihren Sitz in Catania, eine Zweigstelle gibt es in Gela. Doch wozu bin ich die Frau des einflussreichsten Mannes? Meine Position ermöglicht Unmögliches. Ein einziger Anruf von Signora Rosalìa, und Viertel vor neun parkt der Vertreter der Stofffirma mit Musterkoffer und einem Sortiment vor der Villa. Ein Kaffee auch für ihn, danach folge ich ihm zum Auto. Wie froh es mich macht, wieder in Stoffen wühlen zu können! Er öffnet die Rollen und Ballen, ich besehe manches bei Licht, bald ist das Gewünschte gefunden. Ein elegantes Material aus Rohseide, etwas heller als auf meiner Zeichnung. Er schneidet ab, legt den Stoff zusammen, das Finanzielle erledigt Rosalìa. Ich sitze bereits im Auto auf dem Weg zur Näherin, auf dem Weg zu Ninetta.

Sie ist sanft und weich, mit großen Augen und flinken Händen, wir verstehen uns auf Anhieb. Im Fischerhaus trinke ich meinen dritten Kaffee, während wir über die Zeichnung gebeugt sind. Ich schlage vor, die Schnittmuster gleich bei ihr anzufertigen, so sparen wir Zeit. Ninetta bittet mich, auch den Zuschnitt zu machen: Einen derart komplizierten Auftrag hatte sie noch nie. Normalerweise ändert sie Kleider für dicker werdende Damen.

Ist es so einfach, mich glücklich zu machen? Ein Entwurf, Packpapier, Stoff auslegen, die große Schere, der beherzte Zuschnitt. Es ist Mittag, als ich Ninetta wieder verlasse. Sie hat die Einzelteile vorliegen; jetzt ist sie am Zug. Während ich ins Sonnenlicht trete, höre ich drinnen die Nähmaschine rattern.

28

Benedettas Begräbnis ist ein großer Erfolg – auch wenn der Anlass ein trauriger ist. Die halbe Stadt folgt ihrem Sarg zum Friedhof in den Hügeln. Der Pfarrer geht dem Zug im Festornat voran, es folgt ein Priester mit Weihwasser und ein kräftiger Geistlicher, der das riesige Kruzifix trägt. Die Familie kommt als Erstes, dahinter der Bürgermeister und die Honoratioren, schließlich die Bürger Monteleones.

Ich gehe an Tancredis Seite, die Männer ziehen die Hüte vor uns. Während wir die staubige Straße hochlaufen, erinnere ich mich, dass nicht alle mit meinem Kleid einverstanden waren. Nach dem sanften Hinscheiden Benedettas zogen Antonia und Rosalìa es der Toten über. Man bahrte sie auf, Calogero und Tancredi bezeugten ihr die Ehre. Meine Schwiegereltern, und vor allem auch Tancredi, fanden das schlichte Kleid wunderschön. Als die Alten ihren Kondolenzbesuch abstatteten, gab es allerdings ein Palaver, wieso der Brauch nicht eingehalten wurde. Rosalìa musste ihren Entschluss bei so manchem verteidigen.

Während des Leichenschmauses ergreife ich die Gelegenheit, Tancredi von meiner neuen Mitarbeiterin zu erzählen: Ninetta ist geschickt, einfallsreich, verlässlich, wir verstehen uns großartig. Ich würde mit ihrer Hilfe gern weitermachen. Vorsichtig erinnere ich ihn an unser Gespräch im Pavillon, als er mir Hoffnungen auf mein eigenes Atelier machte.

»Hat das solche Eile?«

»Das Kleid für Benedetta war der richtige Einstieg. Jetzt hat Ninetta noch Zeit für mich. Im Sommer gibt es viel Arbeit, da wird es schwierig …«

»Im Sommer?« Er mustert mich, wie man ein Kind ansieht, das vergessen hat, seine Schularbeiten zu machen. »Du willst im Sommer Kleider entwerfen?«

»Wenn ich ein Atelier hätte …«

»Diane, ich begreife dich nicht.« Seine Züge werden strenger. »Es gibt Wichtigeres für dich als diese … Fummel. Hast du vergessen, dass du Mutter wirst?«

»Natürlich nicht. Aber trotz der Schwangerschaft habe ich so viel Energie, vielleicht sogar wegen ihr. Es ging mir schon lange nicht mehr so gut! Nur, weil ich wieder arbeite.«

»Das Kleid für Benedetta war keine *Arbeit.* Ich dulde nicht, dass meine Frau sich als Näherin verdingt.«

»Sich verdingt? Tancredi, wir leben nicht im 19. Jahrhundert. Ich möchte Kleider entwerfen, in denen sich die Frauen hier wohlfühlen, andere Formen und Farben, schöne Kleider eben.«

»Die Frauen von Monteleone kamen bis jetzt ganz gut ohne deine Kunstfertigkeit aus. Ich dachte, du willst in diesem sogenannten Atelier zeichnen. Davon, dass du einen Modesalon eröffnest, war keine Rede.«

Einen Moment bin ich sprachlos. »Wozu sollen die Entwürfe denn nützen, wenn niemand sie trägt? Zu meinem Zeitvertreib?«

»Warum nicht? Hast du bis jetzt nicht auch zum Zeitvertreib gemalt?«

»Ja, weil ich nicht arbeiten konnte! Aber jetzt …«

Rundum verstummen die Gespräche, die Umsitzenden versuchen aufzuschnappen, worüber wir streiten.

»Nicht hier.« Ohne ein weiteres Wort nimmt Tancredi sein Glas und geht zum Bürgermeister auf der anderen Seite der Tafel.

Er weiß genau, worum es mir geht. Tancredi hat mich in Rom erlebt, als ich zwischen Stoffgeschäften, Kostümfundus und Schneiderei hin und her sauste. Seine Befürchtung, ich wolle einen Modesalon eröffnen, ist vorgeschoben, Profit interessiert mich nicht. Aber Tancredi ahnt, dass ich an diesem Ort, der bis jetzt nur in meiner Vorstellung existiert, dem Einfluss der Familie entgehe. Dort wäre ich die Diane, die ich seit dem Ablegen des Eheversprechens nicht mehr sein durfte. Und das scheint eine schreckliche Vorstellung für ihn zu sein.

Während der kommenden Wochen bleibt das Atelier ein Zankapfel zwischen uns. Fange ich davon an, erklärt Tancredi den Zeitpunkt für unpassend oder vertröstet mich, er habe das richtige Objekt noch nicht gefunden. Aber ich lasse nicht locker. Mit der Idee, in meinem eigenen Studio der Familie täglich für einige Stunden zu entkommen, verbinde ich mehr, als ich mir bis jetzt eingestand. Ich versuche einen Anker auszuwerfen, der mir mein früheres Dasein zurückholen soll, zu einem Zeitpunkt, als die Familienbande durch die bevorstehende Geburt noch enger werden. Tancredi spielt auf Zeit. Er nimmt an, je weiter mein Zustand fortschreitet, desto leichter vergesse ich den unmöglichen Traum. Seine Rechnung scheint aufzugehen. Immer häufiger, wenn ich in der Villa zu arbeiten versuche, bringt mich mein behäbiger Körper dazu, mich auszuruhen und die Beine hochzulegen.

Ich bin in den letzten Schwangerschaftsmonaten gespalten. Wie wird es sein, wenn das kleine Wesen erst da ist? Ich horche in mich hinein, achte auf seine Bewegungen, die stärker und deutlicher werden, und beginne mit ihm zu sprechen. Ich freue mich von ganzem Herzen darauf, sogar auf das Ereignis der Geburt, ich werde von Woche zu Woche ungeduldiger. Zugleich lebe ich in der Vision, die erträumte größere Freiheit endlich zu erreichen, wenn nötig zu erkämpfen. Ich bin so felsenfest davon überzeugt, dass dieses Atelier meine Rettung ist, und sehe alles so klar vor mir, dass ein Zurück in den alten Zustand unmöglich scheint. In unruhiger, nervöser Verfassung gehe ich dem Sommer der Geburt entgegen. Ich freue mich, Mutter zu werden, und hege zugleich den Wunsch nach Kreativität. Ich bereite ein Nest für das Kind vor und träume mich an den Ort meiner neuen Freiheit. Da Tancredi mich in diesem Punkt nicht verstehen will, beginne ich, ihm erneut aus dem Weg zu gehen. Praktisch jedes Gespräch darüber mündet in Streit, wobei er die Auseinandersetzungen mit beleidigender Gönnerhaftigkeit führt, als wolle er ausdrücken: Man darf die werdende Mutter nicht aufregen.

Und dann ist das Ereignis plötzlich Gegenwart. Es findet in der Augusthitze statt, wenn Sizilien sich wie in jedem Jahr in ein behäbiges Reptil verwandelt, das regungslos daliegt. In dieser Hitze vermag man kaum noch zu denken, regt am besten kein Glied und wartet die Nacht ab, wenn man ein paar Schritte tun kann, ohne gleich in Schweiß zu geraten.

Die Wehen beginnen im Morgengrauen, schon am Nachmittag wird mein Baby geboren. Es entschließt sich, leicht und ohne Komplikationen ins Leben zu treten, es ist ein Mädchen. So still und freundlich, wie Giulia bei uns erscheint, so liebenswürdig kommt mir von Anfang an ihr Charakter vor. Sie ist ein sanftes Kind, das darauf Rücksicht zu nehmen scheint, dass in der Hitze alle schläfrig sind und man keinen Radau machen darf. Als ich sie zum ersten Mal an die Brust lege, trinkt sie und schläft danach selig ein. In der Klinik laufen die Ventilatoren auf Hochtouren.

Die Familie ist enttäuscht, es ist eben *nur* ein Mädchen. Man tut alles, es vor mir zu verbergen, doch den Gratulationen fehlt der sizilianische Überschwang. Tancredis Reaktion dagegen macht mich glücklich. Er nimmt das kleine Wesen in die Arme und flüstert: »Giulia, meine süße Giulia.« Das gibt mir die Kraft, manch ungewollt unhöfliche Bemerkung zu überhören: *Mach dir nichts draus, beim nächsten Mal ist es ein Junge.*

Auch wenn Calogero und Rosalìa schon einige Enkel haben, sind sie aufgeregt, stolz und rührend um die Kleine besorgt. Sie hat schwarzes Haar wie ihr Vater, seine Augen, sein Kinn und seinen Mund; von mir scheint sie einzig die Nase geerbt zu haben. Bereits zwei Tage nach der Geburt bin ich wieder zu Hause, dort setzt sich die allgemeine Begrüßung fort. Giulia di Lorenzo bezieht ihr Heim, die Prinzessin wohnt im zweiten Stock der Villa.

Es folgen Monate, in denen ich ganz in den Mutterfreuden aufgehe und praktisch wunschlos bin. Je deutlicher Giulias Persönlichkeit zutage tritt, desto mehr verschwindet die Enttäuschung, dass sie kein Kronprinz ist. Der stolze Vater wiegt sein Töchterchen, die Schwiegereltern kommen zu Besuch in den Prinzessinnentrakt. Damit auch der Rest der Familie sie zu Gesicht kriegt, nehme ich Giulia zu den großen Mahlzeiten mit nach unten. Dauert die Abendgesellschaft länger, verabschiede ich mich oder ziehe mich in einen ruhigen Winkel zurück und stille das Kind. Ich lerne sie von Tag zu Tag besser kennen, beginne die unterschiedlichen Variationen ihres Weinens zu deuten, meistens gelingt es mir rasch, sie zu trösten und wieder froh zu machen.

Allmählich lässt die Hitze nach, der Herbst kommt sanft und vergeht; als die Sonne hinter milchigen Schleiern verschwindet, die den Winter ankündigen, tauchen in mir wieder Gedanken, Wünsche und Spekulationen auf. Ich verspüre die Lust *anzufangen.* Womit? Ich möchte mich einspinnen in neue Projekte. Nicht ohne mein Kind, im Gegenteil: Ich möchte Giulia einpacken, in mein Atelier in der Stadt fahren, mich zurückziehen und arbeiten.

Der Zufall kommt mir in Gestalt meines Schwiegervaters zu Hilfe. Ich habe meine Wünsche vor Caló nicht verheimlicht, mehrmals kam die Idee des Ateliers bei Tisch zur Sprache. Sei es, weil der Taubstumme die Querelen zwischen Tancredi und mir nicht richtig mitbekommt, oder weil er sich insgeheim auf meine Seite stellt, eines Abends eröffnet Calogero, es habe sich in der Wohnungssache etwas ergeben. Er tut es auf seine besondere Art, jene Mischung aus Gesten und Lauten, die ich mittlerweile genauso gut verstehe wie alle im Haus: *Eine Wohnung – nicht groß – aber frisch renoviert – der Mieter plötzlich abgesprungen – steht leer – nahe beim Hafen – wie wär's?*

Tancredi muss sein Gesicht wahren und für das Angebot seines Vaters zumindest Interesse bekunden. Es fällt ihm schwer, denn nun droht der Vogel aus dem Käfig zu fliegen. Ich aber weiß, das ist der Moment: Mit Calós Hilfe werde ich den entscheidenden Schritt schaffen. Am nächsten Tag rückt der innere Kern der di Lorenzos aus, um die Wohnung zu besichtigen. Ich bin vom ersten Augenblick an entzückt, laufe mit Giulia auf dem Arm durch die drei Zimmer, als hätten sie die Großzügigkeit einer Palastflucht. Das Licht ist perfekt, der fröhliche Lärm und die Gerüche von der Hafenpromenade dringen herein. Bemüht, mein Glück nicht zu deutlich zu zeigen, sage ich, dies wäre genau das Richtige. Tancredi ist in der Falle: Vor seinen Eltern kann er die Scheinargumente nicht aufrecht erhalten, dass mir die tägliche Fahrt, die Umständlichkeit mit dem Kind nicht zuzumuten seien. Ich habe ein Auto, Giulia und ich verstehen uns prächtig, ich möchte arbeiten, und wir haben die richtige Wohnung gefunden. Erwartungsvoll sehen wir Tancredi an, schließlich gibt er mürrisch seine Zustimmung. Mein eigenes Atelier in Monteleone wird Wirklichkeit!

Als Nächstes benachrichtige ich Ninetta. Wir haben uns ein halbes Jahr nicht gesehen, doch ihre Bereitschaft, für mich zu arbeiten, gilt weiterhin. Ich zeige ihr die Wohnung, eines der Zimmer könnte ihr Reich werden. Sie zögert und erklärt umständlich, dass sie daheim nähen möchte. Warum, frage ich, ihre Kinder sind doch schon groß. Es sei ihr lieber so: Gelegenheitsarbeit ja, eine feste Anstellung besser nicht. Ich dringe nicht in sie, ahne jedoch, dass ihre Zögerlichkeit mit meinem besonderen Status als Frau des Padrone zu tun hat.

Ich beginne mich einzurichten, lasse einige Gegenstände aus der Villa in die Altstadt bringen, den Rest besorge ich nach und nach. Es gefällt mir nicht, dass Chíchí mich wieder fährt, andererseits wäre mein Auto viel zu klein, um Möbel zu transportieren. Vielleicht hat es sogar sein Gutes: Chíchí ist Tancredis Spitzel; wenn er mich auf Schritt und Tritt begleitet, weiß mein Mann, wo ich bin, was ich tue, mit wem ich spreche. Beim Schreiner wird eine große Tischplatte bestellt, sie soll auf zwei Böcken ruhen. Ich kaufe ein bequemes Sofa, auf dem ich mich erholen und mein Kind stillen werde. Dazu ein Babybett für Giulia, ein paar Stühle, große Spiegel und natürlich eine

Nähmaschine. Zwar besitzt Ninetta ihre eigene, aber ich sehe Situationen voraus, in denen sie doch bei mir im Studio arbeiten wird.

Im Rausch der Vorbereitungen kommt das Familienleben zu kurz. Ich bedaure das und habe doch keine Skrupel, bei manchem Mittagessen zu fehlen. Es passiert auch, dass ich bis spätnachts in der Stadt bin, Regale einräume, Möbel rücke, Stoffmuster sichte. Dann bleibt mein Platz in der Villa auch abends leer. Nicht Tancredi rügt mich, sondern Rosalìa, die ihre Enkeltochter beim Essen dabei haben möchte.

Eines Tages sind alle schweren Gegenstände in die Wohnung geschafft, ich brauche den Laster und seinen Chauffeur nicht mehr. Ich atme auf, nun bin ich mein eigener Herr, ein lange entbehrter, ein wahrhaft glückseliger Zustand. Bis jetzt habe ich mir keine besonderen Gedanken gemacht, *was* ich in meinem Atelier eigentlich herstellen will. Als ich die lärmige Ruhe meiner vier Wände als neue Wirklichkeit begreife und es genieße, hier auf und ab zu laufen, werden meine Pläne konkreter.

Bereits in den Monaten davor habe ich ohne besonderen Schwung die Filmstudios kontaktiert. Ich schrieb an ein Produktionsbüro in Cinecittà und erhielt keine Antwort. Ich rief den Regisseur an, für den ich bereits eine Ausstattung gemacht hatte, und deutete an, ich sei zu neuen Schandtaten bereit. Die Reaktion war lau, mit vagen Floskeln speiste er mich ab. Ich konnte ihn verstehen. Jemand, der die verrückten Voodoo-Tänze der Filmbranche nicht mitmacht, der nicht Tag und Nacht zur Verfügung steht und die Filmarbeit nur als Hobby betreibt, wird aus dem Kral der Eingeborenen ausgestoßen. Eine stinkreiche sizilianische Ehefrau und Mutter können sie in Cinecittà nicht gebrauchen.

Nachdem mir das klar geworden ist, nimmt eine verwegene Idee allmählich Gestalt an – meine eigene Kollektion. Allein mit meinem Kind im Atelier, beginne ich in Ruhe darüber nachzudenken: nicht nur ein einzelnes Kleid oder Kostüm anfertigen, sondern eine ganze Modelinie. Aus verschiedenen Überlegungen filtere ich die Quintessenz meines Themas: *Ein Tag am Meer.* Ich schreibe die Worte groß auf mehrere Blätter, klebe sie nebeneinander und hänge sie über den Arbeitstisch. Ich werde eine mediterrane Serie entwerfen. Die Vision fasziniert mich so sehr, dass ich etwas tue, was ich seit Langem vorhatte: Ich rufe meinen alten Freund Patrick an.

29

Tancredis einziger Beitrag zu meinem Studio war, dass er ein Telefon installieren ließ; er will mich ständig erreichen können. Ich durchlaufe die komplizierte Prozedur, ein Auslandsgespräch anzumelden, und höre schließlich den vertrauten Klingelton eines englischen Telefons. Kaum habe ich Patrick an der Strippe, durchpulst mich dieses warme Gefühl, dass ich mit einem Herzensbruder spreche. Nachdem wir ausgiebig gequatscht und die letzten Jahre haben Revue passieren lassen, sage ich, dass ich wieder arbeite, und deute an, was ich plane.

Seine erste Reaktion ist: »Trotz Kind?« Bevor ich antworten kann, setzt er hinzu: »Ach, du lebst ja da unten, wo sie die Bambini lieben. Sicher hast du eine dicke italienische Nanny.«

»Giulia ist die ganze Zeit bei mir, sie ist mein Maskottchen.« Vorsichtig erwähne ich das Thema meiner Kollektion.

Patrick lacht überrascht. »Hast du eine sizilianische Hellseherin befragt?«

»Wieso?«

»Du hättest zu keinem besseren Zeitpunkt anrufen können. Weißt du nicht, was ich neuerdings mache?«

»Wie sollte ich?«

»Ich bin Teilhaber einer Warenhauskette. Das bedeutet, dass ich in regelmäßigen Abständen neue Mode brauche, die exklusiv für uns angefertigt wird. Hättest du Lust, bei so etwas mitzumachen?«

Wie antwortet man, wenn das Glück an die Tür klopft und eine lebensentscheidende Frage stellt? Mein Herz pocht, und doch reiße ich mich zusammen und vermittle Patrick eine möglichst klare Vorstellung, welche Art Mode mir vorschwebt.

Er stellt sofort Kalkulationen an. »Wenn wir deine mediterrane Linie im Sommer auf den Markt bringen, könnte das ein Knüller werden. Vorausgesetzt, du schaffst das.«

»Natürlich«, gebe ich mich zuversichtlich. »Weißt du noch, in der Lecky Street mussten wir manchmal innerhalb einer Woche eine neue Serie raushauen.«

»Da waren wir beide noch jung! Heute habe ich einen Bauch, dass ich mir kaum noch die Schuhe selbst zubinden kann. Und du lässt ein Baby an deinen Zitzen nuckeln.«

»Lass mich nur machen.« Meine Gedanken schießen kreuz und quer: Was wird zur Verwirklichung nötig sein? »Ich liefere die Entwürfe, die Schnitte und den Prototyp des jeweiligen Modells. Die Massenanfertigung übernimmst du.«

Patrick ist einverstanden. Während ich nichts lieber täte, als vor Glück die Wände hochzugehen, bin ich gezwungen, Details mit ihm durchzusprechen. Er verspricht, noch heute einen Vertrag aufzusetzen.

»Wie nennst du dich übrigens?«

»Was meinst du?«

»Ich kann den Vertrag nicht mit einer Privatperson machen, nur mit einer eingetragenen Firma. Wie heißt deine Firma?«

»Das habe ich mir noch nicht ...« Mein Blick schweift umher und endet in der Ecke, wo Giulia mit ihrer gelben Plüschsonne spielt.

»Giulia«, antworte ich. »*Giulia-Mode* heißt die Firma.«

»Soll mir recht sein. Also dann, Diane: Als Erstes muss ich meine Teilhaber überzeugen, dazu brauche ich deine Entwürfe. Am besten gleich, nein, besser noch gestern.«

»Wie in alten Zeiten«, lache ich. »Patrick, der Sklaventreiber.«

»Der seine Sklaven bestens bezahlt. Lass mich nicht hängen.«

»Da gibt es noch eine Schwierigkeit. Die italienische Post ist schon schlimm genug, aber die sizilianische Post kommt einer Lotterie gleich. Wenn ich Originalentwürfe per Post verschicke, kann das Wochen dauern, wenn sie überhaupt ankommen.«

»Ich denke mir was aus. Einen Kurierdienst oder etwas Ähnliches. Freut mich, wieder mit Diane Sterling ins Geschäft zu kommen.«

»Diane di Lorenzo«, antworte ich und sehe im gleichen Moment Tancredi vor mir. Ich sehe die Familie und die Probleme, die ich mit meiner Entscheidung schaffe. Patrick legt auf. Langsam lasse ich den Hörer sinken.

Es kommt schlimmer, als ich befürchtet habe. Mit meinem großen Glück halse ich mir große Widerstände auf. Man könnte sagen, die Widerstände wachsen exponentiell zu meiner Selbstständigkeit. Wie soll ich Tancredi beibringen, dass ich nicht bloß zu meinem eigenen Vergnügen arbeite, sondern einen professionellen Auftrag habe, einen Großauftrag sogar? Ist es dem Padrone klarzumachen, dass seine Ehefrau, die Mutter seines Babys, nicht nur ein wenig vor sich hin schneidert, sondern Modedesignerin wird, in jedem Sinn des Wortes? Ich brauche seine Erlaubnis, um eine Firma zu gründen, selbst wenn sie nur aus zwei Frauen und einem Säugling besteht. Zur Umsetzung meiner Pläne benötige ich möglicherweise mehr Angestellte, das behalte ich aber vorläufig für mich. Selbst heutzutage wäre ein solcher Schritt einem Ehemann nicht leicht begreiflich zu machen. Aber wir stehen am Übergang von den Sechziger- zu den Siebzigerjahren; ich bin nicht in London, sondern im Land der Männer, der Alleinherrscher, der Patriarchen. Welche Reaktion kann ich von Tancredi erwarten?

Der Krieg beginnt. Waren vergangene Ereignisse Einzelfälle, die in einzelnen Eruptionen ausgetragen wurden, ist der kommende Zustand nur mit einem zähen Krieg zu vergleichen. Zeiten des Stellungskampfes wechseln sich mit wilden Attacken und Rückzugsgefechten ab. Tancredi verweigert seine Zusage zu all meinen Plänen. Er zieht Vater und Mutter auf seine Seite, nach und nach die ganze Familie. Keiner von ihnen begreift, was in mich gefahren ist, und das lassen sie mich spüren. Als ich Felicia um Hilfe bitte, macht sie klar, dass sie diesmal auf Tancredis Seite steht.

»Als du seine Frau wurdest, hast du eine große Entscheidung getroffen«, sagt sie während unseres einzigen Vieraugengesprächs. »Du wolltest die Ehefrau von Tancredi di Lorenzo sein. Jetzt kannst du nicht von heute auf morgen etwas anderes sein – Geschäftsfrau, Designerin, unterwegs zwischen London und Monteleone.«

»Wieso nicht?« Ich reagiere heftiger, als es meine Absicht ist. »Wer legt die Regeln fest, wie das Leben einer Ehefrau auszusehen hat?«

»Unsere Tradition«, antwortet Felicia, die sich ihre Unabhängigkeit nur dadurch bewahrt hat, dass sie allein blieb. »Dieses Land und seine Männer legen das fest.«

»Ist das nicht schrecklich? Bist du nicht eine Kämpferin gegen diese Zustände?«

»Ich habe nie gekämpft.« Sie lächelt traurig. »Ich will bloß in Ruhe leben.«

»Und für mein Leben brauche ich die Arbeit! Was kann daran falsch sein?«

Noch während ich es ausspreche, sehe ich vor meinem inneren Auge Tancredi. Er steht im kragenlosen Hemd im grellen Sonnenschein, eine Flinte unterm Arm. Gemeinsam mit den Männern zieht er hinaus auf die Jagd. Die Frauen bleiben im Halbdunkel des kühlen Hauses zurück und warten, was der Padrone erlegt; abends werden sie es zubereiten. So ist das Leben hier geregelt. Eine Designerin mit Atelier in der Stadt, die Telefonate nach London führt, passt nicht in dieses Bild. Es besteht kein Zweifel, dass der lebenslustige, neugierige Tancredi, den ich in Rom kennenlernte, für immer verschwunden ist.

Ich weiß, dass ich stark bin. Aber bin ich stark genug, das Contra des Padrone auf Dauer durchzustehen? Ist es das wert? Darf ich Giulia das antun? Ist mir die Arbeit so wichtig, dass ich für sie meine Ehe aufs Spiel setze? Als der Krieg nicht endet, sondern sich ausweitet und die Stimmung im Haus vergiftet, als ich mehr und mehr zur Unperson werde, die in den Augen der anderen die Liebe, die man ihr entgegenbrachte, mit Füßen tritt, zeige ich Anflüge von Schwäche. Ich versuche sie als *Vernunft* und *Einsicht* zu verbrämen: Wenn alle behaupten, was ich tue, sei falsch, wie soll ich mich dagegenstemmen? Woher will ich die Kraft nehmen, meine Position zu behaupten? Jeden Mittag und jeden Abend sitze ich mit den Menschen beisammen, denen ich die Verbitterung anmerke, sich in mir getäuscht zu haben. Da ist Giulia, mein Kind, das meine Liebe und Aufmerksamkeit braucht – sie wird gerade ein Jahr alt –, wieso tue ich ihr das an? Zwangsläufig wird sie Zeugin meiner Schreiduelle mit Tancredi, die nicht abreißen werden, solange ich nicht klein beigebe.

Der Krieg spitzt sich zu. Tancredi droht, mich aus dem

Atelier auszuquartieren. Er zeigt seine Macht, indem er mir für ein paar Tage den Strom sperrt. Schließlich deutet er an, mir Giulia zu entziehen, sollte ich nicht zur Vernunft kommen. Ich stehe kurz davor, meine Pläne fallen zu lassen und das Atelier in dem Ausmaß zu nutzen, das Tancredi wünscht: als Hobbyraum seiner spleenigen Gattin, der man gnadenhalber eine Spielwiese zugesteht. Ich spüre, dass ich das Duell nicht mehr lange fortsetzen kann; schließlich und endlich, was gebe ich schon auf? Eine Modekollektion für eine Warenhauskette. Eine mehr oder weniger, wen interessiert das? Für mich ist es viel mehr. Ich müsste einen Traum begraben, meinen großen Traum, der mich die Jahre in der Abhängigkeit überstehen ließ. Aber tun das nicht die meisten Menschen, wenn sie auf ihre Lebensmitte zugehen – Träume begraben?

Heute weiß ich, dass ich mich für meine Ehe, mein Kind und gegen das, was man als Karriere bezeichnet, entschieden hätte, wäre nicht die andere Sache dazugekommen: der Ausbruch von Tancredis dunkler Seite. Durch diesen Umstand kommt ans Licht, was mein Mann und die di Lorenzos mir stets verschwiegen haben und was die Notwendigkeit, mein Leben so und nicht anders zu führen, in ein völlig neues Licht rückt.

30

Es beginnt mit Patricks Boten. Trotz der Auseinandersetzung mit Tancredi und der Familie beginne ich an der Kollektion zu arbeiten. Die Stunden im Atelier sind meine einzige Erholung von den Querelen in der Villa. Nach dem Frühstück packe ich das Kind ins Auto und fahre in die Stadt. Ich stille Giulia und singe sie in ihren Vormittagsschlaf. Dann lege ich los. Ich zeichne, ändere, verwerfe, probiere Farben aus. Ich umgebe mich mit grellbunten Blättern, als wären sie ein Schutzwall, der mir die Familie vom Leib hält. In diesen Stunden bin ich vollkommen glücklich.

Seltsamerweise hat Tancredi bis jetzt nicht versucht, meine Partnerschaft mit Ninetta zu unterminieren. Täglich kommt sie zu mir, ich erkläre, was ich mir vorstelle, sie hilft bei den Schnitten. Modelle, bei denen sie schon zu nähen anfangen kann, nimmt sie mit nach Hause. Ich telefoniere mit der Stofffirma in Gela, man beliefert mich direkt ins Atelier. Für kleinere Besorgungen gehe ich in einen Gemischtwarenladen in Monteleone. Dazu schnalle ich mir Giulia um den Bauch und laufe in die Stadt. Die Leute sind neugierig und fragen, was ich mache. Warum soll ich ihnen nicht von meiner Idee erzählen? Man beglückwünscht mich – Mode aus Monteleone, das gefällt den Einheimischen. Während dieser Vormittagsstunden könnte man glauben, die Welt ist in Ordnung.

Nach ein paar Wochen liegen erste Ergebnisse vor, sowohl gezeichnet als auch in geschneiderter Form. Patrick ist erfreut und kündigt an, mir einen Boten zu schicken, Luigi, einen Mitarbeiter aus Bologna, der die Sachen nach London bringen wird. Wie soll Patrick wissen, dass es fatal ist, ausgerechnet ihn loszuschicken? Der Bote ist Ende zwanzig, und er ist ein Adonis. In einem schneeweißen Mercedes fährt er in Monteleone ein, größer könnte der Blickfang nicht sein. Während der Stunden, die sein Auto vor meinem Atelier parkt, ist es wie ein Signal. Es besagt: Die Engländerin ist mit einem jungen Mann dort oben allein.

Luigi und ich sind einander sympathisch auf völlig unverfängliche Weise. Er will eine Nacht in Monteleone bleiben, bevor er die Rückfahrt antritt. Ich zeige ihm die Entwürfe, gemeinsam packen wir die Kleider in seine Musterkoffer, das dauert etwa zwei Stunden. Ich helfe ihm beim Einräumen des Wagens und begleite ihn zu dem Hotel, das in den engen Gassen nicht leicht zu finden ist. Es sind keine Einzelzimmer mehr frei, Luigi nimmt ein Doppelzimmer. Abschließend lädt er mich zu einem Kaffee in die Hotelbar ein.

Meine Sensoren hätten auf Sturm stehen sollen, aber wie ein naives Lieschen tappe ich in die Falle. Tancredi weiß alles, hat sich alles berichten lassen, den Rest erfindet seine Fantasie dazu. Dafür also brauche ich meine neue Freiheit: Ich will im Atelier, fernab der Villa, Männer empfangen. Obwohl ich Tancredis Taktik, Argumente in ihr Gegenteil zu verdrehen, bereits zur Genüge kenne, frage ich rundheraus: »Was, glaubst du denn, ist zwischen uns vorgefallen?«

»Sag du es mir.«

»Ich habe diesen Mann heute zum ersten Mal gesehen.«

»Wer beweist mir das?«

»Luigi kommt aus Bologna. Wann hätten wir uns treffen sollen und wo?«

»Dafür gibt es hundert Möglichkeiten. Du bist ja immer seltener zu Hause. Was habt ihr im Atelier gemacht?«

»Meine Kleidermodelle gepackt.«

»Zwei Stunden lang?«

»Er hat sie sich angesehen.«

»Ich dachte, er ist ein Bote. Plötzlich ist er auch Modeexperte?«

»Er ist kein Chauffeur, sondern der Mitarbeiter Patricks.«

»Das hast du klug eingefädelt.«

»Was?«

»Diese sogenannte Geschäftsverbindung. Ihr habt also zwei Stunden lang Klamotten gepackt?«

»Genau.«

»Weshalb bist du dann mit ihm ins Hotel gefahren?«

»Er ist fremd hier. In der Altstadt verläuft man sich leicht.«

»Der Modeexperte ist demnach ein hilfloser Fremder, der sich nicht zurechtfindet?«

»Ich habe ihn nur hingebracht.«

»Wieso bist du eine Stunde dort geblieben? Warum hat er ein Doppelzimmer genommen?«

»Wir haben Kaffee getrunken. Ich hatte die ganze Zeit das Kind bei mir.«

»Vor unserem Kind verabredest du dich mit Männern!«, schreit Tancredi. »Bist allein mit ihnen, läufst durch die Stadt mit ihnen, gehst zu ihnen ins Hotel – vor unserem Kind!«

Wie immer liegt das Haus während der Auseinandersetzung wie gelähmt da. In allen Etagen können sie uns brüllen hören und spitzen die Ohren. Es nimmt kein Ende, geht immer weiter, es dreht sich im Kreis. Zwischendurch weint Giulia, ich beruhige sie. Sie fängt gleich darauf wieder an, Tancredi bringt sie zu seiner Mutter. Als die Sonne sinkt, bricht der Streit erschöpft in sich zusammen. Ich gehe zum Abendessen nicht hinunter, sitze mit dem schlafenden Kind im Zimmer und heule. Tancredi schläft im Bürotrakt.

Am nächsten Morgen bin ich eigentlich noch mal mit Luigi verabredet; ich sage mit einer Ausrede ab, lasse Patrick grüßen und stelle mir vor, wie der Mercedes aufbricht. Meine Sehnsucht, ebenfalls von der verfluchten Insel wegzukommen, gestehe ich mir nicht ein.

Da ein Teil der Arbeit geschafft ist und ich zunächst auf Patricks Änderungswünsche warten muss, gönne ich mir ein paar Tage Pause und versuche, die Ehefrau zu sein, die allgemein gewünscht wird. Ich helfe in der Küche, erscheine pünktlich zu den Mahlzeiten, zwinge mich zu Plaudereien mit der Verwandtschaft. Ich gehe mit Giulia im Park spazieren und verlasse die Villa möglichst selten. Ich setze mich mit dem Zeichenblock auf die Terrasse, damit alle sehen, wie die Arbeit aussieht, die hier so verteufelt wird. Resignierend stelle ich in diesen Tagen fest, dass mich die Gespräche mit den Familienmitgliedern kaum noch interessieren. Worum geht es? Die nächste Mahlzeit, die steigenden Preise, der feuchte Winter. Bilde ich mir das ein, oder war der Austausch mit diesen Menschen immer so banal? Ich höre in den Gesprächen die tausendste Repetition von dem, was gestern, vor einer Woche und schon immer geredet wurde. Ist das nur meine Herablassung? Worüber haben wir in Rom gesprochen? Film, Film und wieder Film. In gewisser Weise war das ebenso beschränkt. Aber seit ich meinen Geist mit der Erfindung von neuen Dingen beschäftige, reicht mir diese Art Unterhaltung nicht mehr. Ich weiß wohl, dass ich mit meiner Arbeit nicht das Rad neu erfinde, sondern bloß Blusen, Kleider und Accessoires entwerfe. Und doch gehe ich voll darin auf und kann den Tag kaum erwarten, wenn ich wieder ins Atelier aufbrechen werde.

Tancredi war inzwischen nicht untätig. Während ich der Meinung bin, nach Luigis Abreise sei Ruhe in unser Eheleben eingekehrt, hat er gehandelt. Ich stelle es erst nach Tagen fest. Jedes Mal, wenn ich telefoniere, höre ich nach dem Wählen ein feines Knacken. In italienischen Telefonen knackt so manches, wer würde da gleich misstrauisch werden? Mir geht erst ein Licht auf, als Tancredi eines Abends darüber Bescheid weiß, dass ich mit dem Sohn des Stoffhändlers telefoniert habe. Der alte Chef ist krank, sein Sohn nahm die Bestellungen entgegen. Wie konnte Tancredi das wissen, die Firma sitzt immerhin in Gela. Ich will es zunächst nicht glauben, ich traue ihm so eine Gemeinheit nicht zu.

Ein paar Tage darauf rufe ich bei Ninetta an und erreiche Giacinto, ihren Mann. Sie ist einkaufen gegangen, er und ich plaudern ein wenig. Er ist Fischer und ein Mann mit außergewöhnlichen Interessensgebieten. Ich erinnere ihn an unser erstes Gespräch an der Mole, als er mir von dem Halbedelstein *Hyazinth* erzählte, von dem sich sein Vorname herleitet.

»Die Kraft des Steines schützt vor magischen Angriffen, auch vor negativer Energie und geistiger Verwirrung«, hatte mir Giacinto damals erklärt. Er ist ein rundlicher Mann mit schwermütigen Augen; obwohl er noch keine vierzig ist, wird sein Haar bereits grau.

»Glauben Sie wirklich, dass Steine solche Wirkung besitzen?«, fragte ich an der Mole.

»Alles besitzt eine Wirkung. Ein paar Sandkörner im Motor meiner Seilwinde, und die Wirkung ist enorm.« Damit zog er sich zu seinem Boot zurück.

Diesmal frage ich ihn in Hinblick auf meine Modeserie

nach anderen Kraftsteinen, vor allem, welche Farben dabei im Spiel sind. Giacinto beschreibt mir den *Peridot* und den *roten Jaspis*. Er besitzt selbst zwei Exemplare und will sie mir zeigen, wenn ich Ninetta das nächste Mal besuche. Wir verabschieden uns. Bevor ich auflege, macht Giulia in ihrem Bettchen einen Seufzer. Den Hörer am Ohr, wende ich mich um, da knackt es in der Leitung. Ich bin fast sicher, gerade hat jemand aufgelegt, nicht Giacinto, sondern eine dritte Person.

Was denkt Tancredi, was mutmaßt er? Er kennt mich, weiß, dass ich den Sex mit ihm genieße, im Übrigen spielt Sex keine besondere Rolle für mich. Glaubt er, ich führe ein Doppelleben, es seien Sehnsüchte in mir, die ich ihm verheimliche? Er muss es glauben, muss mich für ein liebeshungriges Biest halten, anders ist der krankhafte Trieb, jeden meiner Schritte zu überwachen, nicht zu erklären. Soll ich ihn deshalb zur Rede stellen, muss ich ihm nicht Vorwürfe wegen des angezapften Telefons machen? Soll ich nach Hause fahren und ihm meine Empörung entgegenschleudern?

Die Wahrheit ist, ich habe nicht mehr die Kraft dazu. Ich habe keine Lust, die ewig gleichen Wortgefechte über mich ergehen zu lassen, bin es leid, ihm minutiös aufzuzeigen, dass er sich irrt, dass meine Freiheitsliebe nichts mit erotischer Neugier zu tun hat, nur mit dem Wunsch zu arbeiten. Daher lasse ich den schwelenden Zustand auf sich beruhen. Ich mag nicht mehr reden, nicht mehr argumentieren, nicht kämpfen.

Damit, die Dinge einfach laufen zu lassen, komme ich aus dem Teufelskreis jedoch nicht heraus. Um einen Fehler zu vermeiden, begehe ich den nächsten. Ich führe vom Atelier aus nur noch belanglose Telefonate. Muss ich mit Männern sprechen, die unter sechzig sind, gehe ich hinaus, telefoniere aus der Bar oder in einer Zelle. Wie unbedacht von mir, wie unglaublich dumm! Tancredi hat seine Augen und Ohren überall, die ganze Stadt ist sein Spitzel.

»Das muss ja etwas sehr Geheimes gewesen sein, dass du von der Bar aus telefoniert hast.«

»Woher weißt du das?«

»Funktioniert das Telefon im Atelier nicht?«

»Ich war unten zum ... Kaffeetrinken, da fiel mir ein, dass ich noch jemanden anrufen wollte.«

Indem ich die Sache verharmlosen will, lüge ich. Das gibt Tancredi Oberwasser. »Wie ich höre, sollst du gar keinen Kaffee getrunken haben. Du bist nur zum Telefonieren hineingegangen.«

Ich werde diese Bar nicht mehr aufsuchen. Nach und nach werde ich nirgends mehr hingehen, niemanden mehr ansehen können, ohne einen Spion zu vermuten. Wie soll man ein Leben führen, wenn man sich wie ein Objekt unter dem Mikroskop vorkommt, wenn ständig misstrauische, neugierige Augen auf einen gerichtet sind? Ich kann nicht ausbrechen, ich finde keine Lösung in der Konfrontation, genauso wenig wie in der Normalität. Wie alltäglich meine Verrichtungen auch sein mögen, Tancredi wird immer das Geheimnis dahinter vermuten, das, was nicht offenbar ist. Es kommt mir vor, als würde er unsere Ehe nur noch zur Aufdeckung meiner Geheimnisse betreiben. Seine Macht, seinen ganzen Einfluss nutzt er dazu, der gewitzten Engländerin auf die Schliche zu kommen. Monteleone gegen die *Inglese*, lautet seine Parole: Irgendwann wird sie den entscheidenden Fehler begehen, mit dem er ihr beweisen kann: Er hatte immer recht.

Ich tue ihm den Gefallen nicht. Wenn ich jemals Zähigkeit bewies, dann in dieser Zeit. Die Arbeit ist mein Panzer, die Arbeit rettet mich. Giulia wird in diesen Wochen und Monaten mein kleiner Schutzgeist. Denn das wagt die Familie bislang nicht, meine Beziehung zu meiner Tochter anzutasten. Wir sind ständig zusammen, die Kleine mag es, herumzukommen, von der Villa ins Atelier, in die Läden, zum Spazierengehen; auch Autofahren macht ihr Spaß.

Da ich sogar Felicia nicht mehr vertraue, entwickelt sich meine Freundschaft zu Ninetta. Sie hat nicht den Witz und Verstand Felicias, aber einen gesunden Humor. Sie sieht viel und stellt sich nicht automatisch auf die Seite des mächtigen Padrone. Auf ihre robuste Art gibt sie mir zu verstehen, sie hält zu mir.

Patrick meldet sich, ist angetan von meiner Kollektion und hat nicht nur viele Änderungswünsche, sondern gibt gleich neue Bestellungen auf. Was ich geliefert habe, ist ihm zu wenig. Er will nicht nur ein Cocktailkleid, sondern mehrere Modelle davon. Das Freizeit-Outfit soll sportlicher werden, die Varianten nach Sportarten sortiert. Er will die schwarze Tracht der alten Sizilianerin, aber mit Pfiff. Als er salopp ankündigt, jetzt wünsche er sich zur Frauenmode die entsprechende mediterrane Herrenlinie, gehe ich auf die Barrikaden.

»Das wird mir zu viel, Patrick.«

»Ach komm, Diane, so schwierig ist das nicht«, lockt er am Telefon. »Die Männer da unten tragen ohnehin nur schwarze Anzüge, das habe ich in jedem Mafia-Film gesehen.«

»Hast du eine Ahnung! Die Herren der Schöpfung sind mit ihrer Kleidung fast noch heikler als die Frauen. Welche Lederjacke zu welcher Jeans? Das Hemd geschlossen oder über den Sakkokragen geschlagen? Schaltuch oder Krawatte? Ein Park voller Pfauen könnte nicht besorgter um sein Äußeres sein als die Sizilianer.«

»Umso besser, dann setzt sich die Modelinie *Giulia* noch deutlicher von der englischen Mode ab. Was willst du mehr?«

Patrick weiß genau, wie er mich ködert. Etwas Einmaliges auf den britischen Markt zu bringen, das reizt mich. In meinen verstiegenen Träumen sehe ich das *Giulia*-Label schon in den Modetempeln Londons prangen. Das wäre etwas, von Sizilien aus einen Trend in Great Britain mitzubestimmen! Ich stürze mich in die Arbeit, und Ninetta zieht mit. Ich bin nicht besonders gut im Zeichnen von Männern, meist fallen sie feminin aus, mit zu langen Beinen und schmalen Schultern.

»Du solltest dir Giacinto mal genauer ansehen«, scherzt Ninetta. »Hat er etwa solche Giraffenbeine, besitzt er so eine Taille? Wer soll das tragen?« Sie spricht laut, um das Geräusch der Nähmaschine zu übertönen. »Giacintos Bauch wabbelt über die Gürtelschnalle. So sehen sizilianische Männer aus.«

»Die Mode schafft aber nun mal ein Idealbild und schert sich wenig um die Statur der wirklichen Menschen.«

»Arme Engländer«, seufzt Ninetta. »Die werden genauso wenig in diese Hosen passen wie Giacinto.«

Es ergibt sich von selbst, dass Giacinto öfter zu uns stößt. Ich bin häufig bei ihnen daheim, da Ninetta keine Zeit mehr hat, zwischen dem Atelier und ihrem Haus zu pendeln. Manchmal, wenn wir Frauen uns mit Schnittmustern abmühen, übernimmt Giacinto das Baby, zeigt Giulia schöne Steine und kümmert sich um sie. Möglich, dass er dabei mal mit ihr vor die Tür tritt – und dass man ihn beobachtet. Einmal begleitet er mich nach Gela. Er braucht ein Ersatzteil für sein Boot, das er nur dort bekommt, und hilft mir hinterher beim Einladen der Stoffballen. Ich benehme mich leichtfertig, könnte man einwenden, ich ziehe den Zorn Tancredis absichtlich auf mich: Mit einem verheirateten Mann fahre ich über Land, wir bleiben stundenlang fort. Wenn ich ehrlich bin, reizt es mich, so zu handeln. Es ist egal, was ich in Wirklichkeit tue, meine Handlungen beflügeln Tancredis Fantasie nur in eine Richtung. Daher scheue ich mich nicht mehr davor, ihm Futter zu geben. Ich bin an einem Punkt, wo mir alles egal ist. Meine Ehe ist Krieg, der Krieg nimmt kein Ende, mittlerweile lasse ich es darauf ankommen.

»Wieso nimmst du nicht einen unserer Leute nach Gela mit?«

»Ich mag Chíchí nicht.«

»Was hat er dir getan?«

»Er ist dein widerlicher Bluthund. Das hat er mir getan.«

»Wieso muss es der Fischer sein?«

»Wieso nicht? Er wollte in Gela etwas kaufen, ich habe ihm einen Gefallen getan.«

»Wieso lässt du ihn mit meiner Tochter spielen?«

»Ich habe ihn nicht ...« Damit, es einfach nur abzustreiten, komme ich bei Tancredi nicht durch. »Er kann gut mit Kindern umgehen, Giulia wird bei ihm sofort ruhig.«

»Wieso ist sie unruhig? Etwa weil du dich zu wenig um sie kümmerst?«

»Unsinn.«

»Sobald du abgestillt hast, bleibt das Kind daheim, während du arbeitest.«

»Das wollen wir doch mal sehen.«

»Alle Welt kriegt mit, dass du mit einem anderen Mann die Stadt verlässt.«

»Nur in *deiner* Welt kriegen das alle mit, Tancredi! In deinem Kopf! Der Welt ist das egal, weil nichts dahintersteckt, weil das nur Hirngespinste deiner kranken Fantasie sind!«

Meine Worte treffen ihn stärker, als ich annahm. Wie unter Schock murmelt er: »Wir sprechen uns noch.« Und zieht sich zurück.

Ich habe durch Patricks Aufträge so viel um die Ohren, dass ich den schmalen Pfad, auf dem ich mich *richtig* verhalte, immer wieder aus den Augen verliere. Es geschieht nicht mit Absicht und schon gar nicht, um Tancredi zu provozieren. Aber die verdammte Etikette – mit wem darf eine sizilianische Signora sprechen, wann darf sie sich auf der Straße zeigen und in welcher Gesellschaft –, ich kann und mag mich nicht mehr darum kümmern. Was ich inmitten meines eigenen Krieges dabei aus den Augen verliere, ist, dass ich jemand anderen in den Kampf hineinziehe.

Ich glaube, Giacinto ist ein Mensch, der in seinem ganzen Leben noch nie etwas Böses getan hat, der Missgunst nicht kennt, böse Hintergedanken einfach nicht versteht. Er ist Sizilianer, daher achtet er die heimischen Sitten. Im Umgang mit mir ist er der Respekt in Person. Obwohl wir einander fast täglich sehen, siezen wir uns. Gehen wir zusammen durch Monteleone, bleibt er ernst; er würde nie mit mir lachen und scherzen. Meist bemühen wir uns, Ninetta dabei zu haben, um jeden Verdacht zu vermeiden. Aber das ist nicht immer möglich. Ich kann Giacinto in diesen Wochen gut gebrauchen, er ist stark, und ich habe viel zu schleppen. Im Winter fährt er nur selten zum Fischfang hinaus, daher hat er genügend Zeit.

Das ist der Stand der Dinge, als die Hexenjagd beginnt. Giacinto wird nicht direkt angegriffen; so weit lässt sich der Padrone nicht herab, dass er einem Fischer zu verstehen gibt, er könnte der Gattin von Don Tancredi gefährlich werden. Die Methoden sind subtiler, hinterhältiger.

Giacintos Gewerbelizenz muss verlängert werden. Eine Routinesache, die sich bisher stets mit einem Gang aufs Rathaus erledigen ließ. Diesmal tauchen Komplikationen auf, angeblich fehlen Papiere, die man nicht vor Ort, nur bei der Provinzverwaltung bekommt. Als Nächstes wird Giacintos Liegeplatz im Hafen nicht weiter an ihn vergeben. Man kann ihm die Anlegestelle nicht mehr zu derart günstigen Konditionen vermieten, heißt es, daher hat den Zuschlag jemand gekriegt, der mehr dafür zahlt. Auf seinen Protest, warum man ihn nicht zuerst gefragt habe, erhält er ausweichende Antworten.

Seine Bücher werden geprüft. Ein Mann, dessen Arbeit darin besteht, aufs Meer zu fahren, seinen Fang zu machen und die Fische am gleichen Tag zu verkaufen, betreibt kein kompliziertes Geschäft. Dementsprechend simpel führt er seine Bücher. Ob er dabei jedes Kilo Sardinen genau auflistet, steht auf einem anderen Blatt. Niemand in Sizilien, niemand in ganz Italien nimmt es mit der Steuer besonders genau. Warum werden ausgerechnet die Abgaben dieses Fischers minutiös geprüft? Wieso springt sein kleiner Ape von einem Tag auf den anderen nicht mehr an? Giacintos einziges Fortbewegungsmittel ist kaputt, der Schaden eigentlich unerklärlich.

»Zucker im Tank.« Mehr sagt Ninetta nicht dazu.

Mir genügt es. Ich begreife, dass ich den Fischer einer existenziellen Gefahr ausliefere. Wie auf einem Tablett habe ich ihn Tancredi serviert, aus dem Hinterhalt zieht der Padrone die Fäden. Es kommt der Abend, an dem ich Tancredi darauf anspreche, ihm Vorwürfe mache und nichts damit erreiche. Er streitet ab, auch nur das Geringste mit den Repressalien zu tun zu haben, verschanzt sich hinter einer Mauer von Kälte und Uneinsichtigkeit: Nicht er tut etwas Falsches, sondern ich, ich allein.

Da mir kein anderer Ausweg einfällt, beschränke ich meinen Umgang mit Giacinto auf das Nötigste. Er darf nicht mehr mit Giulia spielen, begleitet mich nicht länger bei Besorgungen, ich vermeide es, das Fischerhaus überhaupt zu betreten. Er und ich sprechen kein einziges Mal über die Hintergründe, sind zu sehr damit beschäftigt, mit den Folgen klarzukommen.

Unverständlicherweise hört die Treibjagd gegen ihn aber nicht auf. Was Giacinto auch unternimmt, er stößt nur noch auf Hindernisse. Das geht so weit, dass er seinen Fang nicht mehr absetzen kann. Der Großhändler mäkelt an der Qualität herum oder sagt, er habe schon genug von dieser Fischsorte gekauft. Giacinto ist an einem Tiefpunkt angelangt. Nicht mehr er ernährt die Familie, sondern Ninetta mit ihrer Nähmaschine. Giacinto hat seinen Stolz, er leidet. Durch all diese Umstände wird auch mein Verhältnis zu Ninetta belastet. Sie gibt mir nicht die Schuld an dem, was passiert, und doch mag sie sich fragen, wieso ich keinen Einfluss auf den Padrone ausübe, damit er die Hexenjagd gegen ihren Mann abbläst. Ninetta weiß nicht, dass es nur einen Weg gäbe, Tancredi zum Einlenken zu bewegen: Ich müsste aufhören zu arbeiten.

31

Es kommt der düstere Tag Mitte März, an dem Giacintos Nerven versagen. In all der Zeit habe ich nie einen Zug von Melancholie an ihm bemerkt. Aber wie viel Druck braucht es, bis sich das Gemüt eines Menschen so sehr verdüstert, dass er nicht weiterweiß? Eines Nachts fährt Giacinto mit dem Boot hinaus, um zu fischen. Normalerweise ist er am Vormittag zurück, wenn der Großhändler nach Monteleone kommt. Als Giacinto auch am Nachmittag nicht in den Hafen einfährt, beginnt Ninetta sich zu sorgen. Sie alarmiert die Küstenwache. Die Fanggründe, an denen Giacinto sich meistens aufhält, werden abgesucht, ohne Erfolg. Am nächsten Morgen geht die Suche weiter, auch am übernächsten. Ninetta und ich sind fast krank vor Sorge und in unserer Nervosität kaum imstande, die tägliche Arbeit zu tun. Andererseits ist Arbeit das Einzige, womit wir uns ablenken können. Tag für Tag kommen die Helfer zurück, ohne Giacinto oder sein Boot gefunden zu haben. In der Nacht, als er verschwand, war die See ruhig, an ein Unglück will keiner glauben. Auch nicht daran, dass er sich mit dem kleinen Kutter auf und davon machte. Malta wäre nicht weit, auch Tunesien nicht, aber Giacinto wollte nicht aus seiner Heimat fort, nicht fort von Ninetta.

Als sie die Nachricht erhält, dass die Suche eingestellt wird, bin ich gerade bei ihr. Was sie längst befürchtete, aber nicht wahrhaben wollte, ist von jetzt an Wirklichkeit. Ihr Giacinto, ihr freundlicher, hilfsbereiter Mann wird nie mehr zurückkehren. In einem verständlichen Ausbruch klagt sie mich, die unschuldige Urheberin des Unglücks, an: »Warum musstest du in unser Haus kommen! Warum musstest du alles zerstören!« Im nächsten Moment liegt sie in meinen Armen, wir umklammern uns. Zum ersten Mal empfinde ich nicht Zorn oder Verachtung für Tancredi, sondern blanken Hass. Ich gestehe mir ein, dass dort, wo immer noch Liebe für ihn war, wo ich ihn zu verstehen versuchte, auf einmal nichts mehr ist. Dieser Mann ist mir fremd geworden. Ich liebe ihn nicht mehr.

Sechs Wochen später taucht in einer benachbarten Bucht ein Boot auf. Es treibt mit dem Kiel nach oben, es ist Giacintos Kutter. In den Planken findet man Löcher, Löcher, die keine Untiefe, kein Riff geschlagen haben können – die Planken wurden von Hand zerstört, das Boot wurde absichtlich versenkt. Bedauernswerter, verzweifelter Giacinto, der keinen anderen Ausweg mehr sah, als der Verfolgung durch Tancredi in den Tod zu entfliehen.

Es gibt nicht viele Ereignisse in meinem Leben, die mich an das Walten einer höheren Gerechtigkeit glauben ließen. Im Sommer des Jahres, in dem Giacinto für immer verschwindet, geschieht so etwas. Zumindest glaube ich das – bis heute. Der Krieg dauert an; weder die Gründe noch die Umstände haben sich geändert. Ich arbeite und bin mit meinen Gedanken und Hoffnungen manchmal mehr bei Patrick im fernen London als in der Realität, die mich umgibt. Darin mag meine Schuld liegen – ich habe es innerlich aufgegeben, die Sizilianerin zu spielen. Im Grunde bin ich nur noch ein Anhängsel der Familie, nicht mehr ihr Mitglied. Auch das ist mir egal geworden.

Tancredi hat geschäftliche Probleme, nicht finanzieller Natur, aber die Verwaltung wächst ihm über den Kopf. Er ist zu häufig unterwegs, nach Messina, Catania, in die Provinzparlamente. Die Bürokratie zwingt ihn, den Stammsitz zu verlassen, von wo aus die früheren Padrone die Dinge lenkten. Tancredi ist der gestresste Manager des eigenen Familienunternehmens geworden. Mitte August erleidet er einen Nervenzusammenbruch. Heute weiß ich, dass es nichts anderes war, damals lautet die erste Diagnose wegen einer kurzzeitigen Lähmung auf Schlaganfall. Nachdem er die Klinik wieder verlassen darf, muss er daheim das Bett hüten. Selbst jetzt – nein, gerade jetzt, da er schwach ist – kehrt er nicht in unsere Wohnung zurück, sondern verschanzt sich in seinem Büro.

Es ist Sommer in Sizilien. Die Ventilatoren stehen Tag und Nacht nicht still, die Fensterläden bleiben geschlossen. Dennoch ist es, als ich Tancredi besuche, sehr heiß im Zimmer. Er trägt nur ein leichtes Hemd und ist in Schweiß gebadet. Er schläft. Ich setze mich zu ihm und warte. Wie stark ist dieser Mann wirklich? Ist seine angebliche Stärke nur anerzogene Selbstherrlichkeit? Wie sehr ist unsere zerrüttete Beziehung daran schuld, dass mein Mann in diesem Zustand vor mir liegt? Die Hitze wird unerträglich, die Luft scheint zu heiß zum Atmen. Mein Kleid ist im Rücken klitschnass. Leise stehe ich auf, um den Stuhl unter den Ventilator zu stellen. Etwas knackt, Tancredi fährt auf und wirkt, als sei er aus einem Albtraum hochgeschreckt. Sein schönes Gesicht ist mit einem glänzenden Film bedeckt. Einen Augenblick scheint es, als wolle er mich aus dem Zimmers weisen.

»Wie lang bist du schon ...« Er sinkt aufs Kissen.

»Nicht lange.«

»Warum bist du nicht im Atelier?«

»Mein Mann ist krank. Ich bin bei ihm.«

»Ich muss also erst krank werden, damit du ...?«

»Bitte Tancredi, lass wenigstens jetzt diese Fragen.«

Das scheint ihn zu amüsieren, ein schmales Lächeln huscht über seine Züge. »Jetzt hast du Oberwasser, stimmt's?«

»Wieso?«

»Da lieg ich, und du kannst machen, was dir beliebt.«

Ich will jetzt keine unserer Diskussionen, keinen Streit, der sich im Kreis dreht. »Es tut dir gut, wenn du viel schläfst.«

»Wahrscheinlich wäre es das Beste, wenn du mich verlässt.«

Er sagt das so selbstverständlich, als sei es das Ergebnis langer und gründlicher Überlegungen.

»Was redest du denn?« Ich merke, dass ich mich so weit zu seinem Bett beuge, dass ich beinahe mit dem Stuhl kippe.

»Wir sind wie Feuer und Sand.« Obwohl niemand in der Nähe ist, behält er den flüsternden Ton bei.

»Bin ich das Feuer oder der Sand?«

»Es wird mir nie gelingen, dich zu löschen«, antwortet er.

»Wieso willst du das, Tancredi? Ich bin nur ein harmloses kleines Feuer am Strand. Wieso lässt du mich nicht brennen?«

Seine langen, schwarzen Wimpern zittern ein wenig. »Du verbrennst mich.«

»Das war nie meine Absicht.«

»Natürlich nicht.« Er schlägt die Augen auf, ich erkenne Überraschung darin. »Mit dir hat das nur in zweiter Linie zu tun. Aber durch dich werde ich mir meiner selbst so schrecklich bewusst.«

Der Satz wiegt schwer, ich lasse ihn stehen.

»Es gibt wirklich so etwas wie Schicksal«, sagt Tancredi. »Anders ist es nicht begreiflich, warum wir aufeinandergetroffen sind. Wieso musste ich dich kennenlernen, mich für dich entscheiden, ausgerechnet dich?« Er hebt leicht die Hand. »Ich hätte mir irgendein Mädchen da draußen aussuchen könne. Eine, die ist wie die anderen hier. Die nicht wie ein Stachel in meinem Fleisch sitzt. Aber ich habe dich gewählt. Dich mit deiner Stärke, deinem ewigen Widerspruch. Warum? Was war der Antrieb?«

»Das weiß ich nicht.« Ich möchte seine erhobene Hand ergreifen und tue es nicht.

»Aber ich weiß es.« Vollkommen klar sieht er mich an. »Ich habe dich gewählt, so wie ein König einen Hofnarren am Fuß seines Thrones sitzen lässt.«

»So siehst du mich, als dein ...?«

Nun nimmt er meine Hand. »So meine ich es nicht. Du bist die, die mir das Leben zeigt, wie es ist, Diane. Wie es wirklich ist – nur nicht im Hause di Lorenzo.«

»Tancredi, du sprichst in Rätseln.«

»All die Andeutungen, die die Leute dir gegenüber machten, sind wahr.« Sein Blick durchdringt mich förmlich. »Jedes Mal, wenn du mir davon erzählt hast, was als Gerücht zu dir drang, wenn du kurz davor warst, hinter das Geheimnis zu schauen, hat es mir einen Stich versetzt.«

Er legt sich bequemer hin und atmet tief durch. »Das Geheimnis geht auf einen Abend zu Beginn des vorigen Jahrhunderts zurück. Zwei Männer sitzen beisammen, ein Stockwerk unter uns, im Salon. Es sind der Bürgermeister und sein Bruder, der Bischof.«

»Du meinst ...?«

»Don Michele und Monsignore di Lorenzo.« Tancredi wird sich bewusst, dass er wie ein Märchenerzähler beginnt und lächelt. »Die beiden Männer beherrschen zusammen die Gegend. Und ich meine *beherrschen* auf eine totalitäre Weise, wie man sich das heute kaum vorstellen kann. Die Stadt und der Landkreis sind ihnen untertan. Darum sind die beiden auch so besorgt. Die männliche Linie der di Lorenzos droht auszusterben. Der Bischof hat – berufsbedingt – keine Kinder. Don Michele hat nie geheiratet. Auch wenn man ihm einige Bastarde in Monteleone nachsagt, gibt es keinen gesetzmäßigen Nachfolger für das Erbe der di Lorenzos. Diese Gefahr hat unsere Familie stets gefürchtet, dass die Macht bröckelt, dass der Besitz zerstückelt wird, statt in einer starken Hand gewahrt zu bleiben, von Generation zu Generation. Darüber diskutieren die Brüder. Als der Morgen graut, haben sie die Lösung gefunden.«

Tancredi schluckt und räuspert sich. Das Mineralwasser neben seinem Bett ist warm, trotzdem gieße ich ihm ein Glas ein.

»Kurze Zeit später findet eine große Hochzeit statt. Der Bräutigam ist Vincenzo, der jüngste Bruder des Bürgermeisters und des Bischofs. Die Braut ist Lucia.« Unvermittelt sieht er mich an. »Du kennst ihr Bild im Salon, nicht wahr?«

»Deine Großmutter? Ich glaube – ja.«

»Es hängt etwas versteckt. Wenn die Flügeltüren geöffnet sind, sieht man es nicht. Ich nehme an, man hat es mit Absicht dorthin gehängt.«

»Wieso?«

»Weil mit der Wahl dieser Braut etwas nicht stimmt. Weißt du, in welchem Verhältnis Lucia zu Vincenzo, ihrem Bräutigam, stand?«

Ich schüttle den Kopf.

»Sie ist die Tochter seiner Schwester.«

»Seine Nichte?«

»Seine leibliche Nichte«, bestätigt er.

»Aber verbietet die Kirche nicht ... Ich weiß nicht, wie das bei euch Katholiken ist, aber in England ...«

»Oh, da gibt es keinen Unterschied«, antwortet Tancredi. »Die Kirche verbietet die Heirat zwischen derart nahen Verwandten. Wie praktisch ist es daher, dass der Bischof seinen Dispens erteilt, damit die Hochzeit stattfinden kann.« Tancredis Gesicht verdüstert sich. »Diese verfluchte sizilianische Hochzeit.«

Er sieht mich an, wartet, ob ich begreife, aber ich bin so eingesponnen in das Verwandtschaftsgeflecht, dass ich die logischen Schlüsse nicht gleich ziehe.

»Die Gerüchteküche in Monteleone brodelt. Diese Heirat, die nur aus Gründen der Familienstrategie stattfindet, erregt Aufsehen. Wie zu allen Zeiten bringen die di Lorenzos die Gerüchte zum Verstummen, der Alltag stellt sich ein, die Jungvermählten ziehen zu Don Michele in die Villa. Als die Zeit gekommen ist, bringt Lucia einen hübschen Sohn zur Welt – Calogero. Der sehnlichst erwartete Erbe ist da, die männliche Linie setzt sich fort. Nicht lange danach wird Benedetta geboren.«

Zum zweiten Mal sieht Tancredi mich an. Kann ich ihm folgen, verstehe ich endlich, worauf er hinaus will?

»Don Michele wird uralt, so alt, dass Vincenzo die Rechte des Padrone nicht übertragen bekommt. Er wird übergangen, Calogero soll als Nächster an die Reihe kommen.« Tancredi hebt den Kopf, sein Haar ist schweißverklebt. »Man bemerkt es erst nach ein paar Jahren: Der Kronprinz ist taubstumm. Der künftige Machthaber hört nicht, was man ihm sagt, er kann keine mündlichen Befehle geben. Ein peinlicher Zustand, und doch lernt man, damit umzugehen. Dann, eines Tages, beginnt sich der Verstand Benedettas zu umnachten. Sie ist geistesgestört. Kurz vor seinem Tod muss Don Michele miterleben, wie der Fluch der verbotenen Heirat, der Fluch der Inzucht, auf die di Lorenzos zurückschlägt. Vielleicht war das der Grund, warum Don Michele sich in den letzten Monaten so verzweifelt an seinen Sekretär – Andrea – geklammert hat. Vielleicht hat er den jungen Mann dadurch erst auf die Idee gebracht, das Testament zu fälschen. Denn der Fluch des Inzests setzt sich fort. Er führt zum Mord an Andrea, zur Fehde zwischen meiner Familie und den Randazzos, er besteht weiter …« Tancredi seufzt schwer. »Bis auf den heutigen Tag.«

Ich hebe den Blick, schaue die dunkle Wand hoch, zur Decke, zum Ventilator, ich schaue in die wild kreisenden Blätter.

»Du meinst, deine Familie … du meinst, du selbst …«

»Ich bin, der ich bin. Ich stamme in direkter Linie von dieser Verbindung ab. Mein Vater ist behindert, meine Tante war geistig umnachtet.«

»Deshalb glaubst du …?«

»Nein, Diane, ich *weiß* es. Ich kenne mich. Ich kenne meine dunkle Seite seit jeher. Sie existierte schon, lange bevor wir uns trafen. Und es gibt absolut nichts, was ich dagegen tun könnte.«

Da diese Wahrheit so übermächtig, so unglaubhaft ist, versuche ich ihr mit einem Allheilmittel beizukommen. »Hast du es schon mit Therapie versucht? Es gibt Möglichkeiten …«

Sein Blick bringt mich zum Schweigen. »Wir sind hier nicht so rückständig, wie du glaubst. Ich war bei mehreren Seelenklempnern.« Ein kurzes Schmunzeln. »Sie brachten fatalerweise noch andere Dinge zum Vorschein. Man klärte mich recht unsanft darüber auf, dass ich als erster männlicher Erbe nach vier Schwestern das privilegierte Kind war, vergöttert, verzogen, von meiner Mutter auf ein Piedestal gehoben. Man brachte mir bei, dass mich das zu einem extremen Egoisten gemacht hat, launisch, unberechenbar und in Gefahr, gänzlich liebesunfähig zu sein.«

Wir sehen uns an, ein Blick, wie es ihn lange nicht, vielleicht noch nie zwischen uns gab.

»Ich wollte das damals nicht glauben«, sagt er mit trauriger Zärtlichkeit. »Ich wünsche mir unsere Liebe so sehr, Diane. Und doch vermag ich gegen die Gespenster, die mich heimsuchen, nichts zu unternehmen.«

»Du meinst, deine Eifersucht ...«

»Eifersucht ist bei uns Sizilianern ein Volkssport«, versucht er die Sache ins Lächerliche zu ziehen.

»Aber nicht so, nicht wie bei dir«, erwidere ich. »Bei dir ist es eine Krankheit.«

Als hätte ich damit das alles entscheidende Wort gesprochen, als trete damit alles sonnenklar zutage, antwortet er: »So ist es, meine Liebe. Jetzt kennst du die Wahrheit.«

Ich weiß nicht mehr, wie jener Nachmittag in Tancredis Büro zu Ende geht, wie lange ich noch bleibe, worüber wir danach sprechen. Ich erinnere mich des Erlebten, wie man vielleicht eine Krebsdiagnose entgegennimmt. Man hört zu, bleibt relativ ruhig und denkt über Heilungsmethoden nach. Der Schock, das existenzielle Erschrecken kommen hinterher. Was kann man tun, wenn das Krebsgeschwür, von dessen Existenz man eben erfuhr, vererbt ist? Wenn die Krankheit über einer ganzen Familie liegt? Endlich passt alles zusammen – der taubstumme Calogero, der von Rosalìa durchs Leben geleitet wurde, Benedetta in ihrer Kammer, ihr verwirrter Blick aus dem Fenster. Mit einem Mal bekommt auch die Lebensweise einer anderen di Lorenzo einen neuen Sinn: Felicia, die es vorzieht, allein zu bleiben, statt dieser Familie neue Erben zu schenken. Ich wundere mich, dass ich um Giulias Schicksal nicht stärker besorgt bin. Giulia ist ein helles Wesen, sie reagiert lebendig auf ihre Umwelt, geistig wie emotional. Vielleicht will ich den Verdacht, Giulia könnte eine *echte* di Lorenzo sein, einfach nicht wahrhaben.

Ich bin Tancredi unendlich dankbar für sein Geständnis, er hat mir ein unschätzbares Geschenk damit gemacht. Er holt mich aus der Dunkelheit der Vermutungen; indem ich verstehe, ist vieles leichter zu ertragen.

Bevor ich den heißen Raum verlasse, habe ich noch eine Frage. »Heute ist der Tag der Wahrheit.« Ich lächle. »Da kannst du mir eigentlich auch anvertrauen: Wer ist *der Mörder?*«

Er wälzt sich im Bett herum und erwidert mein Lächeln. »Ach ja, die alte Schauergeschichte.«

»Wer war es, Tancredi? Wer hat Andrea erschossen?«

»Ich weiß es nicht.«

»Ach komm.« Ich gehe ein paar Schritte zurück. »Was ändert es schon, wenn ich nach so vielen Jahren ...«

»Ich weiß es wirklich nicht. Auch diese Angelegenheit wird auf sizilianische Art gelöst.«

Abwartend bleibe ich stehen.

»Meine Eltern haben sich geschworen, das Geheimnis mit ins Grab zu nehmen.«

»Das heißt, Calogero und Rosalìa wissen ...?«

»Ja, sie kennen die Wahrheit. Aber niemand darf es erfahren, nicht einmal ich. Niemand soll je wieder darunter leiden.«

»Bedeutet das, Rosalìas Vater saß zu Unrecht im Gefängnis?«

Statt einer Antwort macht Tancredi eine Geste, als ob ein Schmetterling zum Fenster hinausfliegt. Man soll nicht davon sprechen, man soll nicht davon hören, man soll darüber schweigen. Das ist die Art, wie in Sizilien die Dinge geregelt werden. Leise schließe ich die Tür und steige die Treppe hoch. Oben stehe ich über Giulias Wiege gebeugt und betrachte meine schlafende Tochter.

32

Ich werde nie nach Monteleone zurückkehren. Für mich tauchen die Korkeichen niemals wieder aus der Dämmerung auf, der Duft der Mandarinenblüten ist verweht.

Der Saphirring liegt auf meinem Arbeitstisch. Im weichen Licht der Schreibtischlampe funkeln seine blauen Steine, die Diamanten bilden die Form eines Wappens. Untrennbar ist dieser Ring mit dem Schicksal der di Lorenzos verknüpft, mit ihrer Geschichte, ihrem Fluch. Ich nehme ihn aus dem Etui. Don Michele hat ihn seinem Erben geschenkt, und dieser wiederum seinem Erben, Tancredi. So kam der Ring an mich. Nun weiß ich, warum ich so lange zögerte, ihn Giulia zu schenken. Ich habe Angst, die dunkle Seite der Familie, von der auch meine Tochter abstammt, an sie weiterzugeben. Ich lege den Ring zurück. Ich will ihn dort verwahren, wo alles liegt, was von meinem Leben in Monteleone übrig geblieben ist, in einer Schatulle hoch droben im Schrank. Ich schließe das Etui.

Zwei volle Jahre kämpfen Tancredi und ich noch um die Bewahrung unserer Ehe. Wir wollen füreinander da sein und strengen uns an, eine Beziehung zu führen, die trotz der vielen Unvereinbarkeiten hält. Nach der Aussprache jenes Sommertages setze ich alles daran, mehr Zeit mit ihm zu verbringen. Davor habe ich meine Arbeit wie einen Verteidigungsring um mich errichtet; durch mein neues Verständnis ist diese Haltung wie weggewischt. Ich nähere mich ihm aufs Neue, und er nimmt es freudig an. Ich zeichne wieder mehr zu Hause und halte es nicht für das Wichtigste der Welt, Patricks unverschämte Abgabetermine einzuhalten. Ich brüskiere nicht mehr Tancredi, sondern meinen Londoner Arbeitgeber. Wenn einer unzufrieden mit mir sein soll, dann nicht mein Mann.

Auch er bemüht sich. Seit jenem Sommertag gehören die peinlichen Verhöre der Vergangenheit an, die prüfenden Blicke, wen ich auf der Straße ansehe, mit wem ich spreche. Es dauert einige Zeit, bis Tancredis Gesundheit wieder vollständig hergestellt ist. Er macht die Erfahrung vieler einflussreicher Männer, dass der Laden auch ohne ihn weiterläuft. Doch je kräftiger mein Mann wird, je mehr er die Zügel wieder in die Hand nimmt, desto deutlicher verschwindet das liebenswürdige Geschöpf, das durch die Krankheit zum Vorschein kam. Die brüchige Schale, durch die ich in Tancredis Herz sehen konnte, beginnt sich wieder zu schließen. Ich will es zuerst nicht wahrhaben und versuche ihn auf hilflose Weise festzuhalten. Ich überrede ihn zu einer Reise, mit dem Auto nach Rom; losgelöst vom Alltag, hoffe ich, zu ihm durchzudringen.

Wir brechen die Fahrt bereits in Neapel ab. Ein Spaziergang durch die Altstadt, ein Gespräch, das ich mit einem Antiquitätenhändler führe, und schon verhört mich Tancredi, woher ich den Mann kenne, was zwischen uns war, ob ich die Reise nur vorgeschlagen hätte, um diesen Mann wiederzusehen. Am nächsten Morgen treten wir die Rückfahrt an und sprechen auf Hunderten von Kilometern kein Wort miteinander.

Sooft es geht, bringe ich Giulia in Tancredis Nähe. Er soll den sichtbaren Beweis haben, dass ich zu ihm gehöre, sein Kind erziehe, dass ich seiner Tochter ihren wunderbaren Vater zeige, den Mann, der hier bestimmt, der verehrt und um Rat gefragt wird. Ich versuche, die schönsten Momente unserer Ehe wieder aufleben zu lassen, und veranstalte für uns drei ein Picknick im kleinen Pavillon. Tancredi kommt, doch er ist abgehetzt, kann den Moment nicht genießen. Da es hier draußen kein Telefon gibt, taucht alle paar Minuten jemand auf, um ihm eine Nachricht zu bringen, eine Entscheidung zu erbitten.

Auch wenn ich es mir manchmal wünsche, spreche ich das Geheimnis der di Lorenzos, die *Erbsünde*, wie die alte Signora Randazzo es nannte, nicht an. Manchmal, wenn Calogero und ich allein auf der Terrasse sitzen, oder wenn ich mit Rosalìa in der Küche ein Backblech mit Rosmarinzweigen bestreue, brennen Fragen in mir. Ich würde gern von ihnen erfahren, was geschah, und doch weiß ich, sie haben mir alles mitgeteilt, was ich als Schwiegertochter wissen darf. Ich ertappe mich dabei, mir Don Caló als jungen Mann und als Gewehrschützen vorzustellen. Er hat sich auf die Lauer gelegt, dort kommt der verhasste Erbschleicher Andrea aus dem Haus, Calogero legt an, zielt und schießt den Feind gnadenlos ab. Er verschwindet in die Nacht, zerschlägt das Gewehr an einem Baum und lässt die Teile verschwinden. Als die Carabinieri an seine Tür klopfen, stellt er sich schlaftrunken. So könnte es gewesen sein, aber auch ganz anders. Es ändert nichts an dem, was heute ist.

Während die Monate verrinnen, erfahre ich auch, was mit den Randazzos geschah. Nach der Zwangsräumung des Hauses wurde der junge Andrea dazu verurteilt, seine Schulden bei Tancredi zu bezahlen. Da er das nicht konnte, stundete man ihm die Summe in Form eines Kredits. Um ihn abzuzahlen, tat Andrea, was viele Sizilianer tun, er nahm eine Arbeit in Deutschland an. In der Nähe von

Stuttgart soll er am Bau einer Brücke beteiligt sein. Seine Mutter zog in ein Dorf unweit Monteleones, erhält monatliche Zuwendungen von ihm und gibt einen Teil an die di Lorenzos weiter.

Manchmal nachts, wenn ich nicht schlafen kann, stehe ich auf und schleiche durch das dunkle Haus. Ich berühre die Marmorplatten, die brüchige Seide des Lehnstuhls. In der Dunkelheit ist das Gemälde Don Micheles nicht zu erkennen, aber ich weiß, sein spöttisches Lächeln verfolgt mich. Das Bild des Bischofs hängt gegenüber. Lange nach ihrem Tod schwebt der Geist der mächtigsten di Lorenzos über dem Haus. Das wird auch so bleiben; ich bin die Letzte, die daran etwas ändern könnte.

Nach und nach fordert die dunkle Seite Tancredis ihren Tribut. Das bekomme nicht nur ich zu spüren, sondern alle im Haus. Es geht so weit, dass selbst Rosalìa Angst vor ihrem Sohn bekommt. Ich werde Zeuge einer Auseinandersetzung, in der sie ihn beschwört, nicht alles, sich selbst eingeschlossen, kaputt zu machen. Er hat für ihre Ratschläge nur eine hämische Bemerkung und verlässt das Haus in Richtung Plantagen.

Auch wenn ich in Monteleone nie einen männlichen Freund oder Bekannten hatte, selbst auf die harmlosest denkbare Weise nicht, werde ich von Tancredi wieder verhört, verfolgt, schikaniert, ich werde gequält. Gegen Ende unseres letzten Jahres passieren diese Vorfälle täglich. An jedem einzelnen Tag lässt er sein Gewitter des Misstrauens auf mich los, nimmt die banalsten Vorfälle zum Anlass, mir Untreue vorzuwerfen. Da es ihm in der Realität nicht gelingt, mir etwas nachzuweisen, verlegt er seine Anschuldigungen auf meine Wünsche und Gedanken. Wenn er könnte, würde er mein Gehirn aufbohren und seinen Inhalt auf Untreue, Verrat und Unkeuschheit untersuchen.

Und so fällt unsere Ehe Stück für Stück auseinander, jeden Tag ein bisschen mehr. Es gibt keinen großen dramatischen Anlass, der das Ende heraufbeschwört, keinen Streit, der alle vorhergegangenen in den Schatten stellt. Es geht einfach nicht mehr weiter. Es muss zu einem Ende kommen, weil beide Parteien inzwischen so erschöpft sind, dass sie den Schrecken nicht länger ertragen, keinen einzigen Tag länger.

Als ich Tancredi daher eines Mittags, kurz vor dem Pranzo, mitteile, dass ich ihn verlasse, geschieht das Gegenteil des erwarteten Donnerwetters: Er wirkt erleichtert. Er bittet mich, mir während des Essens nichts anmerken zu lassen; wie eh und je setzen wir uns zu Tisch. Ich weiß die Speisenfolge noch genau: gefüllte Artischocken, Pasta con le sarde, Schweinefleischragout und hinterher Zitronentorte. Ich habe selten ein Essen so intensiv zu mir genommen, jedem einzelnen Geschmack hinterhergespürt, nie habe ich den schrecklichen süßen Wein mit solcher Inbrunst getrunken.

Danach ziehen Tancredi und ich uns zurück. Statt Siesta zu halten, besprechen wir, wie alles vonstattengehen soll. Wie so oft bin ich erstaunt, wie ruhig er wird, wenn der Dämon in ihm dem vernünftigen Menschen Platz macht. Giulias Schicksal besorgt uns am meisten. Ich weiß, dass ich sie ihrem Vater nicht wegnehmen kann, ahne, dass er Himmel und Hölle in Bewegung setzen würde, sollte ich es versuchen. Erstaunlich rasch einigen wir uns darauf, dass ich Italien fürs Erste nicht verlasse, das Kind also nicht außer Landes bringe, wo er keinen Einfluss mehr auf es hätte. Die logische Konsequenz, die mich sogleich mit Vorfreude erfüllt, ist Rom. Tancredi versteht, dass ich Sizilien verlassen will, Rom bedeutet auch für ihn den Ort seiner Träume. Die Aussicht, Giulia dort zu besuchen, hat etwas Beruhigendes für Tancredi. Die Sprache kommt auf die finanzielle Seite der Trennung, hier erweist er sich als di Lorenzo durch und durch. Doch ich bin so erleichtert, so glücklich, dass er mich kampflos gehen lässt, dass ich mit dem Wenigen, das er anbietet, zufrieden bin.

Der größte Teil des Gesprächs findet auf unserem Ehebett statt. Nachdem alles gesagt ist, im Wissen, dass man unmöglich alles sofort klären kann, schlafen Tancredi und ich tatsächlich Seite an Seite ein. Kann sein, dass er irgendwann meine Hand ergreift, dass ich sie im Schlaf halte, vielleicht hat sich auch nur meine Erinnerung verklärt.

Einen Tag, bevor das alte Jahr endet, breche ich auf. Nur der engste Kreis der Familie ist informiert, die anderen sollen es erst erfahren, wenn ich fort bin. Rosalìa, die es wohl schon länger kommen sah, lässt mich weder Empörung noch ihren Schmerz spüren. Nicht ein einziger Vorwurf kommt über ihre Lippen. Sie schlägt vor, ich solle wenigstens bis Silvester bleiben, ich erwidere, genau das wolle ich nicht. Für uns alle wird ein neues Leben beginnen, mit dem neuen Jahr soll es eingeläutet werden. Es gibt keine Diskussion darüber, dass ich mein Auto behalte. Ich belade es mit dem Wichtigsten – meinen Zeichnungen und Entwürfen, meinen Stoffmustern. Alles andere soll später nach Rom geschafft werden. Ich verabschiede mich von niemandem offiziell, mein Aufbruch soll wie ein kleiner Trip nach Rom wirken. Tancredi hat sein Gesicht zu wahren, es darf nicht so aussehen, als wäre ihm kurz vor Silvester die Frau davongelaufen. Daher fahre ich nicht zu Felicias Haus an den Klippen, ich sage meinem Freund, dem Kinobesitzer, nicht Adieu, nur Ninetta statte ich einen kurzen Besuch ab. Merkwürdigerweise hat auch sie es geahnt.

»Entweder du gehst oder du stirbst«, sagt sie auf ihre schlichte, kluge Art. Ein Modellkleid, das wir wegen eines Fehlers nicht an Patrick geschickt haben, hängt noch im Fischerhaus. Ich schenke es ihr.

Fürs Erste soll Giulia bei mir bleiben, die endgültige Regelung über ihre Zukunft wollen wir später treffen. Ich habe darauf bestanden, in Rom keine der Wohnungen zu beziehen, die den di Lorenzos zur Verfügung stehen. Es wird sich etwas anderes finden; vorerst gehe ich ins Hotel. Calogero verabschiedet sich im Inneren des Hauses von mir, sein Herz ist schwer. Rosalìa und Tancredi kommen nach draußen mit. Umarmung mit der Schwiegermutter, ich rieche den Duft ihres Haares. Tancredi ergreift meine Hand, ich die seine, er legt die zweite darauf, ich genauso. Wie zwei Musketiere stehen wir da, die ihren Schwur nicht gebrochen haben, ihn aber auch nicht erneuern können. Wir küssen uns nicht, wir umarmen uns nicht. Er öffnet mir die Autotür, Rosalìa gibt mir meine Tochter. Dass dies ein wichtiger Akt ist, dass es das Vertrauen der Sizilianer mir gegenüber beweist, wird mir in diesem Moment nicht klar. Sie überlassen mir das Kind, lassen mich mit der Tochter der di Lorenzos ziehen. Ich packe Giulia in ihren Babysitz und schnalle sie an.

Während mein kleiner Mintgrüner über den gekiesten Parkplatz davonfährt und ich die beiden im Rückspiegel kleiner werden sehe, taucht aus dem Gebüsch eine Gestalt vor dem Wagen auf – Chíchí. Ich glaube nicht, dass er mir auflauert, und doch ist sein gemeines Gesicht das Letzte, was ich aus Monteleone mitnehme, wie eine Fratze, die über der Villa di Lorenzo hängt. Mit gespielter Unterwürfigkeit zieht er die Kappe.

Die Fahrt wird lang, Giulia und ich übernachten einmal, bevor es weitergeht. Der Silvestertag bricht an, ich verbringe ihn weitgehend im Auto. Als ich in Rom eintreffe, dunkelt es bereits. Das Hotel wurde vorbestellt, ich bekomme ein Zimmer mit Blick über die Dächer um die Piazza di Spagna. In der Nähe habe ich einmal gewohnt, es erscheint mir wie der Blick auf ein anderes Leben.

Draußen liegt die geliebte Stadt. Es ist kalt, die Heizung ist beinahe so alt wie der Hotelpalazzo. Giulia schläft erschöpft nach der langen Reise. Ich hole noch eine Decke für sie. Bald endet das alte Jahr, zum ersten Mal feiere ich ohne die Familie. Ich fühle mich fremd und verlassen. Ist das meine neue Freiheit, die Einsicht in die eigene Schutzlosigkeit? Am Ende meiner Ehe stehe ich in einem Hotelzimmer, dort zwei kleine Koffer, im Halbdunkel liegt das Kind. Ich breite die Decke über Giulia. Als ob ich an diesem Abend noch arbeiten wollte, breite ich meine Zeichnungen auf dem kleinen Sekretär aus. Die Glühbirne ist kaputt, ich vertausche sie gegen die aus dem Flur. Der grüne Lampenschirm schafft eine kühle Grenze. Hier bin ich, außerhalb liegt die neue Wirklichkeit – Rom, wo sie bald das Fest von Capodanno feiern. Ich will mir das Datum, die Uhrzeit aufschreiben, zu der mein neues Leben beginnt. Ich öffne den Füller, den mir Tancredi schenkte, in einem Laden nahe von Berninis Vier-Ströme-Brunnen. Er küsste mich und erklärte mir auf seine verschmitzte Art, der Brunnen repräsentiere die damals bekannten vier Kontinente. Dieser Gesichtsausdruck gab ihm etwas von einem Kater. Ich war bereit, meinem Kater überallhin gefolgt, in jede Dachluke, auf jeden Hinterhof der Stadt. Warum musste er mich in den düsteren Palast am Meer entführen, wo er sich nach und nach in den unglücklichen Prinzen verwandelte?

Ich setze meine Striche auf das Papier, die Tinte ist dick und dunkel – *Navy Blue*. Danach lasse ich mir eine Flasche Spumante kommen, der Hoteldiener öffnet sie. Mein Zimmer hat einen kleinen Balkon. Als in Rom das Feuerwerk losgeht, schenke ich mir ein Glas ein und trete ins Freie. Bei Tag und Nacht ist Rom eine helle Stadt, jetzt wird sie versilbert von Licht. Ich trinke auf das Wohl meines Kindes, auf mein Wohl, ich trinke auf Tancredi. Ein grüner Stern erglüht über mir und zerspringt in Millionen Kristalle. Ich sehe ihm zu, bis er sich auflöst in der Nacht.

Epilog

Was ist geblieben, was kam danach? Selbst heute, fast vierzig Jahre später, mag ich meine sizilianische Ehe nicht verfluchen. Trotz der Qual, der Ungewissheit, trotz der Trennung, an der leider kein Weg vorbeiführte, bin ich damals auch sehr glücklich gewesen. Mir wurde die Möglichkeit gegeben, in ein Zauberreich einzutauchen – und jeder Zauber hält auch seine dunkle Seite bereit. Ich habe einen Prinzen geheiratet, einen verwunschenen wohl, aber ein Prinz war er allemal. Tancredi ist danach nie wieder eine Ehe eingegangen. Vielleicht spürte er, dass sich sein Schicksal nur wiederholen würde, vielleicht wollte er es einer anderen Frau ersparen. Er ist ein grauer Padrone geworden, seinem Vater in vielem ähnlich – letztlich auch in der Gelassenheit. Ich wünsche der großen Liebe meines Lebens, diesem angespannten, von Dämonen getriebenen Mann, das Geschenk dieser Tugend.

Rosalìa starb Anfang der Achtzigerjahre – wegen ihres angegriffenen Herzens viel zu früh. Calogeros Trauer war tief, untröstlich blieb er in seiner lautlosen Welt zurück, verschwand förmlich darin, bis seine Sehnsucht, wieder mit der schönen Herrin, die ihn durch sein Leben geführt hatte, vereint zu sein, nur drei Jahre nach ihrem Tod erfüllt wurde. Man fand Calogero im Studierzimmer, umgeben von seinen zahllosen Büchern, es habe ausgesehen, so erzählte man mir, als sei er beim Lesen eingenickt. Ob mit ihm auch der geheimnisvolle Mörder gestorben ist, der Rache für die di Lorenzos übte, wird man nie erfahren.

Rosalìa und Calogero hielten Wort und nahmen die Wahrheit mit ins Grab.

Tancredi und ich haben uns in den vielen Jahrzehnten nur noch ein paar Mal gesehen. Er ist stattlich geworden, nicht gebeugt, er ist ein Herrscher und wird es wohl bis zum Schluss bleiben. Da er keine männlichen Nachkommen hat, und unsere Tochter Giulia nicht im Geringsten daran interessiert ist, mit dem Erbe der di Lorenzos in Berührung zu kommen, bereitet Tancredi einen seiner Neffen darauf vor, die Macht zu übernehmen. Der junge Mann ist der Sohn des größten Bauunternehmers der Gegend, und so bleibt alles, wie es immer war: Das Geld bleibt beim Geld, der Reichtum bei den Reichen. Das Erbe der di Lorenzos wird nicht zerfallen, ihr Einfluss nicht schwinden. Von der Villa hoch über Monteleone aus werden weiterhin die Geschicke der Region bestimmt werden.

Noch eine andere wichtige Person jener Zeit blieb unverheiratet – Felicia. Sie entschied sich, in ihrem Beruf weiterzukommen, vollendete nach dem Tod der alten Tante ihr Jurastudium und wurde selbstständige Anwältin. Sie ließ sich mit ihrer Kanzlei in Rom nieder, wo wir unsere Freundschaft erneuerten. Ja, Felicia und ich sind Freundinnen, und doch stellte sie die Treue zu ihrer Familie stets über jede andere Bindung. Es gab noch einmal eine große Liebe in ihrem Leben, die in ihrer Unerfüllbarkeit der vorangegangenen ähnelte. Wieder war es ein verheirateter Mann, ein Römer, der sich letztlich nicht für Felicia entscheiden konnte. Sie ist, seit sie die Anwaltskanzlei aufgab, nach Sizilien zurückgekehrt und lebt in ihrem wunderbaren Haus über den Klippen, das auch in der feuchtkalten Jahreszeit angenehm warm wird. Nun ist es eine Großnichte, die bei der alten Felicia wohnt und sich in ihren letzten Jahren um sie kümmern wird.

Wenn eine Frau sich die große Liebe ihres Lebens aus dem Herzen reißen muss, ist hinterher nichts mehr, wie es war. Obwohl ich meine Trennung in Hunderten von Überlegungen als richtig erkannte, blieb doch ein Schmerz zurück, bis heute. Die Ehe ist das größte Gelübde, das zwei Menschen einander geben. Den Schwur zu brechen, ist und bleibt eine Niederlage. Vielleicht habe ich deshalb so lange um meine Ehe gekämpft, gewiss aber um Giulias willen. Wäre die Trennung nicht einvernehmlich verlaufen, nie wäre es mir gelungen, sie aus Italien fortzubringen. So, wie Tancredi und ich die Scheidung in die Wege leiteten, konnte ich meine Tochter zwei Jahre danach ungehindert nach England mitnehmen, von wo wir schließlich wieder nach Italien zurückkehrten. Ich habe ihr gegenüber nie ein böses Wort über Tancredi verloren, und ich glaube, umgekehrt hielt er es genauso. Dennoch haben Vater und Tochter einander nicht oft gesehen. Ihre Besuche in Sizilien waren für ihn wohl der Beweis, dass sein Mädchen für ihn verloren war. Giulia stellte den Beweis für unser Scheitern dar.

Mir war es mehrere Jahre lang unmöglich, Interesse für einen Mann zu zeigen. Ich richtete mir in Rom ein Atelier ein, entwarf Mode für Patrick und fand schließlich auch meinen Weg nach Cinecittà zurück. Irgendwann begann ich eine Affäre mit einem verheirateten Mann, einem Schmuckdesigner, mit dem ich beruflich zu tun hatte. Nach dieser Affäre kam eine andere, auch dieser Mann war nicht frei. Keinen von ihnen wollte ich ganz für mich haben, ich hielt sie stets auf Distanz. Man kann es als Trauma aus meiner gescheiterten Ehe bezeichnen, vielleicht ist es aber auch ein Zeichen *ewiger Treue*: Nach Tancredi gab es keinen Mann mehr für mich, den ich ganz in mein Herz ließ. Dies sei eine späte Liebeserklärung an ihn.

Giulia wuchs als Italienerin heran. Von klein auf liebte sie Tiere, folgerichtig studierte sie nach der Schule Veterinärmedizin und arbeitet heute in einer Tierklinik in Rom. Vor sechs Monaten schenkte sie mir eine Enkelin. Ich habe Tancredi davon geschrieben. Fast tut es mir leid, dass er nicht zu meiner Geburtstagsfeier kommt; er hätte das Baby kennenlernen können. Er gehört zu meiner Vergangenheit, zu einem Kapitel, das längst geschlossen ist, und nach langem Grübeln habe ich beschlossen, ihn nicht einzuladen.

Es dämmert, ich verlasse mein Studio, durchquere das Haus und öffne die Läden der Terrassentür. Die Welt draußen hat sich in Violett gehüllt, nur noch ein Abglanz der Sonne ist spürbar. Ich genieße die schwere Wärme. Patrick hat sein Kommen zugesagt, Giulia und ihr Mann natürlich, dazu noch viele, die durch ein siebzigjähriges Leben geweht sind, es reicher, es weiter machten.

Von der Einfahrt nähert sich ein Wagen, eine dunkelrote Limousine. Dass es ein Alfa ist, erkenne ich, bevor er hinter der Rosenhecke verschwindet. Ich warte, die Hände ineinander gefaltet, das Auto kommt langsam den Hügel hoch, lässt eine Staubfahne zurück. Die Frau auf dem Beifahrersitz ist Felicia. Dieser Wagen, ich begreife es mit klopfendem Herzen, kommt aus Sizilien. Er hält unter dem Feigenbaum, langsam öffnet sich die Tür. Ich verlasse die Terrasse, gehe hinunter und begrüße meine ersten Gäste.